날 녹여 주오

날 녹여주오

초판 1쇄 인쇄 2020년 2월 20일
초판 1쇄 발행 2020년 2월 27일
지은이 백미경 · 배정진
펴낸이 백영희
편집 안덕희
마케팅 허성권
디자인 정계수
제작 미래피앤피
펴낸곳 (주)그린하우스
등록 2019년 1월 1일(110111-6989086)
주소 강남구 강남대로 62길 3, 8층
전화 02-6969-8929
팩스 02-508-8470

ISBN 979-11-90419-17-8 03810

백미경 원작
배정진 구성

차례

프롤로그

길게 이어진 통로에는 어둠이 짙게 깔려 있었다. 그 어둠 속으로 한 남자가 발을 내딛었다. 길안내라도 해주는 듯, 남자가 지날 때마다 센서등이 차례로 빛을 밝혔다. 통로의 막바지에 다다르자 티타늄 재질의 문이 나타났다.

문 안으로 들어서자, 동찬은 본능적으로 주위를 살폈다. 음산한 기운이 가득 찬 공간에는 각종 실험기구와 최첨단 장비가 즐비했다. 그중 동찬의 시선을 사로잡는 것이 있었다. 가로 0.8미터 세로 2.1미터 크기의 캡슐은 보통 체구의 사람이 들어가 눕기에 적당해 보였다. 캡슐은 모두 여섯 대. 그중 두 대만이 비어 있었다. 여전히 의구심을 떨치지 못한 듯, 동찬은 팔짱을 낀 채 황 박사의 설명에 귀를 기울였다.

황 박사가 말을 마치자, 동찬의 시선은 다시 캡슐들로 옮겨갔다. 비어 있는 캡슐을 살피던 동찬은 결심한 듯 말했다.

"제가 박사님을 도와드리면 말씀하신 대로 정말 더 나은 세상을 만들 자신이 있으신가요?"

"물론입니다. 그런데 어떻게 도우시겠다는 건지?"

"실험을 성공해서 보여주는 겁니다. 세상 사람들에게 직접 눈으로 확인할 수 있도록."

동찬은 확신에 찬 표정으로 말했다.

현재 시각 1999년 7월 28일, AM 2시 17분 42초, 밸브를 돌리자 캡슐의 냉각장치가 작동하기 시작했다. 곧이어 BPM 수치는 예상대로 뚝뚝 떨어졌다.

"여러분들은 지금 대한민국, 아니 세계 역사상 최초의 냉동인간 생환 실험, 그 시작을 함께하고 계십니다. 보시다시피 냉동캡슐은 총 여섯 대입니다. 여섯 명 중 네 명의 냉동인들의 신원은 철저히 비밀이라는 점. 그러니까 이 프로그램의 실제적 피실험자는 여기 이 두 대의 냉동캡슐 속에 있습니다. 실험 시간은 정확하게 24시간입니다. 피실험자 두 명 중 한 명은 프로그램의 최초 기획자인 마동찬 피디입니다. 그리고 다른 한 명은……."

그때 카메라에서 배터리 부족을 알리는 경보음이 울렸다. 촬영이 잠시 중단된 사이, 현기는 황 박사에게 걱정스러운 표정으로 물었다.

"괜찮겠죠?"

"그럼요! 이제 23시간 31분 후에 우린 그야말로 전설이 되는 겁니다."

이때 누군가가 급히 실험실 안으로 들어왔다. FD 김진이었다. 김진은 숨을 헐떡이며 현기에게 CD 한 장을 내밀었다.

"이제 오면 어떡해?"

"네 명 사인 다 받느라고 늦었죠."

촬영은 다시 시작되었다. 동찬의 캡슐 옆에는 여성 피실험자, 고미란이 잠들어 있었다.

냉동인간의 탄생

〈아비정전〉의 O.S.T. 마리아 엘레나의 멜로디가 좁은 방에 가득 울리고 있었다. 헐렁한 셔츠에 반바지 차림 그리고 풀어 헤친 부스스한 머리까지, 맘보춤을 따라 추는 미란의 모습은 누가 봐도 지지리 궁상이 따로 없었다. 그러든 말든 꽃다운 스물네 살 미란의 표정은 마냥 해맑았다. 세상에서 제일 사랑하는 장국영 오빠를 떠올리고 있으니까. 그런데 갑자기 울린 전화벨 소리가 미란의 흥을 깼다.

"안녕하세요. 일전에 면접 보신 마리오전자입니다."

찌뿌듯했던 미란의 얼굴에 일순간 화색이 돌았다. 미란은 그제야 오디오의 전원을 끄고 자세도 가다듬었다. 그러나 들려온 소식은 불합격, 이미 심사가 뒤틀린 미란에게 수화기 너며 들리는 위로의 말은 꼭 조롱처럼 들렸다.

"괜찮아요. 내가 떨어진 게 아가씨 잘못도 아닌데요 뭐."

"아가씨가 아니라 인사부 대리입니다. 그리고 고미란 씨가 불합격한 데에는 제 의견도 반영되었습니다."

이쯤 되면 미란도 참을 수만은 없었다. 그러나 미란은 마리오전자 인사과 대리란 여자에게 선수를 빼앗기고 말았다.

"들려주신 중국 노래는 잊지 않겠습니다."

"그, 그걸 왜 안 잊어요? 잊어버리세요. 그리고 앞으론 이런 얘기 하시려면 그냥 문자로 해주셔도 돼요."

독기가 오를 대로 오른 미란은 목청을 높여 말했다. 그러나 수화기 너머로 들리는 목소리에는 조금의 동요도 느껴지지 않았다.

"네, 안녕히 계십시오."

완벽한 미란의 패배였다. 약이 바짝 오른 미란은 혼자 고래고래 소리를 지르며 울분을 토했다. 하필 그 모습을 미란의 어머니, 향자가 지켜보고 있었다.

향자는 미란의 불합격 소식을 기어이 밥상머리 주제로 올렸다.

"그라이끼네 네가 중국 노래를 불렀다 이 말이가? 입사 면접에서?"

"내가 지원한 곳이 해외사업부란 말이야. 중국 시장이 얼마나 큰지 알아?"

"그래가 그거 노리가 중국 노래를 불렀단기가? 차라리 팝송을 부르지."

향자가 비꼬며 말하자 잠자코 있던 유한도 맞장구를 쳤다.

"영문과를 가라고 아빠가 그랬잖아?"

"장국영이한테 미치가 중문과 갔다 아이가."

"중국어가 앞으로 대세가 될 거야. 두고 봐!"

장담하며 미란은 아무도 알아듣지 못하는 중국말을 늘어놓았다. 어처구니가 없는 나머지 향자와 유한이 헛웃음을 짓고 있는데 열두 살 남동생, 남태만은 헤벌려 웃다가 그만 먹던 밥을 입에서 주르륵 흘렸다. 미란은 귀찮은 내색 없이 남태의 입가를 닦아주고 등도 토닥여주었다. 그때, 별안간 집전화가 울렸다.

방금 온 전화가 미란을 분주하게 만들었다. 곱창 밴드로 머리를 질끈 묶으며 미란 표 패션의 마침표를 찍으려는 그때, 방문이 열리고 남태가 쭈뼛거리며 방 안으로 들어왔다.

"누, 누나, 방송국 가?"

"응."

"나, 나도 따라가면 안 돼?"

"오늘은 좀 그래. 담에 방송국 갈 때 누나가 너 꼭 데려갈게."

마냥 떼를 부리지는 않았지만 여전히 아쉬운 구석이 있는 듯, 남태는 머뭇댔다. 미란이 이유를 묻자 남태는 수줍게 말했다.

"누나. 방송국 가면 피, 핑클 사인 받아줘."

그제야 미란은 남태가 왜 방송국에 따라가고 싶어 하는지 알았다. 미란은 남태와 새끼손가락을 걸고 약속했다. 핑클 사인 꼭 받아주겠다고. 기분이 좋아진 남태는 배시시 웃었다. 그런 남태를 바라보던 미란의 눈빛이 점점 흔들렸다.

"누가 너 또 괴롭히면 누나한테 꼭 얘기하기다. 알았지?"

남태는 미란이 왜 그런 말을 하는지 아는지 모르는지, 웃으며 다시 새끼손가락을 내밀었다.

잔잔한 바람과 함께 밝은 햇살이 쏟아지던 그날, 한강변에 한 무리의 사람들이 모여 있었다. 그중 실험복을 입은 모습이 유독 눈에 띄었다. 커다란 물안경으로 얼굴을 가리고 있었지만 그녀가 미란임은 쉽게 알아챌 수 있었다. 수십 개의 페트병으로 만든 물 로켓을 등에 진 미란이 발사대 앞에 섰다. 모두가 불안한 눈빛을 드러내던 그때, 한 남자가 카메라맨의 카메라를 가로채더니 직접 촬영 크레인 위에 올라섰다.

"하이, 큐."

동찬이 낸 신호와 함께 로켓이 물을 내뿜었다. 인간 로켓이 된 미란은 하늘로 높이 날아올랐다. 그러다 중력의 힘에 이끌려 다시 물속으로 풍덩 가라앉았다. 일순간 정적이 흘렀다. 그러나 이내 미란의 몸이 수면 위로 둥둥 떠올랐다. 미란은 안도하는 스태프들을 향해 기세등등하게 엄지손가락을 세웠다. 마치 〈터미네이터〉의 한 장면처럼. 그러나 스태프들의 관심은 곧 크레인 쪽으로 옮겨갔다. 촬영 앵글을 살피던 동찬은 마침내 컷을 외쳤다. 이어서 터져나온 박수와 환호는 온전히 동찬을 향한 것인 듯했다.

이름만 대면 알 법한 익숙한 얼굴의 인사들이 행사장 관객석을 가득 메우고 있었다. 특별히 초대된 시상자가 무대 중앙으로 걸어 나와 손에 든 봉투를 조심스레 뜯었다.

"1999년 한국방송대상 예능 프로그램 피디 부문 수상자는 TBO 〈무한 실험천국〉 마동찬 피디님. 축하드립니다."

관객들의 시선이 일제히 객석 중앙에 앉아 있던 동찬에게로 향했다. 동찬이 무대를 향하는 동안 여성 사회자는 동찬의 업적을 숨 가쁘게 나열했다.

"〈무한 실험천국〉은 예능에 다큐를 절묘하게 결합시켜 예능적 재미에 리얼리티와 정보 제공이라는 세 마리 토끼를 잡으면서 예능 프로그램의 새로운 장을 열었죠. 최고 시청률 41.3프로라는 신기록을 세우면서 예능의 신기원을 이뤄냈습니다. 독일 나카르느 TV 페스티벌에서 비드라마 부문 대상을 수상하기도 했는데요."

동찬이 단상 위에 서자 박수 소리는 더욱 커졌다. 동찬은 동요하지 않고 차분한 목소리로 말했다.

"감사합니다. 이 상은 시청자분들이 주시는 상이니만큼 염치없이 넙죽 받겠습니다. 무엇보다 어려운 실험에 몸을 사리지 않고 참여해주신 많은 피실험자분들께 진심으로 감사드립니다. 늘 제 옆을 지켜주는 제 여자 친구에게도 고맙다는 말을 전해야 할 것 같군요."

동찬의 말은 객석을 웅성거리게 만들었다. 눈치 빠른 사회자는 단상을 내려가려는 동찬을 불러 세웠다.

"여자 친구가 지금 이 자리에 와 계신가요?"

동찬은 관객석 맨 앞자리에서 도도한 표정으로 앉아 있는 하영을 향해 미소를 보냈다. 하영은 결심한 듯 자리에서 일어나 단상 위에 섰다. 사회자는 그녀를 알아보고 흥분한 목소리로 말했다.

"무, 무한실험 천국의 내레이션 주인공 나하영 아나운서가 축하 꽃다발을 건네고 있는데요."

하영은 동찬에게 꽃다발을 건네고 그 옆에 섰다. 동찬은 그런 하영을 힐긋 본 뒤 객석을 향해 말했다.

"제 여자 친구입니다."

하영에게는 어쩌면 꿈같던 시간은 지났다. 동찬으로부터 냉동인간 프로젝트에 대하여 들은 하영은 동찬의 속내를 미리 눈치채지 못한 걸 자책해야 했다. 그래서 더 화가 났던 것인지도 모른다.

"캡슐 안에 들어가겠다고?"

"박사님 논문을 3박 4일 동안 밤을 새며 읽었어. 실험 동영상도 봤고. 이건 혁명이야."

"혁명 아니라 더한 거라고 해도 안 돼. 다큐 팀에서도 자기 무모하대."

"이건 단순히 프로그램을 만드는 일이 아니야. 역사적 사명이야."

"그래 좋아. 그렇더라도 다른 사람 시켜. 피디가 직접 실험에 참여하는 게 말이 돼?"

"하영아. 날 믿어줘. 나 실패한 적 없었잖아."

이미 돌이킬 수 없음을 안 하영의 눈가에 눈물이 번졌다. 야속하게도 동찬은 그런 하영의 눈가를 두 손으로 훔치며 말했다.

"보여줄게 있어."

동찬은 하영을 영상편집실로 데려갔다. 그리고 영상 하나를 보여주었다. 영상 속에서 수족관을 헤엄치던 돌고래는 냉동캡슐로 옮겨졌다. 돌고래는 곧 냉동되어 마치 깊은 잠에 빠진 상태가 되었다. 그리고 48시간의 시간이 흘렀다. 타이머가 울리자 한 남자가 모습을 드러냈다. 황 박사였다. 황 박사는 돌고래의 몸에 약물을 주입했다. 다시 수족관으로 옮겨진 돌고래는 곧 몸을 꿈틀대더니 이내 수족관 안을 누비기 시작했다. 마치 아무 일도 없었던 것처럼.

"저 영상이 촬영된 게 한 달 전이야. 지금 저 돌고래는 냉동실험 전보다 훨씬 건강하고 생체 리듬도 활발해."

"저건 돌고래지 사람이 아니잖아."

"같은 포유류야."

말문이 막힌 하영은 한숨을 푹 내쉬었다. 동찬도 미안한 마음이 들었는지 너스레를 떨어댔다.

"하영아, 나 건강해. 걱정하지 마."

"자기, 추위 잘 타잖아. 여름에 에어컨 한번 안 틀고, 찬물에 샤워하는 것도 싫어하면서."

말하며 하영은 동찬을 바라봤다. 한여름인데도 동찬은 긴팔을 입고 있었다.

"근데요, 선배. 문제는 여자 피실험 지원자가 없어요."

곁에서 두 사람의 이야기를 듣고 있던 조연출 현기가 화제를 돌리며 말했다. 하영은 놀란 눈이 되어 되물었다.

"다른 실험자도 구하는 거야?"

"피디 혼자 실험하면 조작설이 나올 수도 있고. 무엇보다 신체 구조가 다른 여자 피실험자가 있어야 실험의 신빙성이 커지지."

"그 실험을 누가 하겠어?"

하영은 격양된 목소리로 말했다. 그러나 동찬은 하영의 말이 안중에도 없는 듯 현기에게 말했다.

"그때 한강에서 물 로켓 한 친구, 걔 어떠냐?"

현기는 긴장된 표정으로 미란의 대답을 기다리고 있었다. 아랑곳 않고 미란은 소리까지 내면서 냉커피를 쪽쪽 빨아댔다.

"그러니까 조연출님 말씀은 저더러 지금 얼어라 뭐 이런 말이잖아요. 얼음 땡 놀이도 아니고 냉동인간을 하라 그 말이잖아요. 진짜 나요, 이제까지 그런 거지 같은 실험 왜 참여했는지 아세요?"

"이 나라 방송 발전에 이바지해보고자 하는 거룩한 맘이겠지."

"천만에요. 돈 때문에 했어요. 아무도 안 하는 실험 돈을 많이 준다니까 한 거라고요."

"다 돈 때문에 일하지 뭐. 나는 아닌가?"

현기는 대수롭지 않다는 듯 말했다. 미란의 분노 게이지가 점점 더 상승하는 줄도 모르고.

"나요, 인격이 유린되는 기분 여러 번 느꼈어요. 한강에서 인간 로켓 할 때도 그래요. 그날 이후 계속 하늘로 날다가 바닥으로 고꾸라지는 꿈만 꾼다고요. 일 열심히 하니까 사람 막 보는 것 봐. 이젠 나더러 냉동인간이 되래."

서러움이 복받친 나머지 눈물까지 글썽이며 미란은 컵 속에 있는 얼음을 아그작 씹어댔다. 현기는 그제야 사태 파악이 된 모양이었다.

"미란 씨. 오해야. 절대 그런 거 아니야."

현기는 미란을 달래보려 애썼지만 이미 늦은 듯했다. 미란은 결국 참았던 울분을 터트리고 말았다.

"야! 내가 동태냐?"

"미란 씨. 그렇게 화만 내지 말고. 엄청 안전한 실험이야. 내가 증명할 수도 있어."

"그 피디 진짜 웃긴다. 그렇게 안전하면 지가 실험하면 되겠네."

"지도 해."

예상치 못한 답인 듯, 미란은 어안이 벙벙해진 얼굴이 되었다. 현기는 이때다 싶었는지 재빨리 말을 이었다.

"본인이 직접 실험에 참여해. 미란 씨처럼 냉동캡슐에 24시간 들어간다고."

"그 사람 정말 또라이다."

"5백만 원!"

현기는 베팅하듯 말했다. 예상보다 높은 금액인지 미란의 눈이 휘둥그레졌다. 굳히기가 필요한 타이밍임을 현기는 직감했다. 현기는 미란을 냉동연구소로 데려갔다. 그리고 냉동되었다 다시 깨어난 돌고래 영상을 보여주었다.

"말도 안 돼. 저거 조작 아니에요?"

"「사이언스」지 발표 예정에 있습니다. 조작 따위는 있을 수 없습니다."

낯선 목소리의 등장에 미란은 고개를 돌렸다. 그의 등 뒤로 보이는 상패와 액자들 덕분에 미란은 그가 대한민국 최초 마담 퀴리 생물학상 수상자, 황갑수 박사임을 알 수 있었다.

"남극에 사는 물고기가 왜 얼지 않는지 아십니까? 그건 바로 물고기 체내에 있는 결빙 방지 단백질 때문입니다. 동결 손상을 억제하는 천연 동결 보존제죠. 하지만 물고기 한 마리당 추출할 수 있는 단백질 양은 한계가 있습니다. 그래서 저는 지방산 변형을 막는 신규 혼합 동결 방지 단백질을 개발해냈습니다. 이 특별한 단백질이 냉동인간의 생존율을 높이는 핵심 기술입니다."

"그, 그걸 직접 개발했다고요?"

"그렇습니다."

"그럼 박사님 말고 딴 사람은 해동 못 해요?"

"현재로서는 냉동인간을 해동할 수 있는 사람은, 지구상에 오직 저 하나뿐입니다."

미란은 놀란 눈이 되어 현기를 바라보았다.

미란은 영선, 경자와 함께 동자 옷을 입고 있는 유자 앞에 쪼르르 앉아 간절한 눈빛으로 답을 기다리고 있었다.

"그거 할까요? 말까요?"

"얼마나 주는데?"

"5백만 원요."

미란이 말하자 모두들 놀란 표정이 되었다. 유자도 흥분하긴 마찬가지.

"그럼 뭘 망설여. 당장 해야지. 내가 할까?"

"그걸 해도 괜찮은지 물어보러 온 건데 돈 많이 준다고 무조건 하라니요. 그게 점쟁이로서 할 얘기에요? 언니 신내림 받은 거 맞아요?"

"그건 의심하지 마야. 우리 언니 아기동자 신내림 받았어."

자기 언니라고 경자가 유자의 편을 들었다. 뒤이어 영선도 거들고 나섰다.

"언니 되게 잘 맞춰. 지난 8월에 불조심하랬잖아. 정말 8월 15일 광복절에 소방차에 치일 뻔했어."

"그게 무슨 불조심이야? 차조심이지."

"불조심이지."

"이년들이!"

유자는 앞에 놓인 탁자를 손으로 세게 내리치고는 그제야 점쟁이다운 질문을 던졌다.

"생년월일?"

"76년 2월 14일 새벽 2시 35분요."

"어, 큰 게 하나 보이네."

마침내 점괘가 나온 모양이었다. 미란은 쫑긋 귀를 세웠다.

"인생에 대운이 들어오는데. 보통 운이 아니네."

"그럼, 그거 하는 게 좋다는 거예요?"

"무조건 해. 네 인생이 바뀔 거야."

"그건 그렇고 제 인생은 언제쯤 쫙 펼 거 같아요?"

"20년 후 운명의 상대를 만나. 그때 대운이 터져. 그 전엔 꽤 춥겠다."

"20년 후면 마흔넷인데. 그때까지 이러고 살라는 거예요?"

미란의 얼굴이 순식간에 썩어 들어갔다. 영선과 경자는 불난 집에 부채질하듯 실실 비꼬아댔다.

"그래도 병심이는 있잖아."

"걔도 그때까지 있겠니?"

이걸 믿어야 하나 말아야 하나, 순 돌팔이 같기도 하고. 그때 미란의 전화벨이 울렸다. 호랑이도 제 말하면 온다더니, 병심이었다.

검은 뿔테 안경을 쓴 병심에게서는 지성미가 물씬 느껴졌다. 미란과 나란히 극장 안을 걸으며 병심은 특유의 느끼한 말투로 물었다.

"신녀는 너의 미래를 어찌 보고 있더냐?"

"20년 후에 운명의 상대를 만난다네."

"그럼 나더러 20년을 널 가만히 두란 거야?"

고백이라면 고백인데 미란의 반응은 영, 아랑곳하지 않고 병심은 계속 말을 이어나갔다.

"심리학 전공생으로 봤을 때 점이란 건 나약한 인간 심리를 겨냥한 장사일 뿐이야. 넌 나만 믿어."

병심은 그윽한 눈빛으로 미란을 바라보았다. 미란은 어색한 미소를 짓다가 급히 말을 돌렸다.

"맞다, 김 교수님 딸 과외는 시작했어?"

극장 밖에는 하영이 여느 때보다 신경 쓴 차림을 하고 서 있었다. 어느새 다가와 동찬은 하영의 손을 잡았다. 동찬인 걸 안 하영의 얼굴에 미소가 가득 번졌다.

커다란 수족관 앞에 선 한석규와 김윤진이 서로의 눈빛을 교환했다. 아름다운 선율의 〈When I dream〉이 흘러나오고 두 사람은 격정적인 키스를 나눴다. 스크린을 바라보며 미란은 눈물을 찔끔거렸다. 다른 자리에서 동찬은 하영과 같은 장면을 보고 있었다. 우연인지, 동찬과 미란의 입에서 같은 감탄사가 새어나왔다. "아름답다." 마침 영화 속 한석규는 김윤진에게 히드라에 대해 이야기했다.

"혹시 히드라를 아십니까? 몸은 하나인데 전혀 다른 인격을 갖고 있어요."

어둑해진 길을 나란히 걷던 병심은 미란의 집 앞에 다다르자 갑자기 어려운 말을 늘어놓았다.

"프로이드가 이런 말을 했어. 표현되지 않은 감정은 죽어 없어지는 게 아니다. 그것이 산 채로 묻히면 언젠가는 더 괴상한 모습으로 나타난다."

"프로이드는 왜 항상 그런 식으로 말을 어렵게 하고 그래?"

"가슴에 담지 말고, 늘 내 감정에 솔직하라는 뜻이야. 우리 키스하자. 〈쉬리〉의 키싱구라미처럼."

탐탁지 않은 미란의 표정에도 불구하고 병심은 미란의 머리카락을 매만지며 나름 분위기를 잡았다. 그때 입에 피를 잔뜩 묻히고 아니 케첩을 묻히고 손에는 핫도그를 쥔 남태의 등장은 병심을 소스라치게 만들었다. 그사이, 미란은 서둘러 작별인사를 건네고 남태와 대문 안으로 들어가버렸다. 가슴 떨리는 첫키스를 실패하고 힘없이 돌아서던 가엾은 청춘, 병심은 한탄하며 말했다.

"핫도그가 나에게 상처를 줄 줄이야."

웃으며 동찬은 이만 하영을 집에 들여보내려 하고 있었다. 그러나 하영은 아직 할 말이 남은 듯했다.

"당신은 왜 그렇게 어렵게 살아? 그냥 쉽게 가도 되는데?"

"난 내 심장이 시키는 대로 해. 이제껏 그랬어. 앞으로도 그럴 거야. 그래야 죽는 순간 후회하지 않을 거 같거든. 너를 사랑하게 된 것도 그래서야."

마지막 그 한마디에 하영은 무너지고 말았다. 간절한 눈빛과 함께 하영은 말했다.

"꼭 살아 돌아와."

"꼭 그럴게."

약속하며 동찬은 하영의 손가락에 반지를 끼웠다. 어느새 젖어버린 눈으로 하영은 동찬을 바라보았다. 마치 기억 속에 영원히 모습을 담으려는 듯.

연구소 벽에 걸린 액자들 중 하나에 황 박사의 시선이 멈췄다. 사진 속 황 박사는 몰라보게 앳된 모습이었다. 그리고 그의 곁에는 존슨 박사가 환한 미소를 짓고 있었다. 빛바랜 사진은 황 박사에게 새삼 15년 전 기억을 떠올리게 만들었다. 디트로이트 생체공학 연구소 지하에는 수십 개의 캡슐들이 있었다. 잠들어 있는 그들의 모습을 보며 존슨 박사는 말했다.

"저들 모두 살고 싶은 거야. 계속해서, 영원히. 하지만 이 실험은 미래 기술에 의존해야 할지도 몰라. 그때가 되면 나보다 자네의 역할이 더 클걸세."

역사적인 순간을 기념하기 위한 그들만의 파티가 작은 술집에서 열렸다. 무대 위에서는 이름 없는 가수가 기타를 치며 노래를 하고 있었고 네다섯 정도의 손님들은 평온한 일상을 즐기고 있었다. 그러나 황 박사가 잠시 자리를 비운 사이 그 평화는 곧 깨졌다. 바 안으로 들어온 백인 남성은 바텐더에게 보드카를 주문했다.

"조국을 위하여. 건배."

잔을 들이켜고 난 뒤 남자가 품에서 꺼낸 건 다름 아닌 총이었다. "탕." 소리와 함께 총알이 바텐더의 가슴을 정확히 꿰뚫었다. 음악 소리가 멈추고 가게 안은 일순간 아비규환으로 변했다. 놀란 사람들이 급히 자리를 떠나려 했지만 남자가 쏜 총탄에 어김없이 쓰러지고 말았다. 혈흔이 낭자한 가게 안에는 남자와 존슨 교수 둘만이 남았다. 남자는 조금의 망설임도 없이 존슨 교수의 이마를 향해 총알을 발사했다.

화장실에서 돌아온 황 박사는 이미 싸늘하게 변한 존슨 교수를 부둥켜안고 오열했다. 그사이 밖으로 나온 남자는 불 붙은 라이터를 가게 안으로 던졌다. 깨진 창문을 사이에 두고 황 박사와 눈이 마주진 남자는 비열한 미소를 남긴 채 차와 함께 유유히 사라졌다. 곧이어 거센 불길이 황 박사의 눈앞을 가득 채웠다. 손에 선명히 남은 화상 흉터가 과거의 악몽을 증명해주고 있었다. 황 박사는 무표정한 얼굴로 주먹을 힘껏 말아 쥐었다.

동찬에게서 냉동인간 프로젝트에 대하여 들은 TBO 예능국 국장 홍석의 반응은 냉담하기만 했다.

"우리 그냥 하던 거 하자. 지금 우주의 기운이 너한테 몰려 있잖아. 손만 대면 터지잖아. 광고도 피디 이름으로 완판 되고."

인간을 대상으로 한 실험은 인권 문제와 부딪히기 마련이었다. 문제가 불거지면 광고가 붙을 리 만무했고, 정부의 미움을 살 수도 있었다. 무엇보다 이미 동찬의 프로그램은 대박 행진 중이었다. 홍석의 입장에서 보면 굳이 위험을 감수할 필요가 없었다. 그러나 동찬은 결심을 굽히지 않았다.

"에이씨, 그럼 그렇지."

"뭐? 에이씨? 마동찬, 너 미쳤어?"

"형, 정부 눈치나 보고 방송하는 게 공정한 언론이에요? 권력의 개지?"

"뭐? 개?"

"그렇게 자꾸 몸만 사리니까 평생 데스크만 지키고 앉아 있지. 형, 제발 주체성을 갖고 삽시다."

"너 말 다했어?"

"우리가 만든 프로그램 때문에 세상이 티끌만큼이라도 나아질 수 있다면 그걸 해야 하는 게 우리가 할 일이잖아. 이건 대한민국 생명공학의 혁명이야. 그러기 위해선 국민들의 관심이 필요한 거고. 이건 전설이 될 거야. 역사가 될 거고. 그 역사를 우리가 기록으로 남기자."

동찬의 말에 홍석은 말문이 막혔는지 더 이상 대꾸하지 못했다. 그리고 승패의 결과를 말해주는 정적이 흘렀다.

한강 둔치, 경자는 잔디밭에 누웠다 굴렀다 꽃도 무는 등 갖가지 포즈를 취하고 있었고 영선은 그 모습을 카메라에 담고 있었다. 하지만 명색이 결혼정보회사 프로필로 쓸 사진인데 영 못 미더운 모양이었다. 결국 경자는 김밥을 오물오물 씹으며 나 몰라라 관망하던 미란을 꼬드겼다.

"2천 원에다가 끝나고 치킨 맥주. 오케이?"

최저임금이 시간당 1,525원이니 구미가 당길 만했다. 카메라를 건네받은 미란은 혼신을 다해 셔터를 눌렀다. 경자도 순순히 미란이 시킨 대로 포즈를 잡았다. 이번엔 한쪽 다리를 들고 위태로운 자세로 김치를 외치는데, 갑자기 셔터 소리가 멈췄다.

"왜? 찍었어?"

"잠깐만."

미란은 카메라 렌즈를 쭉 끌어당겼다. 경자 뒤로 오리배를 타고 지나가는 남녀 커플의 모습이 보였다. 병심이 함께 탄 묘령의 여자의 볼에 뽀뽀까지 하며 백주대낮에 온갖 애정행각을 벌이고 있었다.

"이런 씨."

마침 그 시각, 동찬과 현기는 한강변을 헤매며 미란을 찾고 있었다. 미란을 만나 냉동인간 프로젝트 참여를 확답 받을 생각이었다. 그런 두 사람의 뒤로 미란이 휙 지나갔다. 미란은 병심의 오리배를 따라 달리며 고래고래 외쳤다.

"황병심. 너 거기 안 서!"

본능에 충실한 병심에게 그 소리가 들릴 리 만무했다. 게다가 병심의 귀에는 이어폰까지 꼽혀 있었다. 미란은 두리번거리다가 마침 비어 있는 오리배 위에 올라섰다. 그리고 뒤따라온 친구들에게 다급히 외쳤다.

"뭐해? 빨리 안 밟고."

미란의 오리배가 점점 병심이 탄 오리배의 뒤를 따라붙었다. 쿵 소리와 함께 배가 심하게 흔들린 뒤에야 병심은 자신에게 엄청난 위기가 닥쳤음을 깨달았다.

"미, 미란아."

"황병심, 너 거기서 뭐해?"

"바, 밟아!"

한가로운 오후의 잔잔했던 수면 위에서 쫓고 쫓기는 추격전이 벌어졌다. 얼핏 보기엔 두 마리의 오리가 우아하게 물위를 헤엄치는 듯 보였지만. 다시 두 배의 간격이 좁혀지자, 미란은 곧 다음 행동을 준비했다.

"나 상공 30미터까지 솟아오른 인간 로켓이야. 오늘 둘 중 하난 뒤진다."

기회를 엿보던 미란은 마침내 하늘로 붕 날아올랐다. 미란의 발은 정확하게 뺨에 꽂히며 병심은 보기 좋게 배 바깥으로 튕겨 나갔다. 물속에 잠겼다 떠오른 병심은 물 밖으로 겨우 머리만 내민 채 허우적댔다.

"살, 살려줘. 나 수영 못 해."

미란은 씩씩대면서 보고 있다가 마지못해 구명조끼를 던졌다. 하지만 병심의 머리를 맞춘 건 누가 봐도 의도적이었다. 이 놀라운 광경을 지켜보던 동찬은 만족해하며 중얼댔다.

"맘속에 분노가 펄펄 끓고 있는 거 봐라. 재는 아주 차가운 곳에서 식혀줄 필요가 있어. 진정 냉동실험에 딱 맞는 캐릭터야."

폭행 혐의로 조사를 받고 경찰서를 나오던 미란은 분한 듯 걸음을 멈췄다.

"세상에 남자가 얼마나 많은데. 저런 자식은 잊어버려."

영선과 경자는 미란을 위로하며 말했다. 하지만 미란에게 병심과의 이별은 슬픔의 이유가 아닌 듯했다.

"내가 왜 이렇게 짜증난 줄 알아? 내 첫사랑이, 내 인생에서 단 하나뿐인 첫사랑이 이렇게 끝났다는 거야."

미란은 입술 꽉 깨물었다. 애써 눈물 참으려 하늘을 올려다보았지만 어느새 차오른 눈물이 뺨을 타고 주르륵 흘러내렸다.

동찬은 미란을 방송국으로 불러냈다. 나란히 걸으며 동찬은 미란에게 물었다.

"미란 씨는 꿈이 뭐예요?"

"경건하게 밥벌이하면서 사는 거예요. 남부끄럽지 않게 돈 벌면서 행복하게 사는 거."

"어쩜 나랑 생각이 똑같을까."

미란의 말에 동찬은 맞장구를 쳤다. 바보가 아닌 이상 미란이 동찬의 꿍꿍이를 눈치채지 못할 리 없었다.

"피디님, 지금 저 꼬시려고 그러는 거죠? 냉동인간 하라고? 지금 되게 가식적으로 웃고 계신 거 아세요?"

"하하하. 맞아요. 근데 이 웃음은 제 겁니다. 난 가식으로 못

웃어요."

동찬은 보란 듯이 더 크게 웃고 나서 말을 이었다.

"미란 씨 설득하려고 한강을 갔다가 미란 씨가 남자 친구 아작 내는 걸 봤어요. 미란 씨 심장 속에 있는 분노와 도전정신을 그날 봤습니다. 너무 인상적인 나머지 그날 밤 미란 씨 꿈도 꿨어요."

"이상한 포인트에 꽂히는 타입인가 보네요. 아님 변태 성향이 있거나. 누구한테 막 학대당하고 싶으신가봐요?"

빵 터지 듯, 동찬은 정신 나간 사람처럼 마구 웃어댔다. 그러다 제법 진지한 표정으로 돌아와 말했다.

"난요. 남들이 하지 않는 걸 하면서 살았어요. 그리고 또 그렇게 사는 사람을 보면 도파민이 분출돼요. 냉동인간 실험도 그래서 관심 갖기 시작한 거예요. 이 실험이 성공하면 약으로 고칠 수 없는 병에 걸린 사람들을 고치게 될 수도 있겠단 생각을 했어요. 지금은 고칠 수 없지만 미래에 언젠가는 고칠 수 있을 거니까. 너무 멋지지 않아요?"

"정말 고칠 수 있을까요?"

미란의 눈시울은 별안간 붉어져 있었다. 갑작스러운 그녀의 슬픔이 당황스러웠던 동찬에게 때마침 걸려온 전화는 반갑게 느껴졌다.

통화를 마치고 돌아온 동찬은 눈물을 훌쩍이는 미란을 보았다. 눈물의 이유가 자기 때문이라 여긴 동찬은 미란에게 말했다.

"미란 씨, 하기 싫으면 하지 말아요."

"저 일이 있어서."

미란은 도망치듯 자리를 떠나버렸다. 그러나 며칠 뒤, 미란이 먼저 동찬을 찾아와 말했다.

"저 그거 할게요. 그 실험하겠다고요. 대신 조건이 있어요."

"조건?"

"핑클 사인 받아줘요. 내 동생이 핑클 팬이라. 그리고 담달에 장국영 내한 오는데 장국영 만나게 해주세요."

실험 종료 3시간 30분 전, 황 박사는 실험실 안에 있던 현기와 김진을 복도로 내보냈다. 해동 과정은 극비라는 이유에서였다. 현기로부터 이 사실을 전해 들은 홍석은 불안한 마음을 감추지 못했다. 만약 실험이 실패한다면 감당해야 할 책임이 너무도 컸기 때문이었다. 실험은 반드시 성공적으로 끝나야만 했다.

편집실에서 하영은 멘트를 읽고 있었다. 실험이 성공한다면 쓰일 멘트들이었다. 불안한 마음이 든 하영은 편집실을 나와 예능국으로 향했다. 동찬의 빈자리에 앉아 아직 남은 그의 온기를 느꼈다.

"하여튼 오기만 해봐."

책상 위에 놓여 있던 동찬의 사원증을 바라보며 중얼대고 나니 한결 마음이 편해지는 걸 하영은 느꼈다. 그래, 다 잘될 거야. 스스로를 다독이며 책상 위에 놓인 파일을 뒤적거려보았다. 〈세계 최초 냉동 개구리 심장 해동에 성공, 미국 존슨 교수〉, 〈존슨 교수, 5년째 의문의 실종. 살해로 추정〉, 〈유명 생체 연구 교수의 행방 오리무중, 러시아 마피아 연관〉 알 수 없는 제목의 기사들이 스크랩되어 있었다. 어째서 이런 기사들을. 불안한 감정이 하영을 다시 엄습했다.

실험 종료 2시간 20분 전, 황 박사의 조수 기범은 해동 준비를 돕기 위해 실험실로 들어섰다. 그런데 황 박사는 하얀 가운 대신 재킷을 입고 있었다. 마치 급한 약속이라도 있는 것처럼.

"해동되려면 이제 고작 2시간 20분 남았는데."

"그 전에 돌아와. 자넨 캡슐 옆에 꼭 지키고 있어. 누구도 안에 들여보내지 말고."

실험 종료 30분 전, 기범은 초조함을 감추지 못하고 실험실 안을 서성였다. 냉동캡슐은 정상적으로 작동했고, 실험실 밖 복도에서는 현기와 김진이 촬영 준비로 분주했다. 모든 것이 순조로운 듯했다. 황 박사만 돌아온다면. 야속하게도 타이머의 숫자는 점점 줄어들고 있었다.

냉동연구소를 나왔을 때부터 황 박사의 뒤를 밟는 수상한 차량 한 대가 있었다. 정지 신호에 황 박사의 차량이 정지선 앞에 멈춰 서자 뒤따라오던 차량도 따라 멈췄다. 황 박사는 백미러로 힐끔 뒤를 살폈다. 그러나 추격자의 얼굴을 확인할 수는 없었다. 황 박사는 핸들을 힘주어 움켜쥐었다. 신호가 바뀌자마자 급히 액셀을 밟았다. 이제 추격자도 은밀히 황 박사의 뒤를 밟을 필요가 없어졌다.

마침 맞은편에서 트럭 한 대가 맹렬한 속도로 오는 것이 보였다. 황 박사는 추격자를 따돌릴 기회라 여기고 오히려 트럭을 향해 속도를 높였다. 직전에 급히 핸들을 꺾어 가까스로 충돌을 피했다. 황 박사의 차는 트럭을 지나쳐 유유히 달렸다. 황 박사의 도발에 당황한 트럭 운전수는 급히 브레이크를 밟았다. 거대한 몸집의 트럭은 제힘을 주체하지 못하고 몸을 비틀며 도로 한가운데를 막고 섰다. 덕분에 길이 가로막힌 추격자는 멈춰 설 수밖에 없었다. 추격자가 점점 멀어지는 걸 확인한 황 박사는 안도의 한숨을 내쉬었다.

그러나 그런 황 박사를 바라보는 추격자의 실루엣에서는 조금의 동요도 느껴지지 않았다. 추격자는 카운트를 세듯 핸들을 잡은 손가락을 까닥였다. 하나 둘 그리고 셋, 까닥이던 손가락이 멈칫하는 순간, 황 박사의 차량은 폭발음과 함께 화염에 휩싸였다.

실험 종료를 알리는 경보음이 연구소 안을 가득 채웠다. 절망한 듯, 기범은 머리카락을 쥐어뜯으며 주저앉았다.

"저희 촬영 준비 끝났거든요. 두 분 지금 바로 나오시는 거죠? 컨디션은 어때요?"

문밖에서 현기의 다급한 목소리가 들렸다. 기범에게 결심의 순간이 찾아온 듯했다. 기범은 마침내 일어나 버튼을 눌렀다. 셔터가 내려가면서 냉동실험실은 어둠 속으로 모습을 감췄다.

부활

수색견과 경찰들이 행렬을 맞춰 산속을 수색하고 있었다. 하늘에서는 헬기가 요란한 소리를 내며 분주히 움직였다. 그러나 사라진 이들의 행방을 아는 이는 없는 듯했다. 다만 감추려 하는 사람들만 있을 뿐이었다. 홍석은 초조함을 견디지 못하고 사무실 안을 서성였다.

"그 냉동실험인가 뭔가 했다는 게 알려지면 모가지에서 안 끝나. 우리 전부 매장이야."

주위를 의식한 듯 홍석은 낮은 목소리로 현기에게 말했다. 그리고 테이블 위에 놓인 녹화 테이프들을 보며 말을 이었다.

"넌 그날 마동찬 못 본 거야. 방송국에서 편집하고 있었어."

"구, 국장님?"

"그날 밤 내가 봤어. 네가 밤새 편집하고 있던 거. 이 모든 건 마동찬이 혼자 계획하고 혼자 취재하다 일어난 일이야."

"그게 말이 안 되잖아요."

현기가 되묻자 홍석은 버럭 목소리를 높였다.

"말 안 되는 거 되게 만드는 거, 우리 전문이잖아."

"국장님, 예산안 올린 서류에다 출연료 집행까지……."

"그 역시 마동찬이 혼자 집행한 거야. 이 실험에 대해 알고 있는 사람, 일단 방송국엔 너랑 또 누가 있냐?"

"저, 저랑 FD 김진이랑 하영이요."

"진이는 내가 입막음하면 되고 아나운서 나하영이 문제네."

홍석은 곤란한 표정을 지었다. 그러다 무언가 떠오른 듯 말했다.

"하영이 어머니 입원했다고 했지? 그 병원 어딘지 알아?"

병원 앞에는 고급 승용차가 세워져 있었다. 예상치 못한 만남인 듯, 하영은 민낯인 채 조수석에 앉아 있었다.

"프로젝트 관련된 모든 게 사라졌어. 황 박사는 죽었고. 심지어 그 조수까지 행방불명이야."

홍석은 체념하며 말했다. 하지만 하영은 그 말들을 순순히 받아들일 수 없었다.

"내가 가볼게요. 그 연구실 어디에요?"

"가봤자 소용없어."

"내가 찾을 거예요."

"이 사건 덮어야 돼. 안 그러면 우리까지 위험해져. 사장님 지시야."

홍석은 쐐기를 박듯 말했다. 그리고 말을 덧붙였다.

"9시 뉴스 앵커 교체될 거야."

그 말이 무엇을 의미하는지 하영은 모르지 않았다. 하영은 차창밖을 하염없이 바라보았다.

방송 시작을 알리는 불이 들어왔다. BGM과 함께 카메라는 앵커석을 비췄다.

"시청자 여러분, 안녕하십니까, 9시 뉴스 나하영입니다. 첫 소식입니다."

9시 뉴스의 시작을 하영이 알렸다. 그리고 뒤편에서 수군거리는 목소리가 들려왔다.

"말이 돼? 쟤가 어떻게 메인 뉴스 자리에 올라?"

"사장 지시라잖아."

"남자 친구가 행방불명인데 멀쩡하게 방송하는 거 봐."

홍석이 모습을 드러내자 수군거림도 곧 사라졌다. 홍석은 앵커석에 앉은 하영을 주시하듯 바라보았다.

"다음 소식입니다. TBO 마동찬 피디가 실종 50일째 행방이 오리무중입니다. 현재 사건과 관련한 어떤 단서나 흔적도 남아 있지 않아 수사에 난항을 겪고 있습니다."

자료화면으로 촬영을 하고 있는 동찬의 모습이 나왔다. 모니터를 바라보던 하영의 눈망울이 촉촉이 젖어갔다. 그러나 이내 하영은 마음을 다잡아야 했다.

“실종된 마동찬 피디는 〈무한 실험천국〉으로 시청자가 뽑은 최고의 프로그램 상과 한국방송대상 예능 피디 상을 수상했으며…….”

남태는 TV 화면에서 좀처럼 눈을 떼지 못했다. 자료화면으로 커다란 풍선이 여러 개 달린 헬멧을 머리에 쓴 미란의 모습이 나왔다. 비록 모자이크로 얼굴이 가려져 있었지만 그녀가 미란임을 남태는 단번에 알아보았다.

“누, 누나다.”

남태는 쪼르르 TV 앞으로 바짝 다가가 앉았다. 브라운관을 어루만지며 남태는 애타게 미란의 이름을 불렀다.

‘남태야. 누가 너 또 괴롭히면. 그게 아니라도 무슨 일 있으면 꼭 이 호루라기 불어 알았지? 그럼 누나가 달려올게.’

언젠가 남태가 불량배들에게 괴롭힘을 당할 때 미란은 슈퍼 영웅처럼 나타나 악당들을 물리쳐주었다. 그리고 남태의 목에 호루라기를 걸어주며 말했었다. 밤이 깊어가고 있었다. 대문 앞에 앉아 미란이 오기를 하염없이 기다리던 남태는 기억에 이끌려 목에 걸린 호루라기를 불었다. 눈물을 흘리며 계속 호루라기를 불었다. 호루라기 소리가 온 동네에 울려 퍼졌다. 그러나 미란은 돌아오지 않았다.

하영은 아무도 없는 아나운서실에 혼자 앉아 있었다. 적막과 함께 곧 슬픔이 찾아왔다. 당장이라도 동찬의 목소리가 등 뒤에서 들려올 것만 같았다. 농촌 특집 촬영을 하고 왔다며 흙먼지를 잔뜩 뒤집어쓰고 처음 나타났던 그때처럼. 편집실에서 느닷없이 데이트 신청을 했던 그때처럼. 하영은 미뤄둔 눈물을 쏟았다. 감정을 이기지 못하고 꺼억꺼억 울기 시작했다. 지금 선택이 맞은 걸까? 어쩔 수 없는 선택이라 위안해보았다. 자신이 없었다. 알 수 없었다.

동찬과 마지막으로 통화한 사람은 황갑수 박사였다. 그러나 황 박사는 자동차 사고 후 행방을 감추었다. 시신은 발견되지 않았고 병원에서 치료를 받은 기록도 찾을 수 없었다. 그의 연구소는 누군가에 의해 옮겨진 듯, 단서가 될 만한 어떤 물건도 남아 있지 않았다. 현장을 둘러보던 백 형사는 막막함에 허탈한 표정을 감추지 못했다.

남겨진 이들은 사라진 이들의 빈자리를 그리며 추억했다. 사랑했던 기억도 미워했던 기억마저도 추억으로 남아 눈물 흘리게 만들었다. 다시 돌아오기를 저마다의 방법으로 기도할 뿐이었다.

그 기도가 하늘에 닿았는지도 모른다. 두 계절이 바뀔 무렵, 미란의 집으로 우편물 하나가 도착했다. 무심코 포장을 뜯던 향자는 이내 손을 부들부들 떨었다.

"미란 씨는 냉동캡슐에 잠들어 있습니다. 이 사실을 어느 누구에게도 알리지 말아주십시오. 미란 씨가 다시 깨어나길 원한다면."

편지와 함께 사진도 있었다. 냉동캡슐 안에 잠들어 있는 미란의 모습, 4532시간 18분 23초 현재 그녀는 살아 있었다.

캠퍼스에는 졸업을 알리는 현수막이 펄럭였다. 졸업생들은 사회로의 첫발을 꿈꾸며 학사모를 던졌다. 그러나 단짝 친구들 곁에 미란은 없었다. 어느 날 향자는 그들에게 미란이 미국으로 유학을 떠났다는 사실을 알렸다. 미란이 왜 도망치듯 유학을 떠나야 했는지 누구도 알지 못했다. 다만 병심은 자기 때문에 미란이 유학을 떠났다고 믿었다. 그렇게 미란이 없는 시간이 흘렀다. 동찬이 없는 시간도. 그리고 2019년이 되었다.

존슨 매카시 연구소가 주최한 'SEOUL BIO FORUM'이 진행 중이었다. 강단에 선 40대 정도로 보이는 미국인 박사가 냉동인간에 대해 강의를 하고 있었다. 강의가 마무리될 무렵, 기범의 휴대폰에서 경보음이 울렸다. 기범은 급히 컨퍼런스룸을 빠져나왔다. 어플을 실행시키자 연구실 내부에 설치된 CCTV 영상들이 휴대폰 화면에 나왔다.

요란한 사이렌 소리와 함께 환자복을 입은 노인이 긴 머리를 휘날리며 맨발로 걷고 있었다. 그의 손에는 세 개의 작은 병이 들려 있었다. 실험실 안으로 들어선 노인은 여섯 개의 냉동캡슐 앞에 섰다. 깊게 패인 주름에 봉두난발한 백발, 노인이 된 황 박사는 20년 전 모습 그대로인 미란 그리고 동찬과 마주했다. 스위치를 누르자 캡슐 내부의 온도가 상승하기 시작했다. 온도계는 31.5도에서 멈췄다. 황 박사는 미란과 동찬의 팔에 차례로 주삿바늘을 꽂았다.

창백한 미란의 팔에 생기가 돌기 시작했다. 흐르기 시작한 피는 그녀의 심장을 움직이게 만들었다. 가쁜 숨을 내쉬며 미란은 마침내 눈을 떴다. 후들거리는 발을 겨우 내딛으며 미란은 무의식에 탈의실로 향했다. 동찬의 캡슐에서도 거친 숨소리가 들리기 시작했다. 마지막 호흡을 크게 내쉬며 동찬도 눈을 떴다.

기범이 연구실에 도착했을 때, 두 대의 캡슐은 텅 빈 채 있었다. 벗어놓은 실험복들이 너부러져 있었고 타어머는 176,160시간 27분 12초에서 멈춰 있었다. 모두 떠나버린 듯했다. 힘없이 돌아서려는 그때, 캡슐 뒤로 쓰러져 있는 누군가의 다리가 보였다. 황 박사였다.

사방에서 요란하게 경적 소리가 들렸고 거리에는 사람들이 바쁜 걸음을 내딛고 있었다. 20년 전 철지난 동찬의 옷차림은 그런 사람들의 시선을 끌기에 충분했다. 길 한복판에 덩그러니 선 채 동찬은 주위를 둘러보았다. 서울 최고 기온 34도, 습도 46, 미세먼지 수치 57, 대형 전광판은 폭염 특보가 발효 중임을 알려주고 있었다. 얼굴을 찌푸린 채 내리쬐는 햇빛을 맞던 동찬은 세상이 뿌옇게 변하는 걸 느꼈다. 곧이어 동찬의 주위로 사람들이 몰려들었다.

다시 눈을 떴을 때, 동찬은 어느 병원의 병실 침대 위에서 온몸이 담요로 돌돌 말린 채 있었다. 그제야 동찬은 아직 촬영이 끝나지 않았음을 깨달았다. 몸을 일으키려 하자 의사와 간호사들이 달려와 동찬의 몸을 붙들었다.

"가야 돼요. 이런 것도 다 촬영을 해야 한다고요."

동찬은 있는 힘을 다해 발버둥을 쳤지만 곧 제풀에 쓰러졌다. 간호사는 동찬의 입과 귀에 체온계를 밀어 넣었다. 고장이라도 난 걸까? 체온계를 바꾸어보았지만 여전히 같은 결과가 나왔다.

"31. 5도예요."

"말이 돼? 31.5도면 사람이 어떻게 살아?"

마치 그 말을 알아들은 듯, 동찬은 다시 눈을 떴다.

"서, 선생님, 지금 이게 얼마나 심각한 상황인지 아시는 겁니까?"

"압니다. 저희도 이런 저체온 환자 상태는 처음 봐서."

"지금 1분 1초가 중요합니다. 대한민국 생명공학의 역사가 달린 문제라고요. 조연출한테 바로 연락해야 돼요."

"연락처를 알려주시면 저희가 직접 전화 드리겠습니다."

동찬이 쓰러졌던 그 거리를 미란이 비틀거리며 걷고 있었다. 주위를 두리번거리다 미란은 왕십리행 버스에 올라탔다. 버스 요금은 미란이 아는 것보다 두 배가 넘게 올라 있었고, 차창밖으로는 전에 본 적 없는 건물들이 들어선 풍경이 펼쳐졌다. 아직 꿈에서 덜 깬 탓일까, 미란은 어지러운 정신을 추스르려 고개를 푹 숙였다.

"엄마! 남태야!"

힘겹게 계단을 올라 옥탑방 앞에 다다른 미란은 문을 두들기며 힘을 다해 외쳤다. 그러나 돌아오는 답은 없었다. 건너편 건물의 옥상에서 빨래를 널던 아주머니는 미란을 향해 말했다.

"거기 사람 안 산 지 오래됐어."

대체 얼마나 잠이 들었던 것일까? 가족은 왜 이사를 가야만 했던 것일까? 하필 이럴 때, 손에 들린 휴대폰도 배터리가 다 했는지 켜지지 않았다. 도움이 필요했다.

"저희 가족이 이사를 갔는데요. 어디로 갔는지 좀 알 수 있을까요? 가족이 연기처럼 사라졌어요."

힘겹게 지구대에 들어선 미란은 말했다. 아직 어눌한 말투와 흐느적거리는 그녀의 몸동작은 경찰관들을 긴장하게 만들었다.

"어떻게 가족이 말도 없이 이사를 가나?"

"그러게요."

"가족들 마지막으로 본 게 언젠데요?"

"어제요. 제 생각에는 월세를 못 내서 쫓겨났을 가능성이 커요."

경찰관 한 명이 미란이 알려준 번호로 전화를 걸었다. 하지만 받지 않는 모양이었다.

"집에 사람이 없네요. 어머니 휴대폰 번호가 뭐예요?"

"그, 그게."

"신분증 줘보세요. 저희가 연락처 알아봐드릴게요."

미란은 지갑을 꺼내려 가방을 열었다. 애니콜 핸드폰, 핑클 시디, 철지난 곱창 머리띠 그리고 장국영 사진이 붙어 있는 1999년 다이어리, 가방에서 쏟아져 나온 철지난 물건들은 지켜보던 이들을 어리둥절하게 만들었다. 게다가 주민등록증에는 그녀의 나이가 분명히 적혀 있었다.

"76년생이면 마, 마흔넷?"

경찰관들은 신분증과 미란의 얼굴을 번갈아 보았다. 그러나 미란에게 그런 시선을 의식할 기력은 없었다. 거친 숨을 몰아쉬며 미란은 눈을 감았다.

"어머님 성함이 유향자 씨 맞죠?"

신원 확인이 된 모양이었다. 그러나 여전히 통화를 할 수는 없었다. 미란은 받지 않는 전화기에 대고 떨리는 목소리로 말했다.

"엄마 나 미란이야. 대체 어디 있는 거야? 쫓겨난 거야? 아니지? 그런 거라도 걱정 마. 내가 있잖아. 여기 경찰서거든. 내가 뭐 잘못해서 경찰서 있는 건 아니니까 걱정은 말고."

턱밑에 나잇살이 두둑이 붙은 현기는 피디들을 모아놓고

일장 연설을 늘어놓고 있었다. 한참 피치를 올리고 있는데 직원 한 명이 다가와 흥을 깼다.

"국장님, 병원에서 전화 왔는데요."

"병원에서 왜?"

"저도 그건 잘. 누가 국장님을 찾는다고."

"네 선에서 처리 못 해? 내가 그딴 전화까지 다 받아야 되냐? 나 TBO 국장이야."

현기는 거들먹거리며 말했다. 직원은 꾸벅 고개를 숙이고 돌아서 전화기에 대고 말했다.

"저희 국장님이 지금 많이 바쁘셔서. 마동찬 피디든 누구든."

현기는 자기 귀를 의심했다. 마동찬이라니, 20년 전 사라진 마동찬이라니. 현기는 직원의 전화기를 낚아챘다.

"여, 여보세요."

"마동찬 씨를 아십니까?"

"네. 아, 압니다."

"마동찬 씨가 지금 손현기 씨를 찾고 계신데……."

폭풍의 전야와 같은 고요가 흐르고, 곧이어 버럭 목소리가 들려왔다.

"야, 이 새끼야, 너 뭐야? 누가 철수시키랬어? 너 왜 안 찍어? 내가 너 분명 옆에 딱 붙어 있으랬지? 너 지금 어디야?"

누군가 장난을 치고 있는 것이리라 현기는 생각했다. 그러나 현기의 몸은 오래전 그 목소리를 분명히 기억하고 있었다. 현기는 몸이 바짝 굳는 걸 느꼈다.

"황 박사는 어디 있어? 고미란은? 촬영도 안 끝났는데 왜 거기 가 있냐고? 지금 당장 튀어 와. 카메라 들고 와서. 나 찍어 빨리. 튀어 와, 새끼야."

동찬은 남은 힘을 다해 전화기에 대고 말했다. 그때 한 무리의 사람들이 병실로 들이닥쳤다. 동찬의 얼굴을 본 그들의 낯빛이 변했다. 동찬도 놀라긴 마찬가지였다. 하루 사이에 어머니와 여동생은 폭삭 늙어버렸고 아버지는 오히려 젊어져 있었다. 아버지는 동찬에게 다가와 말했다.

"혀, 혀엉."

그 광경을 지켜보던 어머니, 원조는 감정에 복받친 나머지 의식을 잃고 쓰러졌다. 그 바람에 병실 안은 난장판이 되었다. 동찬이 손에서 놓친 전화기에서는 현기의 음성이 들려오고 있었다.

"선배, 선배."

현기는 후들거리는 다리를 이끌고 사장실로 달려갔다. 그러나 사장실은 텅 비어 있었다. 현기는 떨리는 손으로 통화 버튼을 눌렀다.

"사, 사장님, 큰일 났습니다. 선배가, 마동찬 선배가 살아 있어요."

현기는 울먹이다시피 말했다.

"고미란이, 우리 미란이 어디 갔습니꺼?"

뒤늦게 미란의 음성 메시지를 확인한 향자 씨는 가족을 이끌고 지구대로 들이닥쳤다. 그러나 좁은 지구대 안에서 미란의 모습을 찾을 수는 없었다. 혹시라도 누군가 장난을 친 것이라면, 그사이에 무슨 사고라도 생겼다면, 조마하던 그때 지구대를 지키던 한 경찰관이 말했다.

"고미란 씨 방금 나갔는데. 혹시 오시면 학교로 간다고 전해달랬어요."

대답을 듣자마자 향자와 유한 그리고 남태까지 다시 우르르 지구대에서 나왔다. 마침 그때 미란은 택시에 오르고 있었다. 애타게 이름을 부르는 가족들을 뒤로하고 미란을 태운 택시는 유유히 사라졌다. 미란이 없는 거리에서 남태는 애타게 외쳤다.

"누나!"

어지간히 다급했던 모양인지 홍석은 골프복을 입은 채로 현기와 병원으로 들어섰다.

"진짜 마동찬이 살아 돌아온 게 맞아?"

"선배 목소리였어요. 선배가 살아 있어요. 어떡하죠? 선배가 그동안 우리가 은폐한 걸 알면."

채 말이 끝나기 전에 홍석은 놀란 눈이 되어 현기의 입을 틀어막았다.

"미쳤어? 마동찬 돌아온 거 누구도 알아선 안 돼. 알았어? 언론에 나가면 우린 끝이야."

현기는 순순히 고개를 끄덕였다.

동찬은 침대에 누워 잠든 듯 있었다. 병상 이름표에 적힌 52세란 나이는 병실 안 사람들을 수군거리게 만들었다. 간호사는 동찬의 입에 체온계를 물리고 귀에 꽂아둔 체온계의 온도를 다시 확인했다. 동찬의 체온은 여전히 정상을 한참 밑도는 31.5도였다.

"동찬아."

원조가 동찬이 깨어난 걸 보고 곁으로 다가왔다. 동찬은 하루 사이에 폭삭 늙어버린 어머니의 모습이 마냥 의아했다.

"아버지는 갑자기 젊어지고 어머니는 왜 이렇게 확 늙으셨어요?"

"형. 형은 왜 하나도 안 늙었어? 어디 있다 왔어? 우린 형을 찾느라고."

곁에 있던 중년의 남성이 울먹이며 말했다. 동찬은 귀를 의심하며 주위를 두리번거렸다.

"그러니까 아버지."

"형. 나 동식이야."

마스카라가 떡이 된 채 울고 있던 중년의 여성도 다가와 말했다.

"오빠, 나 동주야. 오빠가 엄청 귀여워하던 동생 동주."

대체 이 상황을 어찌 받아들여야 할까? 그때 동찬을 부르는 목소리가 들렸다. 병실 입구에 턱 밑에 살이 잔뜩 붙은 중년의 남성이 얼빠진 모습으로 서 있었다. 현기는 다리를 벌벌 떨며 동찬에게 다가왔다.

"서, 선배."

"아저씬 누구세요?"

"제가 잘못했어요. 그냥 죽여주세요."

"저 아세요? 누구세요?"

흰 머리카락이 부쩍 는 홍석은 믿지 못하겠다는 듯 문가에 서서 이 광경을 바라보고 있었다. 모두가 변해 있었다. 동찬만 제외하고.

미란은 벤치에 거의 쓰러진 듯 앉아서 교정을 바라보고 있었다. 마침 한 학생이 옆자리에 털썩 앉았다. 그리고 손에 든 무언가로 게임을 하기 시작했다. 작지만 커다랗고 선명한 화면이 달려 있는 그 물건은 벨이 울리자 전화기로 바뀌었다. 미란은 힘겹게 몸을 일으켜 주위를 둘러보았다.

'2019년도 하반기 편입생 추가 모집'

흔하게 보던 현수막이 어딘가 낯설게 느껴졌다. 그리고 보니 다른 현수막에도 벽에 붙은 포스터에도 온통 1999년 대신

2019년이 적혀 있었다. 전동휠을 타고 한 학생이 미란의 앞을 휙 지나갔다. 입고 있는 과 점퍼에도 마찬가지로 적혀 있었다.

'19학번 체육학과.'

그들은 마치 20년 후의 미래, 2019년을 살고 있는 것 같았다.

동찬은 자리를 박차고 일어나 병원 로비로 나갔다. 로비에 걸려 있는 현수막과 포스터들은 지금이 2019년임을 말해주고 있었다.

우리가 잃어버린 시간들

심리학과 교수 황동혁, 팻말이 붙어 있는 방에서 40대의 남자가 걸어 나왔다. 겨드랑이에 두꺼운 책을 끼고 허세 가득한 표정을 짓고 있는 모습은 누가 봐도 전형적인 교수의 모습이었다. 남자가 복도로 나서려는 그때, 교내 안내 방송이 흘러나왔다.

"중문학과 고미란 학생은 지금 방송실로 와주시기 바랍니다."

그 이름이 남자를 놀래게 만든 모양이었다. 남자는 떨어뜨린 책을 집으며 중얼거렸다.

"오랜만에 듣는 이름이군."

미란이 기억하는 그 시절 공중전화 앞에는 항상 줄이 길게 늘어서 있었다. 친구와 이어폰을 한쪽씩 나눠 끼고 시디플레이어에서 나오는 음악을 듣는 모습도 흔했다. 그러나 그런 모습은 더 이상 찾아볼 수 없었다. 미란의 입가에 저절로 헛웃음이 새어 나왔다.

2019년의 풍경 속에서 낯익은 소리가 들려왔다. 미란은 몸을 비틀거리며 소리를 향해 발걸음을 옮겼다. 한 남자가 호루라기를 불고 있었다. 앳된 모습은 사라지고 어른의 모습이 되었지만 미란은 한눈에 그를 알아볼 수 있었다.

"나, 남태야."

미란은 다가가려다 다리에 힘이 풀려 그만 주저앉았다. 대신 남태가 다가왔다. 남매는 울음을 터트리며 부둥켜안았다. 뒤따라온 향자와 유한도 함께 눈물을 훔쳤다.

"누나, 나한테 업혀. 누나 만나려고 밥 많이 먹어서 키 많이 컸다."

남태는 뒤돌아 앉으며 말했다. 우리 남태 이렇게 컸구나, 넓어진 남태의 등을 바라보며 미란은 눈물을 글썽였다. 어느새 어른이 된 소년은 누나를 등에 업고 씩씩하게 걸었다. 미란은 20년의 시간을 몸으로 느꼈다.

동찬은 병원에 걸린 2019년 달력을 보고 놀란 표정을 감추지 못하고 있었다. 그의 곁으로 현기가 다가왔다. 후덕하게 변한 현기의 얼굴은 또다시 동찬을 놀라게 만들었다.

"누, 누구세요?"

"선배 저예요. 현기요."

"네가 현기라고요? 하영이는 어디 있어요?"

"하영이 보도국장이야."

홍석이 대신 답했다. 동찬이 좀처럼 믿지 못하겠다는 표정을 보이자, 현기는 동찬을 화장실로 데려갔다. 그리고 지난 시절 촬영 중에 다친 은밀한 곳의 흔적을 보여주었다. 눈앞에 있는 중년의 남성이 현기라는 걸 동찬은 받아들이지 않을 수 없었다.

"고미란은 어떻게 됐어?"

"그걸 왜 저한테? 선배가 아시는 거 아니에요?"

"깨어났을 때 없었는데. 괜찮은 거야?"

동찬은 홍석과 현기를 차례로 바라봤다. 그리고 현기에게 확인하듯 다시 말했다.

"일단 나 말 놓을게요. 너 정말 현기 맞죠?"

"그럼요."

"그래. 고미란 주소 알아봐."

"그, 그걸 제가 어떻게 알아요? 20년 전 일인데."

동찬이 흘겨보자 현기는 억울해하며 말을 이었다.

"저도 선배 찾으려고 얼마나 노력했는지 알아요? 근데 개미 새끼 하나 찾을 수 있어야죠. 황갑수 박사는 갑자기 죽었지…….”

“박사님이 죽었어?”

“그렇다니까요. 황 박사만 죽은 게 아니라 마이클 잭슨도 죽고 북한 김정일도 죽고 휘트니 휴스턴도 죽고.”

그때 동주가 동찬의 곁으로 다가왔다.

“오빠. 집에 갈까?”

“저, 저기요. 백 서방, 아니 백 형사한테 전화 좀 해줄래요?”

“나 그 사람이랑 이혼했어. 그렇지만 연락은 하고 살아. 재산분할이랑 위자료 문제가 정리가 안 돼서.”

“이혼했어요?”

“그럼 두 번이나 했는데. 세월이 20년인데 한 남자랑 그 긴 세월 어떻게 살아?”

동주는 당연하다는 듯 말했다.

백 형사로부터 알아낸 주소로 가보았지만 미란의 옥탑방은 비어 있었고 사람이 산 흔적도 없었다. 동찬은 답답한 마음을 남기고 돌아서야 했다. 동찬이 떠난 골목의 반대쪽에서 미란의 가족이 모습을 드러냈다. 가족들은 동찬이 나왔던 그 집으로 향했다. 그러나 가족들이 들어선 곳은 옥탑방이 아닌 1층이었다. 미란은 멈칫하다 가족들의 뒤를 따랐다.

“어떻게 된 거야? 그사이에 복권이라도 당첨됐어?”

“이기 전부 미란이 네가 준 통장 때문이다 아이가.”

"통장?"

"네가 우리한테 보내준 그 돈으로 아버지랑 내 사업 밑천 해가 돈 벌었다 아이가. 목숨 같은 돈이라가 하늘이 감동했는지 우리 이래 방구 끼고 살게 해주드라고."

향자는 감격에 겨운 목소리로 말했다. 미란은 냉동인간 실험을 들어가기 전 기범에게 부탁했던 일을 떠올렸다. 만약 일이 잘못되면 출연료를 대신 전해 달라고.

"미란이 네 방은 저 짝이다. 함 가봐라."

향자의 말대로 미란은 방 문 앞에 다가가 섰다. 크게 심호흡을 하고 조심스레 방문을 열었다. 낡은 컴퓨터가 있던 자리에는 노트북이 놓여 있었고 매트가 있던 자리에는 침대가 놓여 있었다. 하지만 미란의 손때가 묻는 책상과 의자 그리고 옷장은 그대로 있었다. 옷장 위에는 장국영의 비디오테이프와 카세트도 무사히 남아 있었다. 언제라도 미란을 맞이할 준비를 하고 있던 듯했다.

동찬의 집도 전과는 바뀌어 있었다. 집 앞에 선 동찬은 걸려 있는 돼지갈비 간판을 보고 당혹감을 숨기지 못했다. 원조는 동주와 동식을 가리키며 말했다.

"이것들이 하나하나 말아먹다 보니."

좁아진 집 안에는 여기저기 옷가지가 널브러져 있었다. 여덟 살 정도 되어 보이는 여자아이는 동찬이 자기 장난감을 밟왔다며 호들갑을 떨어댔다. 뒤이어 아이의 어머니로 보이는 여성이 급히 나와 동찬을 맞이했다. 동식은 그들이 아내와 딸이라 소개했다.

집안 한구석에 쌓여 있던 전단지는 가족들이 그동안 얼마나 애타게 동찬을 찾았는지를 알려주는 흔적이었다. 이제 동찬도 이 집에서 복닥거리며 살아야 했다. 그 와중에 동찬은 뭔가 허전한 기분을 느꼈다.

"근데 아버지는요?"

가족들은 멈칫하며 서로의 눈치만 봤다. 불길한 마음이 든 동찬은 주위를 두리번거리다 눈에 띈 사진 앞으로 다가섰다. 벽에는 환하게 미소를 짓고 있는 아버지의 영정이 걸려 있었다.

흐르는 세월을 피하지 못한 듯 영선도 40대 아줌마가 되어 있었다. 우두커니 앉아 술잔을 기울이던 영선은 집으로 돌아온 남편을 향해 무미건조한 말을 내뱉었다.

"오늘까지 안 들어오면 경찰에 신고하려고 했는데. 살아 있었네."

침실 화장대 위에는 두 사람의 결혼사진이 담긴 액자가 있었다. 어쩌면 그네들이 행복했던 마지막 순간일지 몰랐다. 사진 속에서 영선과 병심은 행복한 듯 웃고 있었다.

"고미란 말이야. 그 후로 한 번도 연락 없었지?"

침대에 드러누우며 병심은 말했다. 영선은 솔깃해하며 되물었다.

"고미란은 왜?"

"그냥. 미국에서 애 낳고 잘 살고 있나 해서."

"뜬금없긴. 우리 아버지가 너 안 잘리게 붙들어 매고 있는 것도 한계가 있어. 논문도 좀 쓰고 학회 세미나도 가고 노력을 좀 해. 이름만 바꾸면 뭐하냐? 하는 짓은 여전히 빙다리 핫바진데."

영선은 참았던 말을 쏟아냈다. 병심도 맞서 대꾸하다 이내 멈추고 한숨을 내쉬었다.

"내 인생이 어디서부터 잘못된 걸까?"

"너나 나나 고미란 때문이지. 그날 네가 미란이 때문에 죽느니 사느니 술 처먹고 사고만 안 쳤어도."

영선도 병심과 같은 한숨을 내쉬었다.

20년 만에 다시 켠 휴대폰에는 동찬이 없던 시간의 흔적들이 남아 있었다.

"자기야. 언제 와?"

"왜 안 와? 내가 얼마나 기다리고 있는데."

"자기야. 나 기다리는 중이야. 보고 싶어."

하영의 목소리가 귓가에 생생이 들리는 것 같았다. 어찌하여 이 지경까지 오게 된 걸까? 왜 계획이 틀어진 걸까? 그 이유를 알 수 있는 방법은 오직 한 가지인 듯했다.

다시 찾은 냉동연구소에서 동찬을 맞이한 이는 중년이 된 기범이었다. 동찬은 치밀어 오르는 분노를 참지 못하고 격양된 목소리로 말했다.

"도대체 어떻게 된 겁니까?"

"박사님이 사고를 당하셨어요. 실험 완료 두 시간 전에……."

"그럼 우린 어떻게 20년 만에 깨어난 겁니까?"

기범은 대답 대신 작은 버튼을 눌렀다. 곧이어 비밀장소로 향하는 문이 열렸다. 계단을 따라 내려가자 뜻밖에도 그곳에는 죽었다고 알려진 황 박사가 의식을 잃고 잠들어 있었다.

"우리를 깨운 게 결국 황 박사님인가요?"

"코마 상태에서 20년 만에 깨어났습니다. 그리고 무의식적 집념으로 두 사람을 깨운 후 다시 쓰러졌어요. 뇌가 아닌 몸이 스스로 반응했다고 할 수 있죠. 황 박사의 20년간 잠재되어 있던 무의식이 행동을 일으킨 일종의 수면 각성 장애와 비슷하다고 볼 수 있습니다."

황 박사의 곁을 지키던 닥터 윤이 말했다. 그러나 동찬은 의구심을 완전히 떨칠 수 없었다.

"그런데 왜 박사님을 다들 죽은 걸로 알고 있는 거죠?"

"차량이 폭파됐어요. 누군가 박사님을 죽이려고 했습니다. 만일 박사님이 살아계신 걸 알면 박사님을 또다시 죽이려 했을 겁니다."

기범에 이어 닥터 윤이 말을 덧붙였다.

"황 박사랑 난 의대 동기였소. 무슨 연유였는지 늘 쫓기고 불안해했지. 사고 나기 전날 나한테 간곡히 부탁을 했소. 자기한테 무슨 일이 생기면 뒷일을 부탁한다고."

"범인은요?"

더 이상은 알지 못하는 듯, 동찬의 물음에 아무도 답하지 않았다. 동찬은 무거운 표정으로 황 박사를 보았다. 황 박사가 이 지경이 된 건 냉동인간 프로젝트와 관련이 있을 거라 동찬은 생각했다. 그러나 이미 공소시효가 지나 경찰에 수사를 의뢰할 상황은 못 되었다. 동찬은 발걸음을 옮겨 캡슐 앞에 섰다. 여섯 개의 캡슐 중 두 개의 캡슐이 주인을 잃은 채 있었다. 기범은 다가와 말했다.

"고미란 씨 어머님은 알고 계셨습니다. 미란 씨가 냉동실험 중이란 사실을. 제가 계속 미란 씨 안부를 전해 드렸거든요. 피디님 부모님께는 피디님이 냉동실험 중이라는 얘기를 전해 드릴 수가 없었습니다. 피디님이 실종됐다는 뉴스가 너무 일파만파여서. 자칫 실험 자체가 노출이 돼 박사님이 위험해지실까 봐."

현기에게 말을 전한 뒤, 동찬은 방송국 근처 카페에 앉아 하영을 기다리고 있었다. 문이 열릴 때마다 동찬의 시선은 문가로 향했다. 그러나 하영의 모습은 좀처럼 보이지 않았다. 혹시 말이 잘못 전달된 걸까, 아니면 하영이 만나기를 거부하고 있는 걸까, 불안한 마음이 들기 시작할 무렵, 뜻밖에도 하영의 이름이 귓가에 들렸다.

"나하영 아나운서 맞죠? 사인 좀 해주세요."

팬으로 보이는 사람이 펜과 종이를 건네며 말하고 있었다. 웃으며 사인을 하고 나서 고개를 든 하영은 눈앞에 서 있는 동찬을 한눈에 알아봤다.

"도, 동찬 씨?"

마주 앉은 두 사람은 한동안 아무 말도 하지 못했다. 괜스레 앞에 놓인 커피잔을 만지작거리다 동찬이 먼저 입을 열었다.

"잘 지냈어? 20년이나 흘렀네."

"그러게."

"내가 많이 늦었지? 이렇게 될 줄 알았으면 네 말대로 그때 그 실험을 안 하는 건데."

"이미 지난 일이야."

"미안해, 약속 못 지켜서."

내내 무덤덤하게 답하던 하영은 그 말 한마디에 파르르 손을 떨었다.

"내가 뭐랬어. 그 실험 하지 말랬잖아. 왜 그걸 했어 왜? 후회하지 않을 거라며. 근데 이게 뭐야?"

결국 하영은 눈물을 보이고 말았다. 그런 하영 앞에서 동찬이 할 수 있는 건 미안하다는 말을 되풀이하는 것뿐이었다.

"그래도 당신 살아 있어 다행이야."

그 말을 남기고 하영은 돌아서 동찬의 눈앞을 떠났다.

여섯 개의 냉동캡슐 중 아직 네 대의 캡슐 안에는 냉동된 인간들이 잠들어 있었다. 그중 하나의 캡슐 앞에서 기범의 시선이 멈췄다. 짙은 눈썹에 높은 콧날을 가진 남자는 당장이라도 깨어날 것만 같았다. 그를 향해 기범이 불안한 눈빛을 보내고 있을 때, 닥터 윤이 냉동실험실 안으로 들어왔다. 닥터 윤은 비어 있는 캡슐들을 보며 물었다.

"깨어난 두 사람, 저체온 문제를 해결할 방법은 정말 없는 건가?"

기범은 고개를 절레절레 흔들었다. 그리고 닥터 윤에게 동영상 하나를 보여주며 말했다.

"첫 번째 실험에선 저체온 문제를 해결하지 못해 결국 돌고래는 죽었습니다. 황 박사님이 이 문제를 해결하기 위해 수년간 연구를 거듭했습니다. 그리고 마침내 체온을 정상으로 복구시키는 부작용 치료제를 개발해냈어요. 두 냉동인간을 살릴 수 있는 사람은 황 박사님뿐입니다."

"황 박사가 깨어나지 못하면 두 사람은 위험하단 소리군."

기범은 말없이 고개를 끄덕였다.

동찬은 갑자기 박동수가 빨라지고 심장이 조여오는 것을 느꼈다. 화장실로 달려가 찬물에 세수를 하니 조금 나아지는 듯했다. 방송국 복도를 지나던 하영은 마침 화장실에서 나오던 동찬을 보고 걸음을 멈췄다. 20년 전 사랑이 눈앞에 그 모습 그대로 있었다. 꿈을 꾸는 듯 아니면 그 시절로 돌아간 것 같은 기분을 느껴야 했다.

"마동찬이야. 확실해."

동찬을 지켜보는 눈은 또 있었다. 벌써 냄새를 맡은 모양인지 기자 한 명이 동찬의 모습을 몰래 카메라에 담고 있었다. 그런 기자의 어깨를 누군가 툭 치고 지나갔다. 씩씩거리며 동찬을 향해 다가선 그녀는 다름 아닌 미란이었다.

"미란 씨, 안 그래도 얼마나 찾았는데요. 몸은 괜찮……."

채 말이 끝나기 전에 미란은 동찬의 뺨을 세게 후려갈겼다.

"내 20년 돌려내. 잃어버린 내 인생 책임지라고. 이 나쁜 자식아."

울먹이며 외치는 미란의 목소리가 방송국 로비에 메아리치듯 울렸다. 그 바람에 지나가던 사람들까지 뜻밖의 상황에 숨을 죽여야 했다. 상황을 지켜보던 현기는 그야말로 죽을 맛이었다. 동찬의 정체가 밝혀지면, 게다가 미란까지. 그래서는 절대 안 되었다.

"컷. 오케이. 바, 방송 리허설 중, 하하하."

현기는 재치 있게 외쳤다. 덕분에 사람들의 관심이 두 사람을 떠났다. 그러나 하영의 눈까지 속일 수는 없었다. 하영은 현기에게 다가가 물었다.

"저 여자 동찬 씨랑 실험한 그 사람이지?"

하영에게만은 차마 거짓으로 답할 수 없었다. 현기는 결국 고개를 끄덕였다.

동찬은 사람들의 눈이 없는 회의실로 미란을 데려갔다. 그러나 어디서부터 어떻게 설명해야 할지 선뜻 말문을 열지 못했다. 미란은 답답한 듯 동찬을 재촉했다.

"말 좀 해봐요. 어떻게 이럴 수 있는 건지. 혹시 원래 20년인데 하루라고 나 속인 거예요?"

"미안해. 지금 당장 내가 할 수 있는 말이 이것밖에 없다는 게 나도 답답해. 근데 나도 피해자라고."

"그거야 피디님 사정이고요. 내 날아간 20년, 어떻게 보상할 거예요? 20년 동안 피 말리면서 날 기다린 우리 부모님, 내 동생 마음의 상처는 어떻게……."

감정에 복받친 미란은 말을 더 잇지 못했다. 그런 미란의 심정을 모를까, 미치겠는 건 동찬도 마찬가지였다. 동찬은 더듬거리며 그동안의 이야기를 미란에게 했다. 깨어나기 전 황 박사에게 사고가 났고 그 바람에 하루 만에 끝나야 할 실험이 20년이나 계속되었다는 사실을. 마침내 안 진실, 그러나 이제와 안다고 뭐가 달라질까? 이미 20년이 지나버렸는걸. 미란은 막막함에 어찌할 바를 몰라 하다 결국 엉엉 울었다.

"나 이제 어떻게 살아요. 갑자기 20년을 훅 뛰어넘어서 어떻게 사냐고요. 내 동생이 크는 거 보지도 못했고, 결혼도 못 했고, 취직도 못했고. 20년 동안 냉동캡슐에서 잠만 잤잖아."

"깨어났더니 쉰둘이 돼 있어. 난들 제정신이겠어? 근데 우리 살아났잖아. 20년 만에 실험에서 성공해서 살아난 거잖아. 생각해보면 우리 정말 대단하지 않아? 우리 정말 역사의 한 획을 그은 거잖아. 우리 인류 최초의 냉동인간이야. 우리 그 영광을 가슴에 새기고 만족하며 살자. 우리 이 난관을 함께 극복해보자."

"싫어요."

미란은 오열과 함께 답했다. 그러다 울음을 멈추더니 문득 물었다.

"근데 피디님, 나한테 왜 말 까요?"

20년 전 동찬의 실종 뉴스를 다시 보던 홍석은 머리가 아파오는 것을 느끼고 두통약을 입에 털어 넣었다. 그때 사장실 문이 열리더니 현기가 다급한 얼굴로 들어왔다.

"사, 사장님. 크, 큰일 났습니다. 하, 하나가 더 있습니다."

"하나가 더 있다니?"

"냉동인간이 하나 더."

"원 플러스 원이야 뭐야? 왜 자꾸 계속 나와."

"고미란이요. 같이 실험했던 그."

"뭐? 그 여자가 나타났다고?"

미치고 팔짝 뛸 노릇이었다. 동찬도 상대하기 벅찬데 미란까지 나타나버렸으니.

미란은 복잡한 표정이 되어 방송국을 나서고 있었다. 동찬은 그녀의 뒤를 따라 걸었다. 출입구를 빠져나가려던 미란은 돌아보며 동찬에게 말했다.

"조만간 후속 조치 마련해서 연락할게요. 도주할 생각하지 말아요."

"도주를 어떻게 해요? 여권도 만료됐을 텐데."

"농담이 나와요, 지금?

"농담 아니에요. 내가 도주의 우려가 없다는 얘길 하는 겁니다."

"나쁜놈."

미란은 매섭게 노려보며 말했다. 게다가 이까지 갈며.

동찬은 힘없는 표정이 되어 돌아왔다. 복도를 걷고 있는데 맞은편에서는 하영이 걸어오고 있었다. 곧이어 마주 선 두 사람의 시선이 복잡하게 얽혔다.

"다행이야. 그 실험녀 무사해서."

"으, 응."

동찬은 더 이상 할 말을 생각해내지 못했다. 어색한 시선을 느낀 하영은 동찬을 지나쳐 발걸음을 재촉했다.

"하영아."

동찬이 하영을 불러 세웠다. 그리고 하영은 별안간 심장이 뛰는 것을 느꼈다. 애써 표정을 감추고 하영은 동찬을 바라보았다.

"우리 내일 만날까? 우리가 마지막으로 봤던 그 레스토랑에서."

하영은 생각에 잠겨야 했다. 처음 만난 레스토랑이 어디였을까? 20년 전 기억을 떠올리고 나서 하영은 담담한 표정으로 말했다.

"그 레스토랑 없어졌어. 한 15년 됐나."

"그, 그랬구나."

"내일은 보도국 회식이라. 좀 곤란해."

차갑게 말하고 나서 하영은 다시 돌아섰다.

내리쬐는 햇볕을 맞으며 캠퍼스를 걷던 미란은 갑자기 숨이 가쁘고 머리가 어질해지는 것을 느꼈다. 무거워진 몸을 이끌고 겨우 행정실에 도착한 미란은 직원에게 복학신청서를 건넸다. 집에서 인터넷으로 하면 되는 걸 뭘 직접 왔느냐며 투덜대던 직원은 무심코 자판을 두들기다 놀란 듯 되물었다.

"네? 96학번이요?"

병심은 근엄한 자태로 복도를 걷고 있었다. 지나가는 학생들은 그를 보고 꾸벅 인사를 했다. 고개를 까닥이던 병심은 멀리서 걸어오는 여학생을 보고 걸음을 멈췄다.

'고, 고미란?'

닮은 사람이라고 하기에는 너무나 미란과 닮아 보였다. 뭐, 진짜 미란이니까. 자초지종을 알 리 없는 병심은 귀신에 홀린 사람처럼 미란의 뒤를 밟았다. 미란이 화장실 안으로 들어가 버리자 병심은 벽에 몸을 딱 붙여 기댄 채, 화장실에서 여학생들이 나올 때마다 잽싸게 얼굴을 확인했다. 그리고 드디어 미란이 화장실에서 나왔다. 바로 눈앞에서 미란을 본 병심은 놀란 나머지 입을 틀어막고 말았다.

'이럴 순 없어. 사람이 저리 닮을 수가.'

스마트폰을 든 학생들이 오가는 가운데 우두커니 벤치에 앉은 미란은 목에 걸린 2G 폰의 버튼을 꾹꾹 눌렀다.

"미란아. 왜 연락이 안 돼?"

"정말 미국에 간 거야?"

영선과 경자가 보낸 메시지를 보다가 미란은 눈가가 따뜻해지는 것을 느꼈다. 여전히 그들은 그리워하고 있을까? 잊지는 않고 있을까? 미란은 결국 통화 버튼을 눌렀다. 그러나 없는 번호라는 안내 멘트만 들려올 뿐이었다. 그리움이 미란의 마음을 사로잡고 있을 때, 하필 병심이 보낸 문자들도 미란의 눈에 들어왔다.

"미란아, 내가 잘못했어. 내가 나빴다. 날 용서해줘. 너 미국 갔다며? 나 때문이지? 연락을 끊고 잠수 타는 건 나쁜 짓이야. 너 그건 고치자."

"이 똘추새끼."

아오, 밀려오는 짜증에 미란은 얼굴을 찌푸리며 휴대폰을 닫았다. 여전히 내막을 알 리 없는 병심은 정신이 나간 얼굴로 미란을 지켜보고 있었다.

"선배, 왜 그래요? 지금 무슨 일을 해요?"

"마 피디, 내가 너 할 만한 일 알아보고 있어. 편성 팀 쪽에서 몇 달 쉬엄쉬엄 쉬다가 복귀하는 건 어때?"

동찬의 방송국 복귀 선언은 현기와 홍석을 무척 난감하게 만들었다. 그러나 동찬은 결심을 꺾을 마음이 없어 보였다. 비록 〈무한 실험천국〉은 20년 전에 이미 종영했지만.

"형, 솔직히 얘기해봐요. 두렵죠?"

"뭐, 뭐가?"

"20년 전 실종된 방송국 피디가 다시 나타났다는 사실이 알려지면, 방송국이 은폐했다는 사실도 알려지게 되고 그렇게 되면."

"허허. 누가 은폐했다고 그래?"

"여기서 안 받아주면 다른 방송국으로 갈게요. 나 마동찬이야. 방송국에서 환장들 할 거다."

20년 전과 다를 바 없이 동찬은 여전히 자신감이 넘쳐 보였다. 그런 동찬이 다른 방송국으로 간다면 어떤 상황이 펼쳐질지는 굳이 말을 안 해도 불 보듯 뻔한 일이었다. 불안한 눈빛을 교환하던 홍석과 현기는 결국 돌아서는 동찬의 팔을 한 쪽씩 붙잡고 늘어졌다.

막상 접한 일상은 생각보다 더 많은 것이 변했음을 느끼게 해주었다. 집은 여러 식구가 함께 살기에 좁아 보였다. 화장실에서 염색을 하던 동식은 벌컥 문을 열고 들어온 딸, 서윤에게 찍 소리도 못하고 쫓겨나야 했다. 마침 방에서 나온 동찬은 백발이 성성한 동식을 보고 또 아버지로 착각하고 말았다. 그 와중에도 주방에서는 동식의 처, 혜진이 아침 준비로 분주했다.

"여보 얼른 밥 먹어, 아주머님 식사하세요."

원조도 방에서 나왔다. 화려하고 우아한 자태를 뽐내던 원조는 어느새 초라한 노인이 되어 있었다. 마찬가지로 좁아 보이는 탁자 앞에 가족은 둘러앉았다.

"할머니 우리 화장실 두 개 있는 집으로 이사 가자. 여기 좁아서 도저히 못 살겠어. 삼촌도 왔고."

서윤이 어린애다운 불만을 쏟아냈다. 그러나 원조는 군말 없이 손녀의 투정을 받아주었다.

"그래 그러자. 오늘부터 열심히 살 거다. 장사도 열심히 하고. 우리 아들 이렇게 살아 돌아왔는데."

"사실 형 그렇게 되고 엄마 그냥 다 포기하고 살았어."

"죽지 못해 살았지. 살고 싶어 산 건 줄 아니?"

모든 것이 자기 때문인 거 같았다. 동찬은 무거워진 목소리로 말했다.

"죄송해요 엄마."

"네가 왜 죄송해."

"근데 삼촌. 어디 있다 살아 돌아온 거야? 아빠가 형이라고 부르는데 왜 아빠 자식같이 젊어?"

서윤이 별안간 물었다. 그리고 모두의 시선은 동찬을 향했다. 그러나 서윤에게 사실대로 말할 수는 없는 노릇이었다. 동찬이 대답을 머뭇거리자 서윤은 지레 짐작하고 말했다.

"혹시 뱀파이어 주술에 걸린 거야? 내가 요새 보는 유튜브에 〈뱀파이어 러브〉란 게 있는데. 거기 주인공 남자가 안 늙어. 주술에 걸려서. 삼촌도 그런 거야?"

"유튜브?"

"응. 삼촌도 방송국 그만두고 유투브 해. 요새 초딩들은 TV 안 봐."

"근데 동주 이년은 또 외박이야?"

원조는 말을 돌리며 말했다. 그러고 보니 동주의 모습이 보이지 않았다.

"외박이요? 동주가요?"

"집에 잘 안 들어와요. 아가씨."

"아니 말만 한 계집애가 외박을 한다고요? 머리털 싹 다 밀어서 못 나가게 하든지 해야죠."

동찬은 흥분하며 말했다. 마침 그때 동주가 집 안으로 들어왔다. 머리는 산발하고 술 냄새를 풀풀 풍긴 채. 동주는 동찬에게 다가와 보고 싶었다는 말을 쏟아내며 술주정을 부려댔다. 보다 못한 원조가 버럭 목소리를 높였다.

"그만 좀 처먹어 이년아. 알코올중독 센터에서 전화 왔어. 3일째 결석했다고."

"거기서 수업 끝나고 회식하고 오는 길이야."

"어우, 미친년, 분리수거도 안 되는 년."

결국 참지 못하고 원조는 동주의 등을 후려쳤다. 난장판이 되고 만 아침의 일상이었다. 동찬은 변해버린 가족들의 모습을 찬찬히 눈에 담았다. 그러다 문득 한 사람의 빈자리를 느꼈다.

납골당에 놓인 사진 속 아버지는 그 모습 그대로 환하게 웃고 있었다. 그 앞에서 동찬은 눈시울을 붉히며 말했다.

"아버지, 죄송해요."

휴대폰으로 사진을 찍으며 까르르 웃고 지나가는 여학생들을 보며 미란도 함께 웃던 추억을 떠올리고 있었다. 마침 그때, 어디선가 마리아 엘레나가 들려왔다. 이끌리듯 미란은 레코드숍으로 들어섰다. 옛 연인을 만난 것처럼 설렘 가득한 얼굴로 장국영 앨범들을 뒤적이던 미란은 점원에게 물었다.

"혹시 장국영 최근 앨범 없어요?"

점원은 황당한 표정을 지으며 미란의 손에 들려 있던 장국영 앨범을 가리켰다.

"그거 장국영 추모 앨범인데요."

"네?"

"장국영 죽었잖아요. 16년 전에 죽었는데."

"장국영 오빠가 주, 죽었단 말예요?"

미란은 멍한 얼굴이 되어 터벅터벅 거리를 걸었다. 장국영의 음악은 계속해서 흘러나오고 있었지만 미란이 있는 세상에 장국영은 더 이상 없었다. 지나는 사람들, 건물의 모습도 모두 변해 있었다. 미란만 빼고. 마치 외딴 섬에 혼자 떨어진 것 같은 낯선 기분을 미란은 새삼 또 느껴야 했다.

장국영 추모앨범을 품에 안고 쓸쓸히 걷던 미란은 병심이 뒤를 밟는 줄도 모르고 무심코 뒤를 돌아보았다. 그 바람에 미란과 눈이 마주친 병심은 정신이 멍해지는 걸 느꼈다. 아무리 다시 보아도 눈앞에 있는 그녀는 20년 전 첫사랑의 모습 그대로였다.

"저한테 뭐 용건 있으세요?"

빤히 바라보는 병심을 향해 미란이 물었다. 그러나 미친 듯이 뛰는 심장의 박동을 주체하지 못하고 병심은 아무 대답도 하지 못했다. 미란은 어이없다는 듯 병심을 그대로 지나쳤다. 병심은 더 이상 뒤를 밟지 못하고 도망치듯 교수실로 돌아왔다.

"이럴 순 없어. 목소리마저."

몇 번을 생각해도 같은 사람이 분명했다. 하지만 그건 현실적으로 불가능한 일이었다. 결국 미쳐버리고 만 것인가? 병심은 자아가 송두리째 무너지는 것을 느꼈다.

현기는 마지못해 하는 얼굴로 동찬에게 새 사원증을 건넸다. 홍석은 그 모습을 멀리서 바라보며 현기에게 사인을 보냈다. 어떻게든 동찬의 입을 틀어막아야 하는 임무가 현기에게 주어진 듯했다. 그러나 그게 말처럼 쉬운 일은 아닌 듯, 사원증을 목에 건 동찬은 생각나는 걸 그대로 내뱉어댔다.

"너 근데 자세히 보니까 되게 늙었다. 막 살았니?"

"보톡스 날짜가 지나서 요새 좀 처졌어요. 근데 선배, 저 엄연히 국장이고 나이 먹을 만큼 먹었어요."

"알아, 그래서 어쩌라고?"

그때 지나가던 신입 직원들이 현기를 향해 허리를 굽히며 인사를 건넸다. 현기는 다시 근엄한 표정을 되찾고 말했다.

"그래. 시청률보단 진정성, 피디는 찍새가 아니야. 알지?"

"웃기고 있네. 시청률이야. 제대로 가르쳐 새끼야."

동찬이 또 태클을 걸어왔다. 명색이 국장인데 이래서야 체면이 영. 이제 어찌해야 한단 말인가, 동찬과 함께 방송국 생활을 할 것을 생각하니 현기는 눈앞이 캄캄해지는 걸 느꼈다.

하영은 화장실에서 손을 닦다 거울을 보았다. 20년 전 풋풋한 모습은 더 이상 남아 있지 않았다. 얼굴을 매만지며 하영은 지난 기억을 떠올렸다. 홍석의 말을 듣고 동찬을 단념한 것이 과연 잘한 일이었을까? 하영은 스스로에게 답해보았다.

'어쩔 수 없었어. 내가 할 수 있는 일이 없었어.'

아이돌 멤버들이 동찬에게 꾸벅 인사를 하고 지나갔다. 컬러렌즈에 딱 달라붙은 스키니, 피어싱으로 도배된 귀, 앵무새 마냥 알록달록한 헤어스타일, 목과 팔의 문신 그리고 클라이맥스라 할 수 있는 하의실종, 아직 동찬은 그런 차림새들이 영 적응이 되질 않았다. 그런 생각을 하며 방송국 복도의 코너를 돌던 동찬의 앞으로 하영이 다가왔다. 용기 내어 말하지 못하고 지나치려 할 때, 하영이 동찬을 불러 세웠다.

"금요일에 우리, 만날래? 용기 내서 하는 이야기야."

"그래. 만나. 장소는 네가 정해."

동찬의 얼굴에 환하게 미소가 번졌다. 태연한 척 돌아선 하영도 이내 안도하는 표정을 지었다.

차가운 것이 좋아!

(Some like it cold!)

읽지 못한 이메일들을 정리하던 미란의 눈가가 어느새 촉촉이 젖었다. 영선과 경자는 미란을 애타게 그리워하고 있었다. 미란은 한참이나 늦은 답장을 써내려갔다. 밀린 것은 메일뿐만이 아니었다. 학교도 다녀야 했고 취업 준비도 해야 했다. 중국어가 대세가 되긴 했지만 취업난은 오히려 더 심각해져 있었다. 더 이상 아르바이트를 하지 않아도 되었지만, 미란에게는 그저 하루가 지났을 뿐이었다.

강의실 한 자리를 차지하고 앉은 미란은 교재를 펼쳤다. 조교가 빔프로젝트를 세팅하며 강의 준비를 하는 동안 학생들은 가방에서 노트 대신 태블릿이나 노트북을 꺼냈다. 강의실 안으로 들어오는 학생들의 손에는 영락없이 테이크아웃 잔에 담긴 커피가 들려 있었다. 개의치 않고 미란은 가방에서 노트와 필통을 꺼냈다.

"무슨 과야? 난 체육과 19학번 백영준. 앞으로 나랑 잘 지내보자."

훈훈한 모습의 남학생이 미란의 앞에 아이스커피를 놓으며 말을 걸어왔다. 2019년에도 여전히 통한다는 사실에 뿌듯해하며 미란은 빨대에 입을 가져다 댔다. 그런데 우에엑, 21세기의 커피는 미란이 아는 달콤한 자판기 커피와는 전혀 다른 맛이었다.

"이번 학기 이상행동 심리학 수업을 맡은 황동혁이다."

당당한 자태로 강단에 선 병심은 썩은 표정을 짓고 있는 미란을 보고 정신이 혼미해지는 것을 느꼈다. 다리가 후들거리는 바람에 교재를 떨어뜨리고 그걸 줍는다고 손을 뻗다가 그만 강연대를 붙잡고 나뒹굴었다. 소란에 고개를 든 미란은 얼마 전 자기 뒤를 쫓던 이상한 사람이 교수인 걸 알았다.

출근을 위해 방송국으로 들어서는 사람들 중에는 동찬도 있었다. 피디들은 처음 보는 동찬이 목에 사원증을 걸고 있는 것을 의아한 눈빛으로 바라봤다. 동찬을 낙하산 신참내기쯤으로 생각한 한 피디는 동찬 앞에서 으스대며 말을 늘어놓았다.

"여기 총 칼 없는 전쟁터야. 예능국 빡세다. 해외 로케 하나 가려면 여기저기 돈 끌어오려고 얼마나 용써야 되는지 알아?

물론 나 정도 되면 PPL 잘 붙어. 근데 다른 피디들은 피똥을 싸요."

"피디가 직접 돈을 끌어온다고요?"

"이런 순진한 친구 봤나. 그럼 피디가 하지 그걸 누가 해? 방송은 잡무야. 실무가 PPL 끌어오는 거라고. 대충해. 죽자고 일해서 케이블에 스카우트돼 갈 것도 아니잖아? 낙하산이면."

그때 현기가 동찬을 보고 잽싸게 달려와 고개를 숙였다. 동찬은 보란 듯이 목소리를 높였다.

"넌 애들 교육을 어떻게 시키는 거야? 나더러 대충 하란다. 애들이 다 어떻게 너 같으냐?"

동찬은 현기의 어깨를 툭툭 치며 말했다. 그런데도 국장이란 사람이 새파랗게 젊은 낙하산에게 쩔쩔매고 있으니, 보는 사람들은 어리둥절해 할 수밖에 없었다.

자존심을 구긴 현기는 만회라도 하려는 듯, 회의가 시작되자 피디들 앞에서 한껏 목소리를 높였다.

"전부 정신 안 차려? 시대가 어느 땐데 이런 기획안이 먹힐 것 같아? 그러니까 자네들이 월급 루팡 소리나 듣는 거야. 지금이 20년 전인 줄 알아? 방송사도 망할 수 있는 시대가 왔어."

그러나 말하면서도 힐끔거리며 동찬의 눈치를 봐야만 했다. 역시나 팔짱을 끼고 한심한 듯 지켜보던 동찬은 결국 말했다.

"왜 방송국이 이렇게 됐다고 생각하세요? 국장님은?"

"그, 그야."

"제 생각에는 말이죠. 그렇게 된 데는 변하지 않는 데스크, 책상 위에서만 떠들어대는 윗대가리들이 젤 문제란 생각이에요. 창의적인 인재들을 전부 말살하고, 도전과 실험 정신을 꺾어버리기 때문 아닐까요?"

"무, 무슨 소리야…… 요?"

"시청률만 생각하다 보니 늘 안전빵인 프로만 만들고, 그러니까 여기저기 죄다 똑같은 프로그램이 나오는 거 아닙니까? 지금 대한민국에 시청자들이 보고 싶은 프로가 있습니까? 그냥 나오니까 보는 프로그램들 아닙니까? 케이블 채널에 유튜브에 이 치열한 시대에 구시대적 발상을 해서야 어떻게 살아남겠습니까? 요 며칠 눈 빠지게 TV를 봤습니다. 방송 트렌드를 알아야 돼서."

"그, 그래서? 바, 방법이 있어요?"

현기가 되묻자 동찬은 미리 준비라도 한 듯 후배 피디들 앞에서 본격적으로 설명을 시작했다. 그러나 내놓은 아이디어들은 하나같이 이미 방송이 된 것들이었다. 섬에 들어간 출연자들이 삼시세끼를 스스로 해결하는 것이나 아니면 복면을 쓰고 노래 경연을 하는 것이나. 동찬은 싸늘하게 변한 피디들의 시선을 느끼며 공연히 음료수를 들이켰다.

엉망진창과 같은 회의가 끝나고, 동찬과 현기는 사람들의 눈이 드문 소품실에서 남은 이야기를 나누어야 했다. 현기는 동찬에게 사정하듯 말했다.

"선배, 아무래도 선배 정체는 숨겨야 되니까 공식적인 자리에서는 제가 선배를 하대하더라도 이해를."

"그래라. 사석에선 난 널 여전히 막 대할 거야. 괜찮지?"

"새삼스럽게."

"현기야. 근데 너 많이 컸더라."

"그게 제가 곧 오십이라. 그런 소리 듣기엔."

"나도 너한테 이렇게 말 막 까고 이런 거 쉽진 않아."

"그럴 리가. 체질이더구먼."

"내가 원래 위아래가 없었잖아 예전부터."

"그랬죠."

"그러니까 이렇게 자연스럽게 널 막 대할 수 있는 거야. 나이가 많건 적건 개소리하면 빡이 돌거든 난."

"그, 그럼요. 그때나 지금이나 눈에 뵈는 건 여전히 없으신 거 같아요."

현기는 아직 할 말이 남은 듯, 잠시 머뭇거리더니 말을 이었다.

"저기 선배, 이건 선배를 위해서 하는 말이니까 상처받지 마시고요."

"뭔데? 편하게 얘기해."

"아무래도 선배 머리가 냉동되면서 감도 같이 냉동된 것 같습니다. 감이 너무 떨어지신 것 같아서요."

"뭐? 감이 떨어져? 너 말 다 했어?"

"편하게 얘기하라면서요. 급변하는 시대 속에서 데스크가 아닌 시청자들이 원하는 게 무엇인지 직접 발로 뛰어서 찾아야 성공한다고. 이거 선배가 20년 전 조연출이었던 저한테 한 얘기입니다. 그 얘기 제가 선배한테 하고 싶은 얘기에요. 안 그러시면 예능국에서 못 버티십니다."

현기가 무얼 말하는지 동찬도 모르지 않았다. 이미 감각과 생각들이 구닥다리가 되었음을 동찬은 인정해야 했다. 하지만 아무리 그래도 천하의 마동찬이 이런 말을 들어야 한다니, 자존심이 상하는 건 어쩔 수 없는 사실이었다. 동찬은 공연히 목소리를 높였다.

"알았어. 나 마동찬이야. 한다면 해."

그때 현기의 휴대폰이 울렸다. 뜻밖에도 미란에게서 걸려온 전화였다.

"고, 고미란 씨? 어, 어떻게 제 번호를?"

"내 휴대폰이 안 돼서 네 번호 가르쳐줬어."

말하며 동찬은 현기의 전화를 가로챘다.

"여보세요."

"제 각서에 근거해서 방송사와 대책 회의를 원합니다. 일주일 후 우리 만납시다."

"우리 둘이?"

"아뇨. 피디님 이하 모든 방송 관계자 다요."

소스라치게 놀란 현기는 후들거리는 다리를 이끌고 사장실로 달려 들어왔다. 현기가 올 때마다 새로운 일이 빵빵 터지는 바람에 홍석은 현기만 봐도 노이로제에 걸릴 지경이었다.

"뭐야 또?"

"고, 고미란이 우릴 만나재요. 근데 각, 각서 얘길 하든데. 그게 뭔지 모르겠어요."

"가, 각서?"

홍석은 과거의 기억을 떠올렸다. 20년 전, 홍석은 냉동인간 피실험자로 참여해 달라고 미란을 설득한 적이 있었다. 그리고 각서 한 장을 써준 기억이 비로소 났다. 홍석의 표정이 세상이 무너지는 듯 변했다.

빵빵하게 틀어놓은 편집실의 에어컨에서 찬바람이 뿜어져 나오고 있었다. 곁에서 현기가 몸을 바르르 떨고 있는데도 반팔 차림의 동찬은 태연하게 머리에 얼음주머니까지 얹고 편집기를 작동해보고 있었다. 동찬은 현기가 건넨 영상 하나를 재생시켰다. 현기가 동찬의 적응을 돕겠다며 만든 이른바 세계사 20년 다이제스트, 2002년 대한민국은 놀랍게도 월드컵 4강에 진출했다. 미국에서는 흑인이 대통령에 당선되었으며 대한민국에서는 최초의 여성 대통령이 탄생하였다. 그리고 대통령이 탄핵되는 일도 일어났다. 그 와중에 현기는 외국 여인과 바람을 피다가 걸리기도 했다. 그 많은 사건들 중에 동찬의 일만은 쏙 빠져 있는 듯했다.

정류장 앞에 버스가 멈춰 섰다. 앞서 버스에 오른 고등학생이 요금기에 엉덩이를 대자 삑 하는 소리와 함께 요금이 처리되었다. 미란도 엉덩이를 대야 하나 잠시 망설여야 했다. 버스 안에 있는 사람들은 저마다 스마트폰을 들여다보고 있었다. 일상의 일들이 미란의 눈에는 여전히 신기하게 느껴졌다. 그러나 개의치 않고 미란은 휴대용 카세트테이프 플레이어를 꺼냈다. 장국영 테이프를 넣고 이어폰을 귀에 꼽았다. 노래를 들으며 레코드점 점원이 했던 말을 떠올렸다.

'만우절에 죽었어요. 거짓말처럼.'

차장 밖으로 보이는 낯선 거리의 풍경, 이토록 많은 높은 건물들, 거짓말 같았다. 미란의 입가에서 피식 슬픈 웃음이 나왔다.

일식집에 일렬로 앉아 있던 홍석과 현기 그리고 동찬은 미란이 들어오자 일제히 경직된 반응을 보였다. 상석에 턱 하니 앉은 미란은 탁자 위에 종이 한 장을 올려놓았다. 그것이 각서임을 확인하고 동찬은 홍석을 바라보았다. 홍석은 땅이 꺼져라 한숨을 푹 내쉬었다. 미란은 한 방 먹이듯 말했다.

"안녕하세요. 올해 마흔넷 되는 고미란이라고 합니다. 일단 각서 쭉 돌려 보시죠."

"고미란 씨의 상황은 잘 알겠고요. 의사도 잘 알겠습니다. 저희 방송국 입장에서 이번 사태에 대해 참으로 유감을 표하며 진심 어린 사과를 드립……."

홍석은 조심스레 말문을 뗐다. 그러나 미란은 더 이상 듣고 싶지 않다는 듯, 테이블을 쾅쾅 쳤다.

"사과 필요 없습니다. 이게 사과로 될 일입니까? 보상을 요구합니다."

미란은 주섬주섬 가방에서 무언가를 꺼냈다. 그것은 미란의 얼굴보다 더 큰 구시대의 유물과도 같은 일제 계산기였다. 미란은 각서를 보며 계산기를 두들기기 시작했다.

"제가 1999년 당시 24시간 얼기로 하고 650만 원을 받았거든요."

"500 아니었나?"

현기가 고개를 갸우뚱거리며 묻자 동찬이 대신 답했다.

"150만 원은 내 개인 사비로."

미란은 맞다며 고개를 끄덕이고는 본격적인 계산에 들어갔다.

"24시간에 500만 원이라 치고 시간당 대충 20만 원, 1년은 8,760시간이니까 1년에 17억 5,200만 원, 20년이 지났으니까 20을 곱하면."

거기다가 물가 상승률을 감안하면 곱하기 2, 선심 쓰듯 끝자리를 버려도 대략 700억 원이라는 금액이 나왔다. 감당할 수 없는 금액에 입이 탁 벌어진 두 사람은 어떻게든 미란의 마음을 돌리려 애썼지만 소용없는 일이었다.

"저요. 제 20년 보상을 700억 따위로 한다는 게 우습지만요. 현실적인 대처를 해야 하니까. 저도 어쩔 수 없어요. 그날 그 실험만 아니었어도 전 평범한 가정을 꾸리고 행복하게 살았을 겁니다. 아시겠어요?"

혹시라도 누가 미란의 말을 들을까, 홍석은 조마하며 주위를 두리번거렸다. 그리고 사정하며 말했다.

"우리도 최대한 방법을 찾아볼 테니까 아주 조금만 더 기다려줘요."

"미란 씨 한이 풀릴 수 있는 다양한 보상 방법을 연구해볼게요. 뭐 사실 700억을 준다고 20년 세월이 보상받는 것도 아니지만."

현기도 거들며 말했다. 어느 정도 설득이 되어가고 있다 생각했는지 홍석은 슬그머니 속내를 드러냈다.

"근데 좀 다른 측면으로 생각을 해보면. 솔직히 20년 더 젊게 살면 되는 거 아니야? 아니 살아났잖아. 그때보다 훨씬 좋은 세상에서 인생을 즐기면서 살면 되잖아."

"냉동실에 20년 들어가 있어 보실래요?"

미란의 눈빛은 더욱 싸늘해지고 말았다. 입장이 난처해진 동찬은 얼음물을 벌컥 마셨다. 미란도 따라 얼음물을 마셨다. 그런 둘을 번갈아 보면서 홍석과 현기는 한숨을 푹 내쉬었다.

동찬은 걸어가겠다는 미란을 굳이 자기 차에 태웠다. 굴러가는 게 신기할 정도로 오래된 차는 지나가는 사람들의 시선을 사로잡기에 충분했다. 그러든가 말든가, 조수석에 앉은 미란은 한탄하며 말했다.

"20년 동안 얼어 있지 않았다면 장국영 오빠는 죽지 않았을 거예요."

"그건 또 무슨 논리에요?"

"그 실험 끝나고 며칠 있다가 오빠 한국에 내한 오는 거 얘기했죠? 그날 오빠 만났으면 제가 오빠한테 삶의 의욕을 불어넣었을 거예요. 오빠는 저를 생각하면서 삶의 의욕을 가졌을 거고, 그럼 그렇게 허무하게 인생을 마감했겠냐고요."

"그렇게 따지면 미란 씨 냉동캡슐에 있지 않았음 그사이에 교통사고로 죽을 수도 있지 않나?"

"기가 막혀. 그걸 말이라고 하세요?"

"미란 씨 논리대로면 그렇잖아요. 사람 인생이 어디 좋은 일만 있나?"

"그럼 내가 20년 동안 복권에 당첨될 수도 있는 거잖아요. 내가 장국영 오빠랑 결혼할 수도 있었던 거고. 아니면 정말 멋있는 남자랑……."

"하하. 정말 멋있는 남자보단 정말 이상한 남자를 만날 확

률이 더 높지 않나? 살아온 인생을 근거로 데이터 분석했을 때?"

동찬은 어이없다는 듯 웃었다. 덕분에 미란은 발끈했다.

"도대체 무슨 근거로 그런 소릴 하는 거예요? 설마 제 개거지 같은 전 남자 친구가 그 데이터로 쓰인 건가요?"

"지금 본인 입으로 얘기를 하네. 개거지 같은 남자 친구."

미란은 분해서 몸을 부르르 떨었다. 그때 차도 덩달아 부르르 떨더니 갑자기 길 한가운데에서 멈춰 섰다.

"에어컨을 너무 세게 틀었더니 차가 맛이 갔나보네."

동찬은 계속 시동을 걸어보았지만 20년도 더 된 고물차는 좀처럼 말을 듣지 않았다. 정신이 팔린 동찬은 미란에게 눈길도 주지 않고 말했다.

"내려요. 내려서 택시 타고 가요."

뭐 이런 경우가 다 있나. 미란은 어이없고 황당할 따름이었다.

고급스러운 분위기가 풍기는 레스토랑에서 동찬과 하영은 마주 앉았다.

"이러고 있으니까 20년 전으로 돌아간 것 같다."

동찬은 감회에 젖은 듯 말했다. 그러나 하영은 차갑게 답할 뿐이었다.

"그러네."

"하영아, 기억나? 네가 그랬잖아. 실험 끝나고 나오면 내가 얼음처럼 차갑게 변할까 봐 겁난다고. 변한 건 내가 아니라 너인 거 같아."

그 말에 스테이크를 썰던 하영의 손이 멈칫했다. 동찬은 계속 말을 이었다.

"이해해. 내가 보낸 20년과 네가 보낸 20년 너무나 다를 거야. 난 너처럼 물리적인 20년 세월을 보내질 않아서 달라질 수 없었어. 하지만 넌 다를 거야."

동찬은 여전히 따뜻한 눈빛으로 바라보고 있었다. 동찬의 말대로 변한 건 하영뿐일까, 확인하려는 듯 하영은 조심스레 물었다.

"내가 아직 당신한테 여자로 보여?"

"응, 보여."

동찬은 망설이지 않고 답했다.

경자에게서 답장이 왔다. 옛 친구들은 미란을 잊지 않고 있었던 것이다. 먼저 약속 장소에 도착한 미란은 긴장한 듯 연신 얼음물을 들이켰다. 그때 카페 문이 열리고 40대 중반이 된 경자와 영선이 안으로 들어왔다. 그러나 미란은 알아보지 못하고 애꿎은 시계만 보았다. 주위를 두리번거리던 경자는 놀란 눈이 되어 곁에 있던 영선을 툭툭 쳤다.

"미란이 아니니?"

"어머머. 미란이야."

경자와 영선은 미란의 이름을 외치며 미란에게 다가왔다. 대체 누구이기에, 미란은 고개를 갸우뚱거리며 그녀들의 얼굴을 찬찬히 살폈다. 뚫어져라 보니 지금의 얼굴에서 옛 모습이 보이기 시작했다. 맞구나 경자와 영선, 경자와 영선은 조금도 변하지 않은 미란의 모습이 당황스러웠지만 그게 뭐 중요할까? 이렇게 다시 만났는데. 세 사람은 부둥켜안고 너무 좋아 뱅글뱅글 돌았다.

"20년 동안 뭐하느라 연락 한 통 없었어?"

"어. 미국에서 좀 바빴어."

"나쁜년. 아무리 바빠도 그렇지. 너 결혼은 했어?"

"아직. 니들은? 경자, 네 꿈이 현모양처였잖아."

"그땐 그랬지. 나 이미 한 번 갔다 왔어. 이젠 남자 꼴도 보기 싫다. 얜 누구랑 결혼했는지 알면 깜짝 놀랄걸?"

경자가 영선을 바라보고 말했다. 영선은 말하기도 싫다는 듯 손사래를 쳤다. 세월은 저마다의 이야기를 만들어놓은 듯했다. 그러나 미란에게는 마땅히 할 말이 없었다. 하룻밤 자고 일어났을 뿐이니까. 사실대로 말해야 하나, 미란은 잠시 망설였다. 그러나 아직은 아닌 듯했다. 미란은 그저 갑자기 말할 수 없는 이유로 미국 유학을 다녀온 것뿐이었다. 20년 전과 다름없는 외모를 유지하는 것도 미란만 아는 비법이 되었다. 세 사람은 그때 그 시절로 돌아가 모처럼 까르르 웃었다.

다급한 표정으로 현기가 사장실로 들이닥쳤다.

"크, 큰일 났습니다. 사장님."

"왜? 뭔데 또?"

현기는 홍석에게 휴대폰을 내밀었다. 기사를 읽던 홍석은 놀란 나머지 입을 헤벌쭉 벌렸다.

실종 후 20년 만에 나타난 방송국 피디, 20년 동안 그는 어디에 있었을까? 방송국은 무엇을 은폐하고 있는가? 그에게 쌍둥이 형제는 없었다. 그렇다면 도플갱어? 혹시 외계인들에 의해 감금되었던 것은 아닐까? 인체 실험을 통해 돌아온 건 아닌가?

기사에는 동찬의 사진도 대문짝만 하게 실려 있었다.

냉동연구소를 찾은 동찬은 기범으로부터 두 가지 중요한 사실을 듣게 되었다. 황 박사의 프로젝트를 후원한 곳이 매카시 재단이라는 것과 냉동인간의 정상체온이 31.5도라는 사실, 임계점은 33도였다. 정상체온을 되찾기 위해서는 황 박사의 도움이 필요했다. 불행 중 다행이라면 황 박사가 코마 상태에서 깨어났다는 것이었다. 그러나 황 박사는 아무 기억도 하지 못하고 있었다.

냉동연구소를 나온 동찬은 백 형사를 찾았다. 백 형사는 동찬의 실종과 관련된 사건 파일을 동찬에게 건넸다. 파일에는 사진들이 몇 장 있었다. 35년 전 황 박사와 매카시가 함께 찍은 사진 그리고 니콜라이의 사진들, 동찬이 니콜라이의 사진을 집어 들자 백 형사는 말했다.

"이 사람이 존슨 교수 살해 용의자예요."

"당시 35세면 지금은 55세가 됐겠네."

"황갑수 박사가 존슨 교수 살해를 목격했고 CIA에 목격자 진술을 하려고 관계자를 만나기로 한 날 사고를 당했습니다. 종합하면 이 사람이 황 박사 차량 폭파의 실제 배후일 가능성이 높아요."

"한국 경찰이 아는 걸 CIA는 왜 안 잡고 수사를 올스톱 한 거야?"

"이 사람이 지금 러시아 상원의원이 됐어요. 건들기 힘들게 됐죠."

"아닐 수도 있지 않아?"

동찬은 그동안에 있었던 일들을 백 형사에게 이야기해주었다. 동찬이 냉동인간이 되어 20년간 잠들어 있었단 사실은 백 형사도 미처 알지 못한 듯했다.

"그리고 알아야 할 게 또 있어. 황 박사, 안 죽었어."

"예에?"

"누구도 알아선 안 되는데 도움이 필요해서 백 형사한테 알려주는 거야."

"어쩐지 그때 뭔가 찜찜했었거든요. 근데 몸은 괜찮으세요?"

백 형사는 걱정스러운 듯 물었다. 그때 불현듯, 동찬은 미란을 떠올렸다. 동찬은 백 형사의 휴대폰을 빌려 미란에게 전화를 걸었다. 마침 미란도 동찬에게 연락을 할 참이었다. 그러나 동찬에게 전화기가 없는 걸 깨닫고 투덜대고 있었다.

"그날 집에는 잘 들어갔어요?"

"길바닥에 사람 버리고 갈 땐 언제고 이제 와서 걱정은 되나봐요?"

"미안해요. 열 안 오르게 조심해요. 그래야 된대요."

"무슨 말이에요?"

"아무튼 열이 나거나 몸에 이상이 생기면 바로 나한테 연락해요."

그렇게 말하고 동찬은 전화를 끊었다. 냉동인간의 체온이 31.5도란 사실, 그리고 임계점인 33도를 넘으면 생명이 위험하다는 사실은 차마 말하지 못했다. 전화를 끊고 돌아온 동찬은 사건 파일의 나머지도 살펴보았다. 그러다 문득 드는 의구심이 있었다. 어째서 아무도 냉동인간 프로젝트에 대해서 알지 못하는 걸까? 그러고 보니 담당 형사마저도? 파일을 살피던 동찬의 눈빛이 갑자기 싸늘하게 변했다.

교정에서는 취업박람회가 열리고 있었다. 부푼 마음을 안고 미란도 부스를 찾아가 앉았다. 그러나 미란은 희망의 말 대신 한심한 듯 바라보는 눈빛들과 마주해야 했다.

"그 나이에 아직 결혼도 안 하고 취직도 안 하고 도대체 뭘 하셨어요?"

아직도 면접관의 비아냥거리는 목소리가 귓가에 들리는 듯했다. 면접관의 말대로 미란은 지난 20년 동안 무언가를 했어야 했다. 〈무한 실험천국〉 실험녀 경력이 전부여서는 안 되었다. 하지만 그게 어디 미란의 잘못이랴. 미란은 고개를 빳빳이 들고 주먹을 불끈 쥐었다.

'냉동실에서 얼고 있었다. 왜?'

방송국으로 돌아온 동찬은 현기를 보자마자 분을 참지 못하고 다짜고짜 멱살을 잡았다.

"너 왜 나 없어졌을 때, 나 안 찾았어? 그리고 왜 경찰조사에서 실험에 대해 한마디도 하지 않았어? 네가 진술을 제대로 했음 사건 조사를 할 수 있었잖아."

현기는 올게 왔다는 듯 눈을 질끈 감고 두 손으로 싹싹 빌어댔다. 동찬은 겨우 흥분을 가라앉히고 말했다.

"그 테이프들 다 버렸어? 그때 촬영했던 김진은? 나는 모르고 너는 알고 있는 걸 다 말해봐."

"선배가 사라지고 나서 사실 그 프로젝트는 엎었어요. 제가 그때 제 맘대로 할 수 있는 게 뭐가 있었겠어요? 그냥 위에서 시키는 대로."

"같이한 세월이 얼만데 다른 사람도 아닌 네가, 내가 실종

됐는데 모른 척할 수가 있냐?"

마침 보도국 직원들과 복도를 지나던 하영이 그런 동찬을 보았다. 하영에게 그 말은 꼭 자기에게 하는 것으로 들렸다. 하영이 굳은 표정이 되어 돌아섰다. 그때 동찬을 향해 터벅터벅 다가오는 사람이 있었다. 미란이었다. 미란은 동찬을 보자마자 대뜸 말했다.

"나 취업 좀 시켜주죠."

"취업?"

"네. 취업."

"어디?"

동찬의 물음에 미란은 손가락으로 방송국 바닥을 가리키며 말했다.

"여기요. 방송국."

31.5도의 운명

동찬은 심상치 않은 표정을 하고 보도국장실로 들어섰다. 동찬과 맞닥뜨린 하영은 그가 무슨 말을 하려는지 이미 아는 듯했다. 동찬은 자신이 사라졌을 때 왜 아무것도 하지 않았는지, 왜 찾지 않았는지, 하영에게 원망의 말들을 쏟아냈다. 그러나 하영도 순순히 미안하다 말하지 않았다.

"없어진 건, 사라진 건 당신이잖아. 내가 할 수 있는 게 뭐가 있었겠어? 세상이 다 벽으로 둘러싸인 기분이었어. 자기 그렇게 되고 내 심정이 어땠을지 생각해봤어? 내가 20년을 어떻게 살았는지, 얼마나 기다렸는지. 갑자기 남겨진 내 인생을 생각해봤냐고? 어느 날은 살아 돌아왔다는 기사를 기다리고 어느 날은 외국 어디에 있다는 속보를 기다리면서 보도국을 지켰어. 근데 1년이 지나도 아무 소식이 없더라. 그렇게 2년 3년, 하아."

"적어도 넌 날 찾을 거라고 생각했어. 근데 경찰 조사 파일을 보고 제일 놀란 게 뭔지 아니? 참고인 조사에서 네가 내 냉동인간 프로젝트에 대해 아무 얘기도 하지 않았던 거야. 적어도 넌 달랐어야지. 방송국 인간들이랑 넌 달랐어야 되는 거 아냐?"

"그래. 나 동찬 씨 실종된 거 모른 척 입 다물고 있었어. 나 그랬어. 그 죄를 싸안고 20년을 살았어. 내가 단 하루라도 편하게 살았는지 알아? 차라리 죽었다는 기사를 보면 내 속이 편하겠단 생각도 했었어."

하영은 참았던 눈물을 쏟아내며 말했다. 그러나 하영은 이미 싸늘하게 변한 표정의 동찬과 마주해야 했다.

"그래서 살아 돌아와서 실망했어?"

"도, 동찬 씨."

"그래. 내가 잘못한 거지. 누구도 시키지 않은 일이었잖아. 내가 저지른 일인데 너한테 이러면 안 되는 거잖아. 이제 그만하자."

동찬은 말을 남기고 돌아섰다. 그러나 하영은 이대로 그를 보내고 싶지 않았다. 그의 등 뒤에 대고 하영은 말했다. 이제 어떡하면 되느냐고, 어떻게 하면 화가 풀리겠느냐고, 왜 내가 아직 결혼을 안 했는지 아느냐고 물었다. 그러나 동찬은 아무

답도 주지 않았다.

아직 답을 정하지 못한 탓일지도 몰랐다. 동찬은 옥상에서서 변해버린 세상과 마주했다. 꼭 살아 돌아오라던 하영의 20년 전 당부가 아직 귓가에 생생히 들리는 것 같았다. 그리고 함께 했던 추억들도 생생히 떠올랐다. 그러나 모두 과거의 일이 되고 말았다. 그저 추억으로 묻기에 동찬에게 닥친 현실은 너무나 가혹했다.

사장실에서는 미란의 요구를 두고 격론이 벌어지고 있었다. 무려 700억을 요구한 미란인데, 한번 요구를 들어주면 앞으로 어떤 더한 요구를 할지 모른다고 홍석과 현기는 생각했다. 동찬 또한 그와 생각이 다르지는 않은 듯했다.

"방송국 입사가 장난도 아니고 고미란이 정상적인 절차로 입사가 가능하겠어? 비리로 얼룩진 입사가 될 거 아니겠냐고. 다른 취업 경쟁자들에게 기회를 박탈하는 비겁한 짓이기도 하거니와 우리 모두의 정서에 반하는? 거기다가 방송국에서 계속 개 얼굴을 보고 부딪치면 사후처리가 점점 난관에 봉착할 테고."

옳거니, 동찬의 말에 홍석과 현기는 맞장구를 쳤다. 그러나 한국말은 끝까지 들어봐야 한다고. 만약 제대로 열이 받은 고미란의 난장 플레이가 펼쳐진다면? 동찬은 너무도 담담하게 말을 이었다.

“그냥 방송사에 700억 내용증명을 보내고 모든 언론사랑 인터뷰부터 할 거란 말이야. 자기가 냉동캡슐에서 20년 있었다. 방송국은 그걸 은폐하고 숨기기 바빴다. 거기다 여기저기 입사시험을 치면서 떨어질 때마다 자신을 이런 처지로 만든 방송국을 저주할 거고. 적어도 2년간은 끝없이 취업 도전을 할 텐데. 그럴 때마다 국내 모든 언론사를 돌아다니며 자신의 분노를 표출할 거야. 걔 중문과잖아. 중국 〈인민일보〉, 〈양자만보〉 같은 중국 언론에다가 무차별 기사 투척을 할 거는 안 봐도 비디오지. 아마 걔 성격으론 방송 출연도 불사할걸? 그럼 중국에서부터 쫙 난리가 날 거고. 뭐 크게 문제 될 건 없겠네. 만나서 얘기해볼게요.”

좀 전까지 맞장구를 치던 홍석과 현기는 어느새 넋이 나간 표정이 되고 말았다.

동찬의 제안이 마음에 들지 않았는지 미란은 뚱기 충만한 표정으로 컵에 담긴 얼음을 한가득 입에 넣고 아그작아그작 씹어댔다.

“그러니까 저더러 3개월 인턴을 해라. 그동안 간을 보겠다. 뭐, 이 말이잖아요 지금.”

“간을 보겠다는 게 아니라. 아직 대학 졸업을 안 했으니까 학업과 실무를 병행하면서 미란 씨 입장에서도 좀 더 신중히 생각을 해보라는 거죠. 방송국이 미란 씨 적성에 맞을지 안 맞을지도 일을 해봐야 아는 거니까."

동찬의 말을 듣고 미란은 고민하는 듯하다가 이내 말했다.

"그래요 그럼. 피디님 말대로 할게요."

"근데 방송국에서 대체 뭘 하고 싶어요?"

"피디요. 예능 팀."

"하필 왜 예능 피딘데요?"

"제가 예능 피디 때문에 인생 피를 봤잖아요. 트라우마를 극복하는 저만의 방법이랄까요? 정면승부를 해볼까 해서요."

별로 이치에 맞는 말은 아닌 듯했지만 동찬은 그 말에 고개를 끄덕여주었다.

"예능 프로그램 기획안 세 개를 만들어 와봐요. 그 정도는 할 수 있겠죠?"

"그럼요. 세 개 정도야 뭐 껌이죠."

"씹을 수 있는 껌을 만들어 와요. 인턴십 첫 관문이니까."

"알았어요. 믿어보세요."

미란은 자신감 넘치는 표정으로 답했다. 그런 미란을 바라보던 동찬의 눈빛이 걱정스러운 듯 변했다.

"어디 아프거나 한 데는 없어요?"

"몸이 더워요. 선풍기 없으면 잠을 못 자겠고. 몸에 열이 나면 힘들어요."

"내 말 잘 들어요. 우린 해동 당시 31.5도가 정상체온이에요. 그게 유지가 되지 않으면 위험해요."

미란의 얼굴에 놀라움과 절망의 감정이 가득 번졌다. 그럴 수밖에, 자칫 잘못하면 목숨을 잃을 수 있는 상태라는데. 하지만 언젠가는 해주어야 하는 말이었다. 동찬은 차분히 말을 이었다.

"박사님이 기억을 찾아야 이 문제를 해결할 수 있어요. 저온활성 단백질 때문에 체온이 올라가면 치명적이래요."

"그럼 우리 계속 이렇게 살아야 하는 거예요?"

"아뇨. 뭐든 해볼게요. 박사님이 기억을 찾을 때까지만 조심해요."

미란은 눈시울을 붉히고 말았다. 그런 미란에게 동찬이 해줄 수 있는 건 미안하다는 말을 하는 것뿐이었다. 한참 동안 동찬을 바라보던 미란은 원망 섞인 말 대신 말했다.

"피디님도 조심해요."

동찬의 낡은 차가 시끄러운 엔진 소리를 내며 도로 위를 달리고 있었다. 그런 동찬의 뒤를 내내 쫓는 작은 차 한 대가 있었다. 수상한 낌새를 느낀 동찬은 급히 핸들을 꺾었다. 도리어 추격자의 뒤를 따라붙은 동찬은 속도를 냈다. 그리고 추격자의 차를 추월해 가로막고 섰다. 차에서 내린 동찬은 추격자의 차로 다가갔다. 작은 차 안에는 당황한 표정의 운전자와 눈이 큰 사내가 나란히 앉아 있었다.

"나 미행했지?"

"아닌디유."

"했잖아."

"아니랑께요."

"그럼 내가 차를 막았는데 왜 화를 안 내?"

"지금 낼 참인디?"

차량의 옆면에는 '방울방울 세탁소' 로고가 크게 그려져 있었다. 그러나 전화번호는 적혀 있지 않았다. 무엇보다 차 안에 세탁물 같은 것은 보이지 않았다. 대신 뒷좌석에 노끈과 청테이프가 있는 것이 보였다. 확신이 든 동찬은 일부러 더 시비를 걸었다. 눈 큰 사내는 결국 발끈하며 말했다.

"근데 몇 살인디 말이 요러코롬 짧다요?"

동찬과 눈 큰 사내는 서로의 신분증을 확인했다. 김성두, 그의 이름이었다. 김성두는 동찬이 자기보다 훨씬 나이가 많은 걸 알고 멘탈이 나갔는지 꽁무니를 뺐다.

동찬은 한적한 공터에 차를 세웠다. 더 이상 따라오는 사람이 없는 걸 확인하고 나서 발걸음을 옮겼다. 폐건물과 같은 곳에는 비밀연구소로 통하는 통로가 있었다. 연구소 안으로 들어서자 기범이 동찬을 맞이했다. 황 박사는 여전히 기억을 찾지 못하고 있었다. 누군가 그런 황 박사를 노리고 있었다. 미행까지 따라붙은 이상, 연구소는 더 이상 안전하지 못한 듯했다. 동찬은 지극히 평범한 곳, 그래서 그곳에 있을 거라 감히 상상조차 할 수 없는 곳에 황 박사를 모시는 것이 더 안전할 것 같다는 말을 건넸다. 기범도 동찬의 말에 순순히 동의해주었다.

에어컨은 얼마 버티지 못하고 고장이 났다. 게다가 방에 놓인 여러 대의 선풍기들을 보며 미란의 부모는 미란의 상태가 정상이 아님을 의심했다. 유한과 향자는 아무래도 동찬의 식구들과 만나봐야겠다는 생각을 했다. 비록 망설일 수밖에 없는 이유가 있었지만. 결국 두 사람은 동찬의 가게를 찾았다. 예상대로 냉동인간 프로젝트에 대해 전해 들은 동찬의 가족은 경악했다. 그리고 유한과 향자는 왜 미리 그 이야기를 해주지 않았느냐는 원망의 말들을 들어야 했다. 그들의 말처럼 지난 20년 동안 미란의 가족은 언젠가 미란이 돌아올 거라는 희망을 갖고 살았지만 동찬의 가족은 그저 절망 속에 살아야 했던 것이다. 만약 동찬이 살아 있다는 걸 알았다면 가세가 이렇게 기울지 않았을지도, 동찬의 아버지가 그렇게 허망하게 세상을 뜨지 않았을지도 몰랐다. 하지만 이제 와서 원망해봐야 무엇 하랴? 게다가 유한과 향자에게는 그렇게 행동할 수밖에 없는 나름의 이유가 있었다. 결국 두 가족들은 이미 같은 배를 탔음을 인정해야 했다.

"그래서 대책을 세우자고 왔습니다. 우리 애도 이 집 아드님도 같은 처지니까 이 문제를 서로 의논해야 하지 않을까요?

우리 미란이 몸 상태가 정상이 아닌 거 같습니다."

"이게 다 그 미친 박사인지 뭔지 그 인간 때문이에요. 내 그 인간 나타나기만 해 그냥. 우리 집 냉장고에 산 채로 처박아 얼려버릴 거니까."

원조는 열불이 났는지 목청을 높였다. 향자도 원조의 말에 맞장구를 쳤다.

"말하믄 입 아프지요. 나도 진짜 가만 안 둘깁니다. 용서가 안 됩니다. 참말로."

마침 그때 동찬이 가게 안으로 들어왔다. 그의 뒤에는 긴 머리를 봉두난발한 노인이 서 있었다.

황 박사는 자기를 두고 오가는 험담에도 별다른 반응을 보이지 않았다. 다만 배가 고픈지 음식을 먹는 손님들을 보고 군침을 삼킬 뿐이었다. 바보와 다름없는 상태가 되었지만 누가 뭐래도 동찬과 미란을 원래대로 되돌려놓을 사람은 황 박사뿐이었다. 그렇기에 두 가족들은 조금 전 장담대로 행동하지는 못했다.

"일단 마 피디 말처럼 이분이 기억을 찾아야 애들 치료제도 개발하고 대책을 세울 수 있으니까 죽여도 기억을 찾게 한 후 죽이든지 합시다."

"우리 집에는 이 영감 재울 데가 없습니다."

"그럼 저희 집에서 모시도록 하겠습니다."

유한이 말하자 곁에 있던 향자가 발끈하며 목소리를 높였다.

"뭐라카노. 참말로 패 죽이도 시원찮은데 뭘 모셔."

"이렇게 합시다. 밤에는 우리가 데리고 있고 낮에는 여기에 두자고요. 마 피디가 부탁도 했잖습니까?"

유한은 다시 말했다. 이번엔 원조가 저 정신줄 놓은 노인네를 둬서 뭘 어쩌자는 거냐며 발끈했지만 결국 따를 수밖에 없었다.

강단에 선 병심은 학생들의 모습을 훑었다. 수업을 할 때마다 수강생이 점점 줄어들더니 대략 절반은 빠져나간 듯 보였다. 하지만 무엇보다 미란의 모습이 보이지 않았다. 강의를 마치고 나와 씩씩대던 병심은 교재를 가슴에 품고 머리카락을 휘날리며 걷고 있는 미란을 보았다. 대체 미란과 똑같이 닮은 저 여자의 정체는 무엇일까? 더 이상 안 되겠다고 생각한 병심은 조교에게 말했다. 그녀의 어머니가 누구인지, 아니 그녀의 어머니가 고미란인지 물어보고 오라고. 마지못해하며 미란에게 다녀온 조교는 말했다.

"어머니가 아니라 본인이 고미란이라는대요."

"뭐?"

눈앞에 있는 사람이 정말 미란이라면 환생을 했거나 아니면 시간여행을 했다고 생각할 수밖에. 믿을 수 없는 현실에 혼란스러워진 병심은 그만 정신을 잃고 그 자리에서 쓰러지고 말았다.

동찬과 홍석은 사장실에서 심각한 표정으로 마주 앉아 있었다. 홍석의 말대로 20년 전 동찬을 찾았더라도 소용없는 일일지 몰랐다. 황 박사는 이미 죽었다고 알려졌으니 냉동된 동찬을 해동시킬 방법도 없는 셈이었다. 그러나 동찬이 느낀 배신감은 떨쳐내기에 너무나 컸다. 홍석은 이만 일어나려는 동찬의 팔을 붙잡아 자리에 다시 앉혔다. 그리고 마침내 속내를 드러냈다.

"이게 고구마 덩굴처럼 줄줄이 얽혀 있어. 그러니까 지금 2선 국회의원인 김지석 의원이 당시 최종 결정권자였어. 그때 그 양반이 사장이었잖아. 당시에 이 사건을 덮어야 한다는 건 모든 방송국 윗선이 다 동의한 사안이었어."

"그래서요? 하고 싶은 얘기가 뭔데요?"

"동찬아. 지난 일 다 잊고 여기서 새로 시작하자. 우리가 어떤 식으로든 보상할게. 일단 20년 근무 연수의 급여를 미지급금으로 처리해서 다 지급할 생각이야. 그리고 근무사고에 대한 위로금 5억, 다 합치면 상당한 액수일 거야."

그렇게 말하며 홍석은 차 키 하나를 동찬의 손에 쥐어 주었다.

"이건 내 차야. 난 회사에서 기사 딸린 차량이 제공되잖아."

동찬은 어이가 없는지 그저 웃었다. 그러나 개의치 않고 홍석은 계속 말을 이었다.

"지금 대한민국이 온통 네 얘기로 시끄럽다. 20년 전 실종

된 피디가 살아 돌아왔다. 어디서 뭐했냐?"

"조건이 뭐예요?"

"뉴스 라인에서 인터뷰 꼭지 하나 따서 네 입으로 얘길 해. 늘 똑같은 형태의 방송 포맷에 싫증나 방송을 떠났다. 사표를 내도 수리가 안 돼서 그렇게 그냥 무책임하게 떠난 점 사과한다. 뭐, 이 정도?"

지하주차장으로 내려온 동찬은 홍석이 준 자동차 키의 버튼을 눌렀다. 반짝거리는 불빛을 따라가니 세단이 세워져 있었다. 일단 차문은 열고 운전석에 앉긴 앉았는데 차 안에는 열쇠를 꽂을 구멍이 아무리 찾아도 없었다. 대신 버튼을 누르자 시동이 켜졌다. 차를 몰고 나온 동찬은 휴대폰 판매점부터 들렀다. 그리고 곧장 미란이 있는 캠퍼스로 향했다. 감회에 겨운 듯 교정을 둘러보던 동찬은 새로 산 휴대폰을 꺼내 들었다. 막 전화를 걸려는데 남학생들과 커피를 마시며 해맑게 웃는 미란의 모습이 눈에 들어왔다. 뭐가 저리 좋을까, 구시렁대며 동찬은 다가가 말했다.

"잠깐 시간 좀 내주시죠. 고미란 씨."

그리고 미란의 곁에 있는 남학생들에게 눈짓을 보냈다. 영준 그리고 지훈은 아쉬운 표정을 남기고 자리를 떠나야 했다. 둘만 남게 되자 동찬은 미란에게 비꼬아대며 말했다.

"아들뻘 아닌가?"

"뭐래? 저 스물넷이에요. 살아보지도 않은 20년, 나이에 붙여넣기 하지 마세요."

미란은 발끈하며 말했다. 그런데 하필이면 그때, 몇 올 남지 않은 머리카락을 휘날리며 50대 중반 정도로 보이는 남자가 동기라면서 동찬에게 아는 척을 해왔다. 두 남자의 해후를 지켜보며 미란은 피식 웃었다.

"우리 학교 졸업하셨어요?"

"내가 얘기한 거 기억 안 나요? 대학 후배라서 알바비도 더 주는 거라고."

"기억 안 나는데."

"아직 있나 모르겠네. 반성의 벤치."

동찬과 미란은 자리를 옮겨 벤치에 나란히 앉았다. 동찬은 미란에게 스마트폰을 건네며 말했다.

"우리도 이제 새 시대의 문물을 받아들이고 인간답게 살아보자고."

"그러자고."

"기획안은 잘돼가요?"

"그럼요. 우리 언제 첫 미팅 할까요? 나 수업 다 끝났는데 오늘."

"그걸 벌써 만들었어요?"

"제가 그랬잖아요. 껌이라고."

미란의 근거 없는 자신감에 동찬은 할 말을 잊은 듯 바라보는데, 미란의 구닥다리 핸드폰이 울렸다. 전화를 받고 나서 미란은 동찬에게 말했다.

"제 친구들이 학교에 와 있대요. 제 친구들한테 인사하고 가셔야죠."

"내가 왜요?"

"에이, 내 친구들 되게 예뻐요."

잘생긴 젊은 남자 앞이라고 경자는 몸을 배배 꼬아댔다. 영선도 모처럼 하는 눈 호강에 한가득 미소를 머금었다. 겉으로 보면 이모뻘인 중년 여성 둘이 이러고 있으니, 동찬은 오로지 이 어색한 상황에서 벗어나고 싶은 생각만 들 뿐이었다. 겨우 차로 돌아온 동찬은 안도의 한숨을 내쉬었다. 그때 새로 개통한 스마트폰이 울렸다. 백 형사였다.

"형님, 차량번호는 조회가 안 되는 깡통번호구요. 주민번호 조회하니까 그냥 용역회사 소속 건달이네요. 관련 전과가 두 개나 있는."

백 형사는 동찬의 돼지갈비 집에서 늦은 점심을 먹고 있는 중이었다. 소주병을 들고 나온 동주는 잔을 채워 백 형사 앞에 놓았다. 백 형사가 차를 가져왔다며 거절하자 그 잔을 도로 자기 입에 털어 넣었다. 그리고 말했다.

"우리 집에 누가 와 있는지 알아 지금? 그 황 박사 있지? 우리 오빠 실험한 그 사람이 있어."

동주는 작은 소리로 말했다. 주방 한구석에서 황 박사는 눈물을 흘리고 있었다. 그리고 그의 앞에는 양파가 산더미처럼 쌓여 있었다.

"이봐요. 양파 까라고 준 지가 언제인데 여태껏 그걸 붙들고 있어."

원조가 다가와 황 박사의 등짝을 후려치며 말했다. 그리고 그 모습을 백 형사가 심상치 않은 눈으로 지켜보고 있었다.

미란은 새로 산 스마트폰이 신기한 모양인지 계속 톡을 보내왔다. 톡을 보고 피식 웃으며 엘리베이터에서 내린 동찬은 몇 걸음 걷다 하영과 마주쳤다. 하영은 오래전부터 그 자리에서 동찬을 기다리고 있던 듯 보였다.

"사장님한테 얘기 들었어. 오늘 9시 뉴스야. 할 수 있겠어?"

"이게 모두를 위하는 일이니까 해야겠지."

"내일 바빠? 같이 저녁 먹자."

"글쎄. 당분간 집에 일찍 가보려고. 가족이랑 좀 더 친해져야 돼서."

차가운 말투와 함께 동찬은 하영의 앞을 지나쳐 갔다.

회의실에는 미란이 먼저 와 기다리고 있었다. 얼음을 씹으며 스마트폰 삼매경에 빠져 있던 미란은 동찬에게 스마트폰으로 물건을 사고 번역도 할 수 있다며 호들갑을 떨어댔다.

그러나 동찬은 호응하지 않고 본론부터 말했다.

"기획안 봅시다."

"넵."

동찬은 미란이 건넨 기획서를 찬찬히 살폈다. 그러나 합격 유무는 이미 결정되어 있는 듯했다.

"기획안은 불합격인데, 인턴 입사는 합격입니다."

"그런 부조리가 어디 있어요? 둘 다 합격시켜주세요."

"예능이 우습나 고미란 씨는?"

"그럼요 예능이 웃겨야죠."

"내 말은 그게 아니라 예능 프로그램 기획안이 이렇게 하루 만에 뚝딱 만들어지는 게 아니란 얘길 하는 거야."

"근데 인턴은 왜 합격인 건데요?

"그 순발력 그 패기를 높이 살 뿐이야."

"근데 왜 갑자기 말을 까요, 피디님은?"

"내가 뭐랬어? 인턴 합격이라고 했지? 그 말은 뭐겠어? 내 스태프란 소리지? 적어도 나보다 한참 어린 대학 후배한테 말을 높이며 일을 가르칠 순 없지 않겠어?"

"접수, 알겠습니다."

모처럼 미란은 열의가 넘쳐 보였다. 본론을 마친 뒤 동찬은 앞장서 걸었다.

"나가자."

"어딜요?"

"우리 집에 황 박사님이 계셔."

"왜요?"

"그 부분을 설명해야 하니까 나가자고. 가는 길에 차 안에서 설명해줄 테니까. 황 박사님을 밤에는 너희 집, 낮에는 우리 가게 이렇게 로테이션 시키기로 했어."

방송국 주차장으로 나온 두 사람은 동찬의 차가 있는 곳으로 향했다. 걷는 내내 미란은 스마트폰을 들여다보았다.

"아 참. 휴대폰이 길도 알려준대요."

미란은 말하고 나서 고개를 들었다. 그런데 동찬의 얼굴이 창백하게 변해 있었다. 동찬의 등 뒤로 성두가 칼을 겨누고 있었다.

꽁꽁 언 1등급 소 두 마리가 대롱대롱 걸려 있었고 사방에서 냉기가 뿜어져 나오고 있었다. 두 사람은 냉동실에 그들을 가둔 성두를 오히려 비웃어댔다. 그들에게는 냉동실 안이 오히려 편안해 보였다. 한참을 달리던 냉동탑차가 덜컹대더니 갑자기 멈췄다. 곧이어 문이 열리고 성두가 냉동실 안으로 들어왔다. 이쯤이면 냉동실 안에 갇힌 두 사람은 꽁꽁 얼었거나 추위에 떨며 살려 달라 애원할 거라 생각한 듯했다. 그러나 너무도 평온한 모습의 두 사람을 보고 성두는 당황한 기색을 감추지 못했다.

"니들은 안 춥냐? 대체 뭐냐? 이 상황?"

오히려 성두가 바르르 떨며 말했다. 미란은 그제야 추운 척

엄살을 떨어댔다.

"추워요. 화장실 가고 싶고요."

성두가 거부하자 이번엔 동찬이 말했다.

"그럼 나라도 보내줘."

"어머."

"농담이야."

"농담할 게 따로 있지? 그거 농담 아니죠?"

"농담이야."

"납치당한 상황에 농담이 나와요? 제정신이에요?"

"너야말로 이게 화낼 일이야?"

두 사람은 옥신각신 다투기 시작했다. 그사이 성두는 쭈그리고 앉아 몸을 오들오들 떨어댔다.

"화, 황 박사 어디 있냐고?"

동찬이 그런 성두를 향해 시선을 옮겼고 미란도 동찬의 시선을 따랐다. 약속이라도 한 듯, 동찬이 발로 성두를 공격했고 미란도 성두의 손을 와락 깨물었다. 뒤이어 동찬과 성두가 몸싸움을 벌이며 뒹굴기 시작했다. 엎치락뒤치락하던 두 사람은 결국엔 머리끄덩이를 잡고 싸우는 지경에 이르렀다. 그러나 성두의 머리카락은 가발이었고 덕분에 동찬은 불리한 형세를 맞이했다. 그때 미란이 〈무한 실험천국〉 실험녀답게 일격을 날렸다. 성두가 쓰러진 틈을 타 동찬과 미란은 냉동탑차의 문을 열고 바깥으로 나왔다. 운전석에 앉아 있던 공범은 두 사람이 냉동화물칸에서 탈출한 것을 보고 사색이 되어 급히 액셀을 밟았다.

동찬과 미란은 어딘지도 모르는 길을 걷고 있었다. 하늘에서는 햇볕이 내리쬐고 있었고 아스팔트는 이글이글 타오르고 있었다. 차라리 냉동탑차 안이 나았는데, 어느새 동찬은 호흡이 가빠지는 걸 느꼈다.

"저기, 피디님."

미란의 상황은 더 안 좋은 듯 보였다. 미란은 당장이라도 넘어질 듯 몸을 휘청거렸다. 사방 어디에도 인적은 보이지 않았고 지나가는 차도 없었다. 지체할 시간이 없는 듯했다. 동찬은 미란을 등에 들춰 업고 무작정 달리기 시작했다.

비 오듯 땀이 쏟아져 내렸고 호흡은 더욱 가빠졌다. 동찬에게도 더 이상 버틸 힘이 남지 않은 듯했다. 동찬은 결국 길 한복판에서 멈춰 섰다.

"정신 차려. 고미란."

미란은 의식을 잃어가고 있었다. 그때, 거짓말처럼 차량 한 대가 동찬의 앞으로 다가와 섰다.

미란을 응급실에 맡기고 동찬은 화장실로 달려갔다. 찬 물로 겨우 몸을 식힌 동찬은 젖은 몸이 되어 잠든 미란의 곁으로 돌아왔다. 44세 고미란, 그녀를 이렇게 만든 건 동찬 자신임을 부정할 수 없었다. 응급실 밖에 앉아 그녀가 깨어나길 기다리며 동찬은 자책해야 했다. 그때 휴대폰이 울렸다.

"시간 다 됐어. 스탠바이 해야지."

하영이었다. 동찬은 침묵으로 일관하다 전화를 끊었다. 미란을 이대로 두고 떠날 수는 없었다. 그런 동찬의 등 뒤로 기범이 다가왔다.

대기실에서 옷을 갈아입고 동찬은 스튜디오로 들어섰다. 스태프가 마이크를 채워주고 있을 때, 하영이 다가와 그의 손을 잡았다.

"괜찮겠어?"

동찬은 말없이 끄덕이며 손을 거두었다. BGM이 흐르며 방송이 시작되었다. 하영은 태연한 척 애쓰며 멘트를 읽어나갔다.

"시청자 여러분, 안녕하십니까, 〈뉴스라인〉 나하영입니다. 20년 전, 실종되었던 스타 연출가 마동찬 피디를 기억하십니까? 마동찬 피디에게 20년간 어떤 일이 일어났는지 온갖 추측이 난무하고 있습니다. 오늘은 그 화제의 주인공 마동찬 피디님이 직접 스튜디오로 나와 그 난무하는 추측에 답을 해주시겠다고 합니다. 마동찬 피디님, 하시고 싶은 말씀이 있으시다고요?"

일순간 스튜디오 안에 긴장감이 흘렀다. 홍석과 현기는 마른침을 삼키며 동찬의 다음 말을 기다렸다. 카메라를 응시하듯 바라보던 동찬은 비장한 표정으로 분명히 말했다.

"저는 세계 최초 냉동인간 마동찬입니다."

동찬의 첫 마디는 아무도 예상하지 못한 것이었다. 하영의 표정이 싸늘하게 변했고, 홍석과 현기는 놀란 나머지 낯빛이 사색이 되었다.

캡틴 코리아

방송이 시작되기 전, 응급실로 찾아온 기범은 동찬에게 말했었다.

"황 박사님이 해결점을 찾고 계셨어요. 정상인의 체온인 36.5도로 복구시키는."

"성공하셨습니까?"

"네. 해내셨어요. 문제는 그 해결점을 황 박사님만 알고 계신단 겁니다."

기범의 말대로라면 다시 정상으로 돌아갈 방법은 있었다. 그러나 마냥 황 박사가 기억을 되찾기만을 기다릴 수 없었다. 카메라 앞에 선 동찬은 작정하고 말을 이었다.

"1999년 저는 예능 프로듀서로서 냉동인간 프로젝트를 기획하고 직접 실험에 참여했습니다."

모든 것이 끝났다 생각한 홍석은 질끈 눈을 감았다. 곁에 있던 현기도 깊은 한숨을 내쉬었다. 그런데 동찬의 입에서는 전혀 뜻밖의 말이 나왔다.

"하지만 당시의 기획과 프로젝트 추진은 방송사의 의사와 전혀 상관없이 저 혼자만의 단독 결정이었습니다. 저로 인해 냉동인간 프로젝트는 꿈이 아닌 현실임이 증명되었습니다. 실험자인 제가 20년 만에 깨어났으니까요. 하지만 이 프로젝트는 더 많은 연구가 필요한 단계입니다. 예상치 못한 부작용이 나타났기 때문입니다."

냉동인간에 관한 뉴스는 전파를 타고 세계 곳곳에 퍼져나갔다. 방송국에는 프로젝트를 후원하겠다는 전화가 폭주했다. 기범은 인터뷰를 통해 황갑수 박사는 이미 죽었으나 그의 뒤를 이어 냉동인간 연구를 계속 하고 있다는 말을 했다. 원조가 운영하는 돼지갈비 집은 동찬의 집이라는 것이 알려지면서 뜻밖의 호황을 맞이했다. 장사가 이대로만 된다면 기울어진 가세를 회복할 수 있을 거라며 가족들은 꿈에 부풀었다.

집을 나서던 동찬은 가게 바깥에 쌓아놓은 전단지 뭉치들을 보았다. 실종자를 찾습니다, 문구와 함께 동찬의 얼굴이 새겨져 있었다. 이제는 쓸모가 없어진 전단지들은 지난 20년 동안 가족들이 얼마나 애타게 동찬을 찾았는지를 증명하는 흔적이었다. 동찬은 감정에 복받친 목소리로 물었다.

"제가 사라졌을 때요. 죽었을 거라고 생각한 적 없었어요?"

"한 번도. 어디 사고 당해서 기억을 잃은 건 아닐까 그렇게 되면 지가 제일로 좋아하는 돼지갈비 먹으러 다니겠지. 그럼 이 가게에도 우연히 들를 수도 있겠지."

"그래서 장사 시작하신 거예요?"

"그래. 그런데 이제는 우리 아들이랑 이 가게랑 너무 안 어울린다. 그치?"

"고마워요, 엄마."

눈시울이 붉어진 채 동찬은 원조를 꽉 끌어안았다.

동찬과 미란을 납치했던 일당은 이미 체포되어 조사를 받고 있었다. 동찬이 범인의 이름과 주민번호까지 외워놓았으니 애초에 검거는 시간문제였던 것이다. 그러나 그들은 누군가의 사주를 받은 하수인에 불과했다. 의뢰와 비용 처리 모두 택배로 이루어진 터라 그들조차 자신들의 의뢰인이 누구인지조차 알지 못했다. 다만 분명해진 사실이 하나 있었다. 어찌하여 의뢰인은 황 박사의 행방을 찾고 있는 걸까? 경찰에서도 이미 죽은 것으로 알고 있던 황 박사를. 납치를 사주한 의뢰인은 황 박사가 살아 있다는 것을 이미 알고 있는 듯했다.

한참 전부터 기다린 듯 보였다. 복도의 길목에서 우두커니 서 있던 하영은 동찬이 눈 안에 들어오자 가까이 다가왔다.

그리고 작심한 듯 말했다.

"언제까지 날 피할 생각이야?"

"내가 한때 사랑했던 여자를 난 끝까지 지켜줄 생각이야. 혹시 내가 몰랐던 것들을 더 알게 될까 봐 난 이 문제를 더 파고 싶지가 않아. 그게 내가 널 지키는, 내가 할 수 있는 최선의 방법이야, 지금으로선."

동찬은 하영을 지나치려 했다. 그러나 하영에게는 아직 못다한 말이 남아 있었다. 기다리겠다고, 당신이 봐줄 때까지. 말하고 나서 돌아서는 하영의 유난히도 쓸쓸해 보이는 뒷모습을 동찬은 멍하니 바라보았다. 그때 동찬의 휴대폰이 울렸다.

먼저 도착한 미란은 소회의실에서 동찬을 기다리고 있었다. 터벅터벅 안으로 걸어 들어온 동찬은 미란에게 사원증을 건넸다.

"제 실력으로 잘 해내서 꼭 정규사원으로 입사할 겁니다."

사원증을 받아들고 미란은 좋아서 배시시 웃어댔다. 그러나 동찬은 함께 웃어주지 못했다. 동찬은 미란의 이마에 손을 가져다댔다. 한참 동안 손을 대고 있다가 괜찮다는 듯 고개를 끄덕였다.

"바이탈을 체크해주는 시계야. 체온이 오르기 시작하면 경고음이 울릴 거야."

동찬은 미란의 손목에 시계를 채웠다. 그리고 메탈로 된 박스도 건넸다. 안에는 주사기와 캡슐들이 들어 있었다.

"열이 오르면 최대한 빨리 이 해열제 주사를 맞아야 돼. 방송 나가고 나서 우리를 위해 미국 바이오코드사에서 특별히 제작한 시약이래."

"나 주사 맞는 거 싫어하는데."

"미안해."

"아니 뭐, 맞으면 되죠."

"바늘이 많이 가늘어서 아프지 않대."

"알았어요. 접수."

"방송국 외에 학교를 포함한 다른 장소에 갈 때는 항상 나한테 보고해, 핸드폰에 위치 추적 어플 깔아. 그리고 심박수랑 혈압, 체온은 두 시간에 한 번씩 나한테 메시지 보내고. 앞으로는 쓰러질 때 쓰러지더라도 나한테 허락받고 쓰러져야 돼."

"왜요?"

"그야 우린 운명 공동체니까."

"난 간섭받고 간섭하는 거 딱 싫어하는데."

"나도 싫어해. 우린 좋은 것만 하고 살 수 없어, 싫은 걸 안 하고 살 수도 없고. 미안하다 소리 더 못 하겠다. 수업 마치고 바로 와. 기획회의 할 거니까."

동찬은 자리에서 일어나 회의실을 나갔다. 남겨진 미란은 동찬이 놓고 간 박스들을 보며 한숨을 푹 내쉬었다.

"내 인생의 짐들이군."

그러나 이내 함께 놓인 사원증을 보고 해맑게 미소 지었다.

병심은 20년 전 미란이 동찬의 방송 프로그램에서 아르바이트를 했던 사실을 기억해냈다. 그리고 어쩌면 미란도 냉동인간이 되었던 것이 아닐까 생각했다. 학과 사무실 앞을 서성이던 병심은 미란이 나오자 그녀의 앞을 가로막고 섰다.

"저한테 무슨 용건이라도?"

미란은 여전히 눈앞에 있는 사람이 병심일 것이라고 상상조차 못 하고 있었다. 그런 미란 앞에서 병심은 더 이상 망설이지 않고 말했다.

"나야. 네 첫사랑 황병심."

병심의 얼굴을 찬찬히 보던 미란의 눈은 곧 확 커졌다. 인적이 드문 곳으로 자리를 옮긴 병심은 20년 만의 낭만적인 조우를 꿈꿨다. 다시 20년 전으로 돌아가자고. 결혼이야 했지만 이혼할 거라고. 그리고 다시 시작하면 된다고 말했다. 그러나 현실은 상상한 것과 전혀 달랐다.

"꺼져. 죽여버리기 전에."

생각할 가치도 없다는 듯 매몰차게 말하며 가는 미란의 팔을 붙들어 잡고 병심은 그녀를 확 끌어안으려 했다. 미란은 그 손을 뿌리치고 병심의 뺨을 힘껏 후려쳤다. 덕분에 병심 몸이 휙 날아갔다. 그러나 그걸로는 분이 풀리지 않았는지 미란은 주먹으로 가방으로 병심을 마구 내리쳤다.

방송국에서 미란을 기다리던 동찬은 미란의 전화를 받고 경찰서로 향했다. 경찰관에게 조사를 받으면서도 미란은 분을 참지 못하고 씩씩대고 있었다. 그 옆에 앉아 있던 피해자로 보이는 중년 남성은 얼마나 맞았는지 얼굴이 퉁퉁 부어 있었다.

"아무리 화가 나도 그렇지 교수를 때리냐? 나이도 한참 많은 사람을."

"아닌데요. 동갑인데요. 마흔넷?"

"너 나이 문제도 그래. 너 필요할 때마다 나이 두 개 가지고 맘대로 갖다 붙이지마. 어쩔 땐 스물넷, 곤조 부릴 땐 마흔넷. 하지 마, 버릇돼."

조사를 받고 나온 미란에게 동찬은 잔소리를 늘어놓았다. 그러나 피해자가 다름 아닌 옛날 남자 친구 병심인 걸 알고 곧바로 태도를 바꿨다.

"잘했어. 이왕 때리는 거 반쯤 죽여놓지 그랬냐? 그 새끼 지금 어디 있냐?"

뜬금없이 흥분한 동찬은 조서에 도장을 찍고 막 일어나려는 병심의 앞을 가로막고 섰다. 병심은 그런 동찬을 한눈에 알아봤다.

"내, 냉동인간?"

"당신 왜 고미란한테 개수작이야?"

동찬은 단도직입적으로 말했다. 그러나 병심도 동찬에게 쌓인 게 많은 터였다. 만약 동찬이 미란을 실험에 끌어들이지 않았다면 미란과 로맨틱한 삶을 살고 있으리라 병심은 굳게 믿고 있었다.

"내가 한 개수작 이전에 당신 왜 내 여자 친구를 얼렸어? 당신 때문에 내 인생이 얼마나 꼬였는지 알아?"

"이 새끼가 근데."

"새끼? 새파랗게 젊은 놈이 어디서."

"아씨. 나 오십둘이야."

"누구 맘대로 오십둘이야? 20년은 살지도 않아놓고?"

"너 몇 학번이야?"

"96이다. 새끼야."

"나 87이야 새끼야. 심지어 나 네 대학 선배야."

"밥은 내가 더 먹었어."

"좋겠다. 밥 많이 먹어서, 경고하는데 한 번만 더 고미란한테 껄떡대면 너 내가 죽여버린다."

"네가 무슨 자격으로?"

"내가 이 여자 인생에 책임이 있거든."

"고미란만 책임져서 될 일이 아니지. 넌 내 인생도 책임져야지."

흥분한 나머지 병심은 동찬의 멱살을 움켜쥐었다. 동찬도 지지 않고 병심의 멱살을 잡았다. 주위로 모여든 경찰관들은 애들 싸움만도 못한 유치한 상황을 그저 흥미롭게 바라만 보고 있었다. 혼자 동찬과 병심을 떼어놓으려다 힘에 부친 미란은 경찰이 이래도 되느냐며 고래고래 목소리를 높였다. 그제야. 경찰들이 나서 두 남자를 갈라놓았다. 그러나 동찬도 병심도 좀처럼 흥분을 가라앉히지 못했다.

"아무튼 너! 고미란 근처에 얼쩡거리면서 재 열 오르게 하지 마."

"네가 뭔데 이래라저래라야? 새파랗게 어린놈의 새끼가."

"야! 황병심 닥쳐라. 그리고 피디님도 됐어요. 내 문제 내가 알아서 해요."

보다 못한 미란은 다시 한 번 목소리를 높였다. 동찬은 겨우 흥분을 가라앉히며 말했다.

"나가자. 나 배고파."

동찬은 미란의 손목을 잡아끌었다. 그걸 본 병심은 또 눈이 뒤집어지고 말았다. 그런 가운데 경찰들은 동찬을 뒤늦게 알아보고 웅성거렸다.

"저 사람, 그 사람 맞죠. 냉동인간?"

"맞아. 맞아."

원조의 돼지갈비 집 앞에 어울리지 않는 고급 세단 한 대가 멈춰 섰다. 조수석에 앉아 있던 비서로 보이는 남자는 얼른 차에서 내려 뒷좌석 문을 열었다. 곧이어 60대쯤으로 보이는 남자가 차에서 나왔다. 남자는 앞장서 가게 안으로 들어섰다.

주방에서 나오던 황 박사에게 서윤은 인형으로 장난을 걸어왔다. 서윤의 손에 들려 있던 돌고래 인형을 본 황 박사의 표정이 놀란 듯 변했다. 불현듯 스치고 지나가는 기억의 조각들이 황 박사를 혼란스럽게 만들었다. 허겁지겁 홀로 뛰쳐나오던 황 박사는 마침 물을 마시려던 60대 남자의 팔을 툭 치고 말았다. 조금 전 세단을 타고 온 그 남자였다. 불쾌한 듯 바라보는 남자와 눈이 마주친 황 박사는 정신이 혼미해지는 것을 느꼈다. 마치 실성한 사람처럼 비틀거리며 가게를 빠져나온 황 박사는 사람들의 눈이 없는 곳으로 숨어들었다. 기억하지 못하는 시간 동안 무언가 엄청난 일이 일어났음을 황 박사는 비로소 깨달았다.

동찬이 미란과 냉면 집 안으로 들어서자 여기저기서 웅성거리는 소리가 들려왔다. 애써 외면하며 동찬은 미란에게 말했다.

"먹고 방송국 들어가서 우리, 프로그램 기획을 해보자고."

"저 아직 기획안 완성 덜 했는데요."

"그건 그거고. 뭐, 사실 네가 기획한 게 방송이 되겠니?"

"왜 그르세요? 엄청난 걸 준비 중이에요, 두고 보세요."

"부디 그러길 바란다."

주문한 냉면이 두 사람 앞에 놓였다. 미란이 젓가락을 들고 막 냉면을 먹으려는데 동찬이 불쑥 말했다.

"앞으로 그 개거지 구남친이 또 껄떡되면 나한테 바로 연락해."

"됐어요. 내 문제는 내가 해결한다고요."

"너 남자 앞에서 자꾸 웃지 마. 귀여운 짓을 아예 할 생각을 하지 마."

"무슨 말이에요? 내가 웃으면 귀엽단 거예요?"

"그 새끼 눈에 귀여울 수 있단 거지. 내 눈에가 아니라. 뭔 말을 못하겠네."

가당치도 않는다는 듯 동찬은 냉면을 후루룩 삼켰다.

미란의 자리는 동찬의 맞은편이었다. 자리가 마음에 드는 모양인지 미란은 책상 서랍을 열어보고 출입증도 다시 보며 배시시 웃어댔다. 모처럼 환한 미소를 짓는 미란을 보며 동찬은 자기도 모르게 피식 웃었다.

퇴근 시간이 다 될 무렵 미란의 전화기가 울렸다. 영선에게서 온 전화였다. 동찬은 집중하는 얼굴로 서류를 들여다보고 있었다. 얼마나 일에 빠졌으면 미란이 곁에 다가갔는데도 눈치채지 못했다.

한참 뒤에야 동찬은 책상 위에 기획서가 놓여 있는 것을 알아차렸다. 그리고 텅 빈 미란의 자리와 미란이 붙여놓은 포스트잇을 보았다.

"저 오늘은 칼퇴 할게요. 그때 보신 제 미녀 친구들이 데리러 와서요."

다시 만난 삼총사는 빙수를 앞에 두고 수다 삼매경에 빠졌다. 미란은 영선과 경자에게 병심과 있었던 이야기를 했다. 다시 만나자고 말했던 것까지. 이야기를 들으며 경자는 내내 영선의 눈치를 살폈다. 영선은 대수롭지 않다는 듯 태연한 표정을 지었다. 미란은 점점 열을 올리며 말했다.

"황병심 부인이 누군지 모르겠지만 정말 눈물 나게 불쌍하다."

더는 못 견디겠는지 영선은 수건으로 땀을 닦으며 자리에서 일어났다. 영선이 자리를 비우자, 경자는 미란에게 귀띔하듯 말했다.

"미란아."

"응."

"병심이 영선이랑 결혼했어."

"영선이? 무슨 영선이? 네가 아는 사람이야?"

꿈에서조차 상상하지 못한 탓인지, 미란은 그 말을 단번에 알아듣지 못했다.

밤중에 동찬을 포장마차로 불러낸 현기는 동찬 앞에서 술주정을 해댔다. 겨우 분을 가라앉히고 현기의 신세한탄을 듣고 있는데, 들려오는 소리가 동찬의 시선을 TV로 향하게 만들었다.

"안녕하십니까? 〈99분 토론〉 손덕희입니다. 대한민국에서 세계 최초 냉동인간 1호가 나왔는데요. 뒤로 보이는 건 다름 아닌 요즘 장안의 화제 캡틴 코리아입니다. 냉동인간이 얼마나 화제가 되고 있는지를 보여주는 짤입니다."

화면에 캡틴 아메리카와 합성된 동찬의 모습이 나왔다. 캡틴 코리아, 그게 뭘까? 동찬이 묻자 현기는 깔깔대며 말했다.

"미국판 냉동인간, 캡틴 아메리카 짭. 그때 나도 같이 얼렸으면 캡틴 코리아 친구 버키가 되는 건데."

패널로 나온 사람들은 냉동인간의 나이를 주민등록상의 나이로 볼 것인가, 아니면 생물학적인 나이로 볼 것인가를 두고 열띤 토론을 벌였다. 그러나 좀처럼 합의점을 찾지 못하고 토론은 비속어가 난무하는 격양된 분위기로 흘렀다. 사회자는 분위기를 가라앉히기 위해 급히 시청자와의 전화를 연결했다.

"행당동 사는 오마리아라고 하는데요. 냉동인간이 몇 살이냐가 중요한 게 아니잖아요. 국가적으로 지원을 해주셔야죠. 솔직히 보험 혜택도 없고 관련 의료법도 없는데 이 부분이 시급한 거 아니에요? 냉동인간 나이 가지고 싸우는 게 하도 답답해서 전화 드린 거예요. 솔직히 그 오십둘 된 냉동인간 아저씨는 결혼정보 업체에 등록하면 재혼남으로 분류돼요. 초혼이 가능하겠어요? 얼마나 억울하겠어요?"

대체 이건 또 무슨 소리람, 그나저나 들려오는 목소리가 동찬의 귀에 무척 낯익게 들렸다. 동찬은 포장마차를 나와 곧바로 미란에게 전화를 걸었다.

"아예 나 냉동인간입니다. 광고를 하고 다니지 그러니?"

"제가 뭘 어쨌게요?"

"오마리아? 그거 너잖아."

"어떻게 알았어요? 일부러 오징어 먹고 목소리 꽉 막아서 변조했는데."

"너 제발 뭐든 생각을 좀 하고 행동해. 너 냉동인간인 거 밝혀지면 안 돼. 위험하다고. 몇 번을 말했어?"

"알 만한 사람은 다 안다고요. 언제까지 숨기며 살 수 있는 문제가 아니잖아요."

"알 만한 사람만 아는 거랑 세상이 다 아는 게 같아? 그리고 내 결혼 문제를 네가 왜 신경 써?"

"그게 왜 피디님만의 문제예요? 내 문제도 되죠. 나도 재혼남이랑 선봐야 할 형편인데 지금."

"됐다. 너랑 무슨 얘기를 하겠니."

"끊어요."

미란도 짜증이 났는지 맞받아치며 말했다. 그러나 동찬은 곧바로 전화를 끊지 않았다.

"야. 아픈 덴 없어? 넌 그냥 건강이나 신경 써. 무슨 일 있으면 바로 전화하고. 알았어?"

"알았어요."

전화를 끊자마자 두 사람은 동시에 외쳤다.

"꼰대."

"또라이."

샤워를 마치고 나온 하영의 머릿속에 지난 기억들이 맴돌았다. 20년 전 일이지만 여전히 생생하게 남은 그 기억, 손가락에 반지를 끼워주며 동찬이 했던 말들. 하영은 서랍을 열었다. 반지는 여전히 제자리에 있었다. 하영은 손가락에 다시 반지를 끼웠다.

출근한 하영이 자리에 앉자마자 박 기자가 국장실로 달려 들어왔다. 박 기자는 서류를 건네며 말했다.

"다른 냉동인간, 그러니까 다른 여자 피실험자가 있다는 정보가 터졌습니다. 이걸 우리가 먼저 보도를 하는 게 어떨까요? 어차피 우리가 안 해도 다른 채널에서 먼저 터트릴 거 같은데요."

"다른 채널에서 터트리면 대응할 기사를 준비하는 게 맞겠지? 왜 마동찬 피디가 그 피실험자를 그렇게 보호하는지 생각해봤어? 세상의 특종 중엔 보도하면 안 되는 특종이란 게 있어. 보도국은 그럴 때 선택과 집중이란 카드를 써야 되는 거고. 절대 그 보도는 나가면 안 돼."

하영은 단호히 말했다.

편집 작업을 하던 동찬은 뜻대로 잘 풀리지 않는지 소파로 자리를 옮겨 앉았다. 막 생각에 잠기려던 그때 노크 소리와 함께 하영이 편집실 안으로 들어왔다. 하영은 동찬을 향해 당부하듯 말했다.

"그 여자한테 각별히 조심하라고 해줘. 같은 예능국에서 일하는 게 좋을지, 생각 다시 해보고."

"고마워. 쉽지 않은 결정해줘서."

동찬은 무표정하게 답했다. 그리고 무심코 시선을 옮기던 동찬은 하영의 손에 끼워져 있는 반지를 보았다. 동찬은 떨리는 눈빛으로 물었다.

"무, 무슨 뜻이야?"

"그때부터 다시 시작해보는 거야. 우리 사랑이 아직 덜 끝났잖아."

두 사람은 말없이 서로를 바라보았다. 그때 별안간 편집실 문이 열리며 미란이 빼꼼 얼굴을 내밀었다.

"저기, 피디님."

미란은 뭔가 말하려다 두 사람 사이에 흐르는 심상치 않은 분위기를 느끼고 급히 문을 닫았다.

사랑에 관한 모든 것

(All about Love)

일상으로 돌아간 두 사람은 서로에게 들은 말을 다시 떠올려야 했다.

"내가 당신에게 해주고 싶은 게 많아. 그 기회를 줘. 누구와도 진정으로 사랑할 수 없었어. 동찬 씨가 몰랐던 걸 알게 될까 두렵다고 했지? 그게 날 지켜주는 최선이라고. 우리 그거 정면으로 보자. 그리고 같이 갈등하고 같이 화내고. 그럼 안 될까? 그러다가 날 버려도 돼. 이렇게 끝나는 건 아니야."

울먹이며 하영은 말했었다. 그리고 동찬은 하영에게 답했다.

"우리가 뛰어넘은 20년을 극복할 수 있을까? 난 네가 했던 일들이 원망스럽고 넌 나 없이 보낸 세월이 괴로웠을 텐데. 그리고 넌 20년 동안 어른이 되어 있는데 난 어른다워질 기회가 날아갔잖아. 그래서 성숙이 덜 된 이기적인 남자야. 그냥 내 생각만 하게 돼. 난 네가 미워 지금."

서로에게 했던 말들은 비수로 남아 두 사람 모두 눈물 흘리게 만들고 있었다.

방송국으로 향하는 내내 미란은 전날 느꼈던 동찬과 하영 사이의 미묘한 분위기가 신경이 쓰였다. 대체 둘은 무슨 사이일까? 그때 불현듯 20년 전의 기억이 떠올랐다. 엄밀히 말하면 미란에게는 얼마 되지 않았던 기억이었지만. 화려한 스포트라이트를 받으며 동찬은 카메라와 관객들 앞에서 당당히 말했었다.

"제 여자 친구입니다."

동찬의 옆에 있던 그 사람이 바로 하영이었다. 한때 연인 사이였던 두 사람, 아니 지금도 변함없이 서로를 사랑하고 있을지 몰랐다. 미란은 별안간 짜증이 났다.

"그 오랜 시간을 기다린 건가? 그렇게 사랑한 거야? 하아, 지는 얼기 전에 여친이라도 만들어놨지. 나는 이게 뭐야."

미란은 억울했다. 억울해 미칠 지경이었다.

안 그래도 혼자만 억울해서 미치겠는데, 동찬은 아침부터 시비조로 미란을 대했다.

"너 어젠 편집실에 왜 들어왔어?"

"아니 그게 기획안을 잘못 뽑아 드려서 최신판으로 드리고 퇴근하려고 갔었죠."

"근데 왜 그냥 가?"

"분위기가 그런데 어떻게."

"분위기가 어땠기에?"

"아니 뭐, 분위기가 좀. 아무튼 뭐 급한 일도 아니고. 천천히 드려도 되겠다 싶어서."

"천천히 줘도 되는 걸 왜 편집실까지 가지고 와서 주려고 한 건데?"

동찬은 계속 미란을 몰아붙였다. 성질 같아서는 확. 그러나 어쩌겠나, 미란은 꾹 참았다.

"결론적으로 말해서 넌 용건이 있거나 몸에 열이 나면 내 기분, 내 상황 이런 거 전혀 개의치 말고 나한테 바로 보고해. 설령 내가 여자랑 호텔에 있더라도 넌 날 배려하지 말고 나한테 연락하거나 달려와야 돼."

"저 그렇게 무례한 애 아니거든요."

"열나서 쓰러지는 것보다 무례한 게 백 배 나. 내 말의 요지는 이해했니?"

"네."

미란은 시큰둥하게 답했다. 그리고 동찬의 뒷모습을 보고 중얼댔다.

"왜 저래? 호르몬 불균형이야 뭐야?"

화장실 앞에서 미란은 마침 나오던 동찬과 마주쳤다. 동찬은 다짜고짜 미란의 손목을 낚아챘다.

"너 갑자기 왜 심박수가 이렇게 오르냐? 봐봐, 체온도 31.7이야."

동찬은 미란의 손목에 채워진 바이탈 워치를 보며 말했다. 갑자기 놀라게 하니 그런 건데, 그런데도 동찬은 뻔뻔스럽게 말했다.

"설렜니?"

"네?"

"잘 들어. 우린 심박수가 갑자기 뛰면 체온도 올라가거든? 그러니까 심박수 뛸 일을 만들면 안 돼. 뛰지 말고 흥분하지 말고 야동 같은 것도 보지 말고."

동찬은 또 잔소리를 늘어놓았다. 열 받아서 떨어지던 심박수도 올라갈 판이었다. 마침 그때 미란의 휴대폰이 울렸다. 영선에게서 온 전화였다.

한번은 보긴 봐야 했다. 그리고 카페에서 마주앉은 두 사람 사이의 어색함은 이미 예상된 것이었다.

"미안해. 네 남편 때려서."

미란이 침묵을 깨고 먼저 말했다. 하지만 영선은 그다지 염두에 두지 않는 듯했다.

"맞을 짓을 했잖아."

영선은 원래 그런 놈이니 놀랄 것도 화낼 것도 없다는 듯 말했다. 그런 영선이 왜 병심과 결혼을 했을까? 두 사람이 결혼을 했다는 소식을 들은 뒤부터 가장 먼저 든 생각이었다.

"애가 생겼어. 올드하고 모양 빠지지만 그게 이유야. 졸업식 날, 황병심이 휴가를 나왔어. 진탕 술 먹고."

미란의 물음에 영선은 담담한 표정으로 답했다. 그런 실수를 하다니, 영선답지 않았다고 미란은 생각했다. 하지만 영선의 입에서는 의외의 말이 나왔다.

"실수 아니야. 나…… 병심이 좋아했어. 너랑 사귀기 전부터 개 좋아했어."

게다가 영선은 지금도 병심을 사랑하고 있는 듯했다. 영선의 말대로라면 병심이 영선을 사랑하지 않을 뿐이었다.

"우리는 한 번도 서로를 바라본 적이 없었어. 그런데 어떻게 내가 갤 버리니? 시작을 해야 끝을 내지. 그렇지만 이제 끝내야 할 거 같아."

영선은 눈시울을 붉혔다. 미란은 모든 것이 자기 탓인 거 같아 미안한 마음을 느꼈다. 그러나 영선은 분명히 말했다. 미안해할 필요는 없다고. 끝낼 계기가 필요했고 마침 미란이 나타났을 뿐이라고.

동찬은 기범의 연락을 받고 급히 경찰서로 달려갔다. 적잖이 충격을 받은 듯 기범은 넋이 나간 표정을 짓고 있었다.

"어떻게 된 겁니까? 차가 폭발했다니요?"

"하늘이 도왔어요. 10초만 늦었어도. 제가 시동을 끄지 않고 내려서 살았습니다."

기범은 학회 참석을 위해 길을 나서던 참이었다. 차에 시동을 걸고 출발을 하려는데 휴대폰이 울렸다. 자료와 샘플을 가져다 달라는 전화였다. 만약 그때 시동을 껐더라면, 전화가 오지 않았더라면 목숨을 부지하지 못했을 거라고 기범은 말했다. 도대체 왜? 무슨 이유에서 기범을 죽이려 했던 것일까? 자초지종을 들은 동찬은 머리가 복잡해지는 걸 느꼈다. 하지만 한 가지 분명해진 사실이 있었다.

"황 박사를 죽이려고 한 사람, 니콜라이가 아니에요. 니콜라이가 조 박사님까지 죽여야 할 이유가 전혀 없어요."

게다가 범인은 황 박사의 사고 수법과 같은 방법으로 기범을 죽이려 했다. 만약 니콜라이가 범인이라면 굳이 같은 방법을 써서 자신을 유력한 용의자로 만들진 않았을 것이다.

돌아오는 길에도 동찬은 그 생각에서 벗어나지 못했다. 유력한 용의자 니콜라이, 그가 진범이라면 앞뒤가 맞지 않았다.

'황 박사가 살아 있다고 생각해서 나를 미행했다. 84년에 일어난 살인사건 목격자를 2019년인 지금까지 추적해서 죽인다고? 다 좋다 이거야. 근데 조기범은 왜 죽이려고 하냐는 거지. 아무런 연관관계가…….'

그때 동찬에게 문득 드는 생각이 있었다. 냉동연구소 안에는 아직 네 명의 사람들이 잠들어 있었다. 일련의 사건들이 어쩌면 그들의 정체와 연관이 있을지도.

"조 박사님. 냉동연구소에 있는 네 개의 캡슐 말입니다. 아직 그 캡슐 안에서 냉동되어 있는 사람들, 그 냉동인간들 자료 가지고 계세요?"

동찬은 차를 세우고 기범에게 전화를 걸었다. 그러나 기범은 황 박사만 알고 있다고만 답했다.

TBO 방송국 앞에 여러 명의 사람들이 양쪽으로 서서 대기하고 있었다. 곧이어 고급 세단이 멈추고 한 남자가 차에서 내렸다. 20년 전 동찬이 냉동캡슐에 들어갈 때 방송국 사장으로 있던 지석이었다. 이제 그의 왼쪽 가슴에는 금빛의 배지가 달려 있었다. 홍석은 손수 꽃다발을 건네며 방송국 안으로 그를 안내했다. 사장실에 들어선 지석은 상석을 차지하고 앉았다. 사람들을 모두 물린 뒤, 지석은 홍석에게 말했다.

"마동찬이가 우리한테 새로운 패를 쥐어 줬어. 20년 전부터 한국 과학기술 발전을 생각한 방송사 사장, 예능국 출신의 최초 방송사 사장. 선동을 이렇게 시작해보자고."

말하며 지석은 주머니에서 봉투를 꺼내 홍석에게 건넸다. 그것은 입당 원서였다.

미란이 병심을 폭행한 사건은 그대로 무마되는 듯했지만, 내막을 알 리 없는 협의회 교수들은 징계회의를 열고 미란과 병심을 불러 들였다.

"고미란 학생에게 물어보겠습니다. 19일 오후 14시경 벌어진 황병심 교수 무차별 구타 사건의 가해 당사자 맞습니까?"

"네. 맞습니다."

미란은 순순히 인정했다. 그러자 교수 중에 한 명이 병심에게 확인하듯 물었다.

"그럼 황병심 교수님께 물어보겠습니다. 19일 오후 14시경 벌어진 소요 사태의 피해자로서 그 폭행의 정당성을 인정하십니까?"

"네. 저는 맞을 만했습니다. 아니 더 맞고 싶습니다."

병심의 대답은 교수들을 어리둥절하게 만들었다. 그리고 병심은 안 해도 될 말까지 늘어놓기 시작했다.

"친애하는 교수님들. 옆에 있는 고미란 씨는 제 첫사랑입니다. 우린 1995년 동두천 재수학원을 함께 다닐 때부터 미래를 약속한 사이였습니다. 그런데 불가피한 운명은 우릴 갈라놓았고 저는 원치 않는 결혼 생활을 하게 된 거죠. 이건 남녀의 치정 사건이지 교수 학생의 폭행 사건이 아닙니다."

역시나 병심은 20년 전과 조금도 달라지지 않았다. 물론 변함없는 그의 그런 모습에 미란이 감동할 리는 만무했다. 징계위가 끝나자 미란은 병심을 불러 세우고 분명히 말했다. 더 이상 영선이에게 상처주지 말라고. 하지만 병심은 꿈쩍도 하지 않았다.

"나 빨리 정리할게. 조금만 기다려줘."

병심은 말하고 나서 미란의 답을 들을 생각도 않고 유유히 자리를 떠났다.

방송국 안에서 동찬에게 도움을 줄 수 있는 사람은 하영뿐인 듯했다. 보도국장실을 찾아간 동찬은 하영에게 기범에게 있었던 이야기를 전했다.

"다른 용의자가 있어. 내가 지금 그걸 알아보는 중이야. 그 전에 언론에 조기범 박사가 살해 위협을 당했다는 사실을 노출해야 돼. 조기범 박사가 위험하니까. 이 사건 보도국에서 파줘. 조기범 박사가 살해 위협받는 사실을 특별 보도해줘."

하영은 내심 기뻤다. 동찬에게 해줄 수 있는 것이 있으니. 하영은 방을 나가려는 동찬을 불러 세우고 말했다.

"당신, 다시 위험해지지 않게 내가 당신 지킬게."

"난 내가 지킬 테니까. 너는 다른 걸 내가 지킬 수 있도록 도와줘."

"다른 거 뭐?"

"이 사건과 관련된 모든 사람들, 고미란부터."

동찬은 그 말을 남기고 국장실을 떠났다. 남겨진 하영은 마음이 복잡해지는 것을 느꼈다.

막 학교를 벗어나려는데, 지훈이 미란을 알아보고 다가왔다.

"학교에 웬일이세요? 오늘 수업 없으시잖아요."

"어. 다른 볼일이 있어서."

그때 영준이 어떤 여학생과 웃으며 지나갔다. 그새 여자 친구가 생긴 걸까? 그러나 지훈은 아직 사귀는 사이는 아니고 썸을 타는 중이라고 말해주었다. 썸이 뭘까? 타고 다니는 걸까? 썸의 뜻을 모르는 미란은 고개를 갸우뚱거렸다.

"누나 정말 어디 다른 세계에 있다 오셨어요? 그걸 왜 몰라요?"

"그게…… 사실 내가 좀 오래…… 그러니까."

"아팠어요? 아, 그래서?"

"아무튼 썸이 뭐야?"

"그러니까 난 재가 좋은데 재는 날 과연 좋아하는 게 맞나? 상대의 태도가 애매한데 뭐가 있긴 있어. 뭐 그런 거 있잖아요."

그제야 미란은 고개를 끄덕였다. 지훈은 미란에게 물었다.

"누난 연애해봤죠? 썸도 타봤고?"

"그랬겠지. 근데 사귄 남자가 완전 후졌어. 내 친구랑 결혼해서 애까지 낳았대. 그냥 미친놈이라고 해두자."

지훈은 놀란 듯 미란을 바라보았다. 그때 미란의 전화가 울렸다.

허겁지겁 미란은 방송국 안으로 들어섰다. 기껏 달려왔더니 동찬은 또 잔소리를 늘어놓았다.

"내가 뛰지 말랬지?"

"빨리 오라고 하셨잖아요."

"시간 관리하면서 살란 말이야. 뛸 일 만들지 말고. 그러다 체온 올라."

"체온 노이로제 걸리겠어요. 이 정도는 뛰어도 정말 괜찮다고요."

"시끄러 뛰지 마. 밥은 먹었어?"

굶으면 체온이 올라간다며 동찬은 식당으로 미란을 데려갔다. 사실 한바탕 전쟁을 치른 탓에 미란도 배가 고픈 참이었다. 미란은 동찬이 보는 앞에서 허겁지겁 밥을 먹어댔다. 그 바람에 흘러내린 미란의 머리카락이 음식에 닿을 듯 말 듯. 그걸 보던 동찬은 미란의 머리카락을 쓸어 귀에 걸어주었다. 미란이 놀란 눈으로 바라보자 동찬은 둘러대듯 말했다.

"머, 머리카락 씹어 먹을까 봐."

"피디님. 썸 타보셨어요?"

"어떻게 생긴 건데? 바퀴가 몇 갠데? 안 타봤어."

그 말을 듣고 미란은 소리 내서 웃었다. 약이 바짝 오른 듯 동찬은 흥분하며 말했다.

"넌 타봤어? 어디 가야 타는데? 나랑 같이 타."

"좋아하는 사람이랑 타는 거래요. 사귀기 전에."

현기가 회의실 안으로 들어오자 피디들은 일제히 자리에서 일어났다. 현기는 앉으라는 손짓을 한 뒤 상석을 차지하고 앉았다. 동찬은 스크린에 자료를 띄우며 말했다.

"이건 고미란 인턴이 준 기획안에서 아이디어를 얻었어. 시간을 거꾸로 돌리는 프로젝트야."

동찬은 하버드대 심리학과 교수 엘렌랭어의 마음의 시계를 거꾸로 돌리는 실험을 인용했다. 70대 노인들을 모아놓고 20년 전과 같은 세트장에서 그때의 노래, 뉴스, 영화를 틀어주며 20년 전 일상 활동을 하게 했더니 모든 신체 능력이 20년 전으로 돌아갔다는 것이다.

"사회에서 낡아지고 닳아지고 지친 40대가 20대로 돌아가 생물학적 노화의 한계를 깨는 것. 전 세대를 아우른 공감을 이끌어내는 것. 그래서 마음의 나이는 우리 스스로 정한다는 메시지를 전달하는 것. 예능의 본질인 재미에다 진정성까지 싸악 잡는 거야."

기획안에 대한 반응은 긍정적이었다. 미란은 프로그램 제목을 〈고고 구구〉로 짓자고 제안했다. GOGO 99, 99년으로 가자 고고.

"캠퍼스 촬영 장소 몇 군데 알아봤어. 낼 고미란 인턴은 나랑 같이 장소 답사 간다."

모두가 듣는 앞에서 동찬은 선언하듯 말했다.

동찬의 차가 미란의 집 앞에서 멈췄다. 오는 동안 기범에게 있었던 이야기를 들은 미란의 표정은 어두워져 있었다.

"피디님은 그럼 범인이 누구 같은데요?"

"황 박사가 죽어야 하는 이유를 가진 사람, 그리고 이번엔 조기범 박사가 죽어야 할 이유를 가진 사람. 둘이 같은 사람이야. 누구겠니?"

"모르겠는데."

"됐어. 넌 더 생각하지 마."

"왜요? 막 떠오를 참인데."

"하지 마. 생각 깊게 하면."

"체온 올라요?"

"잘 아네. 내려. 내일 올 때 해열 시약 잘 챙겨 오고."

다시 시동을 거는 순간, 남태가 열린 창문 틈으로 빤히 그들을 바라보며 호들갑을 떨어댔다.

"냉동인간이다. 냉동인간이다."

유난히도 밝은 햇볕이 내리쬐고 있었다. 길의 끝에서 차가 멈췄다. 차에서 내린 두 사람은 인적이 드문 산길로 들어섰다.

"여기 맞아요. 저 따라오세요."

잔뜩 들뜬 미란은 스마트폰을 보며 앞장서 걸었다. 어플 덕분에 쉽사리 목적지를 찾을 수 있었다. 촬영지로 마음에 드는 듯, 동찬은 휴대폰으로 구석구석을 찍었다.

"저쪽 길로 가봐요. 저기에서 캠프파이어 같은 거 하면 좋을 거 같은데."

미란이 향한 곳은 끝이 없어 보이는 산길로 이어졌다. 아무래도 사람이 다니는 길은 아닌 듯했다. 그런데도 미란은 오히려 외진 탓에 촬영하기 좋을 거라며 알은체를 했다.

결국 너무 깊은 곳까지 들어와버렸다. 만능인 줄 알았던 스마트폰은 신호를 잡지 못하고 먹통이 되었다.

"나가자. 너무 더워."

"그렇죠? 나가요."

동찬과 미란은 왔던 길을 되돌아가기로 했다. 하지만 우거진 숲은 이미 두 사람이 남긴 흔적을 모두 지워버렸다.

"너 여기 있어. 나 혼자 길 찾을게."

"같이 가요. 그런 게 어디 있어요."

미란은 끝까지 고집을 부렸다. 야속하게도 햇볕은 계속 쏟아지고 있었다. 미친 듯이 뛰는 심장이 발걸음을 계속 재촉했다. 풀숲을 헤치고 걷던 두 사람의 앞에 길이 다시 모습을 드러냈다.

"조금만 힘내. 할 수 있지?"

미란은 이를 악물었다. 그러나 이미 한계에 다다른 듯했다. 동찬은 가방에서 해열제를 꺼냈다. 그런데 가방을 뒤지던 미란의 얼굴이 창백하게 변했다.

"안 가져왔어요."

가쁘게 숨을 할딱이던 미란은 이내 의식을 잃고 쓰러졌다.

미란의 체온은 이미 32.8도까지 치솟아 있었다. 동찬은 손에 쥔 하나뿐인 해열제와 미란을 번갈아 보았다.

미란의 체온이 다시 내려가고 있었다. 바이탈 워치의 온도가 31.8도를 가리킬 때, 미란은 겨우 눈을 떴다. 그리고 의식을 잃고 쓰러진 동찬을 보았다.

"피, 피디님."

불러도 동찬은 대답하지 않았다. 이렇게 우리는 죽는구나. 미란의 눈가에 눈물이 흘렀다. 그때 거짓말처럼 빗방울이 뚝뚝 떨어졌다. 미란은 하늘을 올려다보았다. 마치 선물처럼 빗줄기는 점점 굵어졌다.

"피디님, 정신 드세요?"

다시 눈을 뜬 동찬이 몸을 일으키려 했을 때, 미란은 그의 입에 입을 맞추었다. 왜 입맞춤을 했던 걸까? 미란 자신도 알지 못했다. 다만 변명해보았다. 자고로 사람으로 태어나서 키스는 해보고 죽어야 한다고. 입맞춤을 마친 뒤 미란은 동찬의 품속에서 쓰러졌다. 한동안 비는 억수같이 쏟아졌다.

썸 그리고 쌈

비가 그친 뒤, 두 사람 사이에는 어색함만이 남았다. 운 좋게 얻어 탄 경운기의 짐칸에 몸을 맡긴 두 사람은 할아버지의 신명난 노랫가락에도 무표정하게 서로의 시선을 외면해야 했다. 차를 타고 오는 동안에도 침묵은 계속되었다. 조수석에 앉은 미란은 침을 삼키는 것마저 망설였다. 그걸 눈치챈 동찬은 라디오를 틀었다. 하지만 온통 노골적인 사랑 노래들만이 흘러나왔다.

어색한 시간이 마침내 지났다. 미란의 집 앞에 차가 서자마자 미란은 꾸벅 인사를 하고 도망치듯 사라졌다.

현기로부터 동찬이 미란과 단둘이 현지답사를 떠났다는 이야기를 듣고 신경질적인 반응을 보인 바람에 하영은 현기에게 속마음을 들키고 말았다.

"나 국장 아직도 마동찬한테 맘 있어?"

하영은 긍정도 부정도 하지 않았다. 긍정의 의미로 받아들인 현기는 비아냥대듯 말했다.

"너무 후달리지 않아? 아무리 연상연하가 대세라지만 현실적으로."

하영은 그 말을 애써 부정했다. 남의 눈을 의식하지 않는 사람이 바로 마동찬이니까. 그러니 나이쯤은 문제가 되지 않을 거라고 믿었다. 그때 하영의 눈에 동찬의 모습이 들어왔다.

"왜 벌써 오지? 잘하면 1박 할 수도 있다고 했는데?"

하영을 따라 시선을 옮긴 현기는 고개를 갸웃댔다.

책상 앞에 앉은 동찬은 비어 있는 미란의 자리를 보고 헛웃음을 지었다. 그때 미란으로부터 전화가 걸려왔다.

"죄송합니다. 입이 열 개라도 할 말이 없지만 그래도 사과는 드려야."

"대체 뭘?"

"키스한 거요. 죄송합니다."

"죄송하다고?"

"죽는 줄 알고 그랬어요. 죽기 전에 키스는 해보고 죽어야 한다 싶어서. 근데 죽지도 못하고. 살아나서. 아, 쪽팔려."

"그래 뭐 살아났으니 다행인데. 일단 쉬고 담에 얘기하자."

"뭘 또 담에 얘기해요? 여기서 끝내요. 사과, 받아주시는 거죠?"

"아니 그게. 사과까지 할 일은 아니지 않나 하는 게 내 생각인데."

"피디님 정말 속 좁다. 죽는 줄 알고 그랬다고 하잖아요."

동찬의 입에서 원하는 답이 나오지 않자 미란은 되레 큰소리를 냈다.

"그래요. 처분 기다릴게요. 맘대로 해봐요. 어디."

말하며 미란은 먼저 전화를 끊었다. 동찬은 어이가 없는 나머지 멍하니 전화기를 들고 있었다. 그때, 별안간 전화가 또 울렸다. 이번엔 백 형사였다.

"니콜라이가 작년에 사망한 거 같습니다. 니콜라이가 러시아 차기 유력 대권 후보라서 정치적 문제로 지금 쉬쉬하는데, 반대 세력인 극우파 집단들한테 피살된 거 같대요. CIA 쪽 정보예요."

짐작한 대로 기범을 암살하려 했던 범인은 니콜라이가 아니었던 것이다. 하지만 뜻밖의 사실은 또 있었다.

"니콜라이가 자신이 마피아 현역 시절 피살한 이력들을 쓴 회고록 초본이 있대요. 마피아들끼리 돌려보는 일종의 영웅담 같은 건데. 출간은 안 됐는데 거기 존슨 매카시 교수 테러 때 어시스트였던 황갑수 박사도 같이 죽였다고 적혀 있답니다. CIA에서 준 정보구요."

"그러니까 이미 황갑수 박사를 죽은 거로 생각하고 있었단 거잖아. 84년 당시……."

이렇게 되면 20년 전 황 박사의 차량에 폭탄을 설치한 사람도 니콜라이가 아니란 말이 된다. 그렇다면 범인은 대체 누구일까? 사건의 실마리는 냉동캡슐 속에 잠들어 있는 사람들에게서 찾아야 할 듯했다. 동찬은 다시 냉동연구소를 찾았다. 냉동캡슐 안에 잠든 네 명. 10대로 보이는 남자와 20대로 보이는 여자와 30대로 보이는 남자 그리고 40대로 보이는 남자, 이들은 과연 누구일까? 어찌하여 캡슐 안에 잠들게 된 것일까? 그건 황 박사만이 알고 있었다. 황 박사가 기억을 되찾는 걸 기다릴 수밖에. 그러나 마냥 기다릴 수만은 없었다.

동찬은 홍석으로부터 연락을 받고 한 고급 음식점 안으로 들어섰다. 룸 안에는 홍석 말고도 낯익은 얼굴이 한 명 더 있었다.

"반갑네. 나 알지?"

그는 20년 전 동찬이 냉동캡슐에 들어갈 당시 TBO 사장이었던 김지석이었다.

"마동찬이 입사하고 나서 시끄러웠던 거 기억난다. 예능국 피디 중에 배우보다 잘생긴 애 들어왔다고 여기자들이랑 방송국 여직원들 난리도 아니었지."

"하하하. 그랬었죠. 얼굴로 뽑혔다고 오해도 무진장 받았잖아요. 내가 예능국장이고 의원님이 사장님이실 때 말이야."

무슨 꿍꿍이인지 지석과 홍석은 동찬의 환심을 사려고 애쓰고 있었다. 동찬은 그 꿍꿍이가 무엇인지 짐작할 수 있었다. 동찬은 일부러 가장 저렴한 메뉴를 주문한 뒤, 선을 긋듯 말했다.

"사장님 정치하실 생각이세요? 전 사장님 지역구 유권자도 아닌데 저한테 공들이지 마세요."

동찬의 직설적인 태도에 지석은 못마땅한 듯 얼굴을 붉혔다. 그때 노크 소리가 들렸다. 또 올 사람이 있는 모양이었다. 문이 열리고 회색 머리에 60대 정도로 보이는 남자가 안으로 들어왔다. 지석과 홍석은 급히 자리에서 일어나 그를 맞았다.

"운성그룹 이석두 회장님이셔."

홍석이 귀띔하듯 말했다. 동찬은 그의 얼굴을 빤히 보았다. 처음 보는 사이인데도 동찬의 눈에 석두의 모습은 어딘가 낯이 익었다.

키스 대란의 후유증은 쉽사리 가시지 않았다. 안절부절못하던 미란은 결국 방에서 나왔다. 주방에서는 구수한 된장찌개가 보글보글 끓고 있었다. 유한은 옥탑방에 세 들어올 사람이 생겼다며 함께 면접을 보자고 말했다. 그러나 지금 이 순간, 미란은 한없이 하찮고 보잘것없는 존재일 따름이었다. 그런데 누군가를 어찌 평가할 수 있을까? 밥 먹을 자격조차 없다고 미란은 생각했다.

찬바람을 쐬고 왔어도 별로 나아지는 것은 없었다. 낮 동안의 일만 생각하면 몸이 화끈거려 좀처럼 잠을 이룰 수 없었다.

"내일은 내일의 태양이 뜬다 이거야. 쿨하게 쌩까자. 고미란답게."

미란은 마음을 다잡고 다짐해보았다. 그때 휴대폰이 울렸다. 차가운 놈, 세상에나 다름 아닌 동찬이었다. 대체 왜 전화를 했을까? 겨우 목소리를 가다듬고 전화를 받으려는데, 뚝 끊어져버렸다. 그리고 대신 문자가 왔다.

"해열 주사는 하루 한 번 이상 맞으면 안 돼. 오늘 맞았기 때문에 절대 맞으면 안 돼. 진작 얘기했어야 했는데 너무 늦게 얘기했다. 나도 정신이 없었거든 오늘."

대체 왜 정신이 없었다고 한 걸까? 설마 키스한 것 때문에? 기분이 나빴다는 걸까? 아님 좋았다는 걸까? 왜 하필 문자로 그 말을 해서, 같은 말이 미란의 머릿속에서 저마다 다른 톤으로 재생되었다.

새로운 날이 밝았다. 미란이 막 사무실로 들어서고 있을 때, 여자 피디 한 명이 동찬에게 커피를 건네며 미소를 남발하고 있었다. 미란은 자기도 모르게 인상을 구겼다.

"왔어?"

동찬은 아무 일도 없었다는 듯, 미란에게 말을 걸어왔다. 미란은 눈도 마주지치 못하고 단답형으로 답했다.

"네"

"홈페이지에 출연 신청 받아. 네가 관리자니까 관리 팀 정연이한테 운영방법 배워."

"네."

어이가 없다는 듯, 동찬은 미란을 빤히 쳐다봤다. 미란은 그것도 모르고 힐끔 동찬을 바라봤다가 화들짝 놀라 다시 고개를 돌렸다. 안 그래도 고개를 못들 지경인데, 현기는 직원들을 불러 모으고 말했다.

"지난달 드라마국에서 성추행 사건 난 거 다들 알지? 피디연합에서 공지가 떠서 말이야. 앞으로 현장 나가서 스태프들 특히 여자 스태프들 신체 접촉 절대 금지야. 명심들 해."

"근데 남자가 여자한테 술 먹고 뽀뽀하면 성추행이고 여자가 남자한테 술 먹고 뽀뽀하는 건 성추행이 아닙니까?"

남자 피디 한 명이 당연한 걸 또 되물었다. 미란에게 이건 확인사살이나 마찬가지였다. 아무래도 정리를 해야 할 듯싶었다. 미란은 동찬에게 문자를 보내고 편집실에서 기다렸다. 잠시 후, 동찬이 들어오자 미란은 말했다.

"죄송해요."

"대체 뭐가 죄송한 건지 얘길 해봐."

"그러니까. 상대가 원치 않는 신체 접촉을 제가 시도했잖아요. 그 점 죄송해요. 그래서 얘긴데 제가 15억 까드릴게요."

"뭐?"

"제가 방송국에 700억 받을 게 있잖아요. 그중에 15억을 까드리겠다고요."

"키스 한 번에 15억이라고?"

"뭐 사실 그 정도 가치는 절대 아니죠. 과하죠. 과한데 이렇게라도 해야 제 맘이 편할 거 같아요."

동찬은 황당할 따름이었다. 그리고 슬슬 화도 났다.

"야, 너 내가 우습니? 너 내가 만만해?"

"그런 거 아니에요. 만만하면 제가 15억이나 까드리겠어요? 15만 원 정도로 퉁 치죠."

"그러지 말고 한 열 번 하고 150억 까주지?"

"됐어요. 더 할 생각은 없고요."

"너 정말 또라이구나. 너 지금 날 성 상품화했니?"

"전들 기분이 좋겠어요? 첫키스를 그렇게 날렸는데? 아무튼, 전 이 정도로 제 성의 표시는 했다고 생각합니다."

그렇게 말하고 나가려던 미란을 동찬은 사람들의 눈이 없는 곳으로 데려갔다. 미란은 더 이상 할 말이 없다는 투였지만, 동찬은 그렇지 않았다.

"죄송하단 말은 네가 내 발을 모르고 밟았거나 네가 무언가로 내 머리를 세게 쳤거나 술김에 내 팔을 물었거나. 이런 신체 접촉 후에나 할 법한 소리 아니야? 키스가 너한테는 그런 맥락이니? 키스는 감정이 개입된 거잖아. 나도 여자한테 키스 당한 게 내 일생 처음이라 입장 정리하는 데 시간이 필요했어. 근데 가만 보니까 이걸 완전 장난처럼 여기네. 너 나 희롱하니 지금?"

"장난처럼 여기지 않아요. 너무 창피해서 그런 식으로 말한 거예요. 진지하게 사과하기도, 장난으로 넘어가기도 애매하잖아요."

이렇게 말하니 동찬도 할 말이 없어져버렸다.

"그래 뭐. 너 어디 가서 이거 절대 자랑하지 마라."

"이게 뭐 자랑이라고 어딜 가서 얘길 해요? 피디님이야말로 어디 가서 자랑하지 마세요."

"나야말로 이게 뭐 자랑이라고 어딜 가서 얘길 해? 여자한테 느닷없이 당했는데. 내 인생의 수치야."

"죄송해요. 수치스럽게 해드려서. 사과드릴게요."

더 이상 이야기를 해봐야 의미는 없을 듯했다. 다만 동찬은 한 가지 미란에게 묻고 싶은 것이 있었다.

"죽기 전에 키스는 해보고 죽어야 해서 나한테 키스했다고 했지? 그럼 어제 그 시각 그 상황에 내가 아닌 다른 사람이었어도 그 키스했니?"

그 질문에 미란은 선뜻 대답하지 못했다. 한참 뜸을 들인 후에야 미란은 말했다.

"아뇨. 다른 사람이면 안 했어요."

"됐어. 그럼 사과할 필요 없어."

미란은 동찬의 마지막 그 말이 뭘 뜻하는지 선뜻 이해하지 못했다. 다만 심장이 쾅쾅 요동치는 것을 느꼈을 뿐이었다. 미란의 바이탈 워치는 31.9도까지 올라가 있었다.

보도국으로 익명의 전화가 한 통 걸려왔다. 목소리로 봐서는 중년의 여성인 듯했다. 그녀는 자기가 조기범 박사의 차량 폭발 사고에 대해 알고 있다고 말했다. 그리고 마동찬 피디와 함께 만나고 싶다는 말도 남겼다. 하영은 동찬에게 전화를 걸었다. 동찬이 오기를 기다리며 하영은 화장을 다시 고쳤다. 잠시 후, 노크 소리와 함께 동찬이 사무실 안으로 들어왔다.

"어제 뉴스 나가고 익명의 제보자가 보내온 동영상 파일이야."

동찬은 하영의 뒤쪽으로 다가왔다. 하영의 컴퓨터 모니터에서 기범의 차량이 폭파되는 장면이 출력되었다.

"경찰에 제보하지 말아 달래. 그리고 마동찬 피디를 만나게 해 달랬어."

동찬은 놀란 눈으로 하영을 바라보았다. 하영도 뒤돌아 동찬의 얼굴을 바라보았다. 이렇게 가까이서 동찬의 얼굴을 보는 건 정말 오랜만인 듯했다. 보고 있어도 그리운 남자, 그러나 이내 두 사람 사이에는 싸늘한 기운이 감돌았다. 동찬은 하영의 시선을 외면하며 뒤로 물러섰다.

"운성그룹 이석두 회장에 대한 오프더레코드 자료 구할 수 있어? 우리가 다 아는 자료 말고."

"무슨 일 때문인지 물어봐도 돼?"

"때가 되면 얘기할게."

동찬은 더 이상 용무가 없다는 듯 돌아섰다. 그런 동찬을 향해 하영은 말했다.

"예전 마동찬으로 돌아온 거 같아서 기분이 이상해. 당신 첨 만났을 때 기억난다. 자기 프로그램 내레이션 들어가기로 하고 나서 자기랑 첫 미팅 하던 날, 그때 생각을 하면 지금도 마음이 설레."

하영은 고백하듯 말했다. 그러나 무미건조한 반응만이 돌아올 뿐이었다.

미란은 비어 있는 동찬의 자리가 내내 신경이 쓰였다. 아무래도 유자가 했던 말 때문인 듯했다. 낮 동안, 경자와 유자는 브이로그를 찍는다며 방송국 복도를 누벼댔다. 보다 못한 현기가 한마디 했지만 경자가 미란의 친구인 걸 알고 곧바로 꼬리를 내렸다. 개종을 했는지 틈만 나면 아멘을 외치던 유자는 갑자기 20년 전 무속인다운 눈빛으로 돌아와 미란에게 말했었다.

"내가 20년 전에 그랬지? 20년 후 네가 운명의 상대를 만난다고. 그 전엔 많이 춥다고. 저 사람이 네 운명의 상대야."

그렇게 말하며 유자는 마침 지나가던 동찬을 가리켰다. 갑자기 동찬의 목소리가 들렸다. 숙소를 알아보는 것을 보니 장소 섭외를 갈 모양인 듯했다. 미란은 동찬을 힐끔 쳐다보다가 동찬이 가까이 다가오는 걸 보고 얼른 고개를 돌렸다.

"내일 홍대 쪽에 가서 요즘 트렌드가 어떤지 몸소 느끼고 와. 너도 그렇게 살아야 하잖아 이제."

동찬은 말했다. 이렇게 되면 장소 섭외에 미란을 데려갈 생각은 없는 듯했다. 아무래도 키스대란 때문일 거라 미란은 생각했다.

"해열 시약 꼭 가지고 다녀. 서늘한 데로만 다니고. 아프지 마라."

말하고 동찬은 돌아섰다. 늘 하던 말과 행동인데 새삼 다르게 느껴지는 이유는 또 뭘까? 집으로 돌아온 미란은 책상 앞에서 이런저런 생각을 해야 했다. 갈피가 잡히지 않는 생각들, 그때 전화벨이 울렸다. 지훈은 수줍게 미란의 내일의 스케줄을 물었다.

"이번에 새로 프로젝트를 하나 맡았는데 내일 홍대에 나가봐야 돼. 요즘 20대 트렌드를 알아봐야 해서."

미란이 답하자, 지훈은 마침 잘되었다며 함께 가기를 청했다. 미란으로서는 거절할 이유가 마땅히 없었다. 안 그래도 지훈의 도움을 받아야 할 판이었으니까. 통화를 마치고 휴대폰을 내려놓으려다 미란은 동찬이 보냈던 문자를 다시 보았다.

"해열 주사는 하루 한 번 이상 맞으면 안 돼. 오늘 맞았기 땜에 절대 맞으면 안 돼."

어렴풋한 기억들이 미란의 머릿속에서 떠오르기 시작했다. 숲 한가운데에서 점점 의식이 희미해지고 있을 때 미란의 팔에 해열제를 놓아주던 동찬의 모습, 다시 눈을 떴을 때 정작 동찬은 쓰러진 채 있었다. 그러고 보니 그날 동찬은 해열제를 맞지 않았다. 대체 어째서? 미란의 책상 위에는 해열제가 담긴 박스가 그대로 있었다.

'서, 설마 자기 해열제를 나에게 놔준 거야?'

그제야 미란의 머릿속에 그날에 했던 말과 행동들이 떠올랐다. 그리고 미란이 계속 미안하다 말했을 때 동찬이 했던 그 말도. "됐어 그럼. 사과할 필요 없어."

그 말은 또 무슨 의미였을까? 미란은 심장이 빨리 뛰는 걸 느꼈다. 바이탈 워치의 체온은 31.9도까지 치솟아버렸다. 가슴에 손을 대보니 마치 나비가 심장에서 날아오르는 것 같았다.

냉동연구소를 찾은 동찬은 냉동캡슐 앞에 다시 섰다. 캡슐 안에 잠들어 있는 40대의 남자, 이석두 회장과 닮아도 너무 닮아 보였다. 분명 이석두 회장과 어떤 관계가 있으리라 동찬은 생각했다. 그러나 그의 신상을 아는 사람은 오직 황 박사뿐이었다. 동찬은 마음이 답답해지는 것을 느꼈다.

"두 분에게 드린 해열 시약은 결국은 내성이 생겨 어느 시점에는 효과가 없습니다. 근본적으로 정상체온 36.5도로 복구시켜야 해요."

기범은 동찬에게 말했다. 해열제가 무용지물이 된다면 그 끝은 굳이 말을 하지 않아도. 남은 시간이 얼마 남지 않았음을 동찬은 알았다.

동찬은 집 앞에 차를 세우고 내리려다 멈췄다. 운전대에 앉은 채 동찬은 미란이 했던 말을 떠올렸다.

"아뇨. 다른 사람이면 안 했어요."

갑자기 왜 그 말이 떠올랐을까? 이유는 알 수 없었지만 대신 동찬은 심장이 쿵쾅거리는 것을 느꼈다. 고개를 절래절래 흔들어보았지만 좀처럼 떨리는 심장을 진정시킬 수가 없었다. 동찬은 괴로운 듯 운전대에 머리를 파묻었다.

미란은 지훈과 홍대 거리를 나란히 걸었다. 좌판을 둘러보다가 마음에 드는 플리츠 백을 샀다. 화장품 가게 앞에서는 룰렛 행사를 하고 있었다. 미란이 던진 화살이 정확히 과녁에 명중했다. 최신 인싸템 틴트를 공짜로 얻고 미란은 좋아서 방방 뛰어댔다. 점원은 SNS에 공유해주면 물광쿠션도 주겠다고 말했다. 완전 대박, 그런데 SNS가 뭘까? 이참에 SNS 계정을 만들고 사진도 찍어보았다. 사진을 업로드하며 지훈은 해시태그를 달아주었다. #최신 유행템, #기분 굿, #샵 홍대 데이트. 핫도그를 먹으며 버스킹 밴드의 공연도 구경했다. 그나저나 동찬은 바다에 간 모양이었다. 바다의 풍경을 담은 사진을 보내왔으니. 미란도 홍대 거리를 배경으로 브이를 그리고 환하게 웃으며 찰칵, 사진을 찍어 보냈다. 공원에는 롱보드를 타는 사람들로 북적였다. 부러운 듯 바라보다가 미란도 롱보드 위에 올라타보았다. 균형을 못 잡고 비틀거렸지만 곧 조금씩 앞으로 나가는 데 성공했다. 물론 지훈이 손을 잡아준 건 비밀 아닌 비밀이었다. 이만하면 2019년의 생활에 적응한 게 아닐까 미란은 생각했다.

커튼을 걷자 창밖으로 파도가 치는 바다의 풍경이 펼쳐졌다. 하영은 현기로부터 동찬이 강원도로 혼자 출장을 갔다는 소식을 전해 들었다. 그리고 결국 와버리고 말았다.

'나하영, 너 정말 마동찬 사랑하는구나.'

하영은 자신에게 말하고 휴대폰을 들었다.

"나 지금 강릉이야. 동찬 씨랑 같은 호텔에 있어. 1311호야."

하영은 머리가 복잡해지는 것을 느꼈다. 잘한 일일까? 확신이 서질 않았다. 그러나 후회하지도 않았다.

침대에 누웠지만 좀처럼 잠이 오지 않았다. 창밖에서 들려오는 천둥소리 때문은 아니었다. 하영은 애써 눈을 감았다. 그때, 벨소리가 들렸다. 문밖에는 동찬이 서 있었다. 하영은 한참동안 바라보다 동찬을 안으로 들였다. 동찬은 하영을 부둥켜안고 참아왔던 키스를 퍼부었다. 하영의 눈가에 서글픈 눈물이 고였다. 그저 상상 속에서 일어난 일일 뿐이기에. 밤이 지났지만 동찬은 끝내 오지 않았다.

방송국으로 돌아와서야 하영은 동찬의 모습을 보았다. 통화하며 환하게 웃는 그의 모습을 보다가 덩달아 미소를 지었다. 아홉 번의 상처를 받더라도 웃는 모습 한 번에 행복할 수 있다면. 그런 하영 마음을 아는지 모르는지 동찬은 하영의 눈앞에서 유유히 사라져 갔다. 곧이어 하영에게 슬픔이 다시 찾아왔다.

선물인 듯, 책상 위에 손선풍기와 얼음 텀블러가 놓여 있었다. 동찬은 비어 있는 미란의 자리를 보고 피식 웃었다. 선풍기를 목에 걸고 스위치를 누르자 바람이 얼굴에 불어왔다. 그사이 다가온 미란은 아주 깔보는 듯한 얼굴로 동찬을 바라봤다.

"어제 하루 만에 2019년 트렌드 거의 다 습득했거든요. 제가 원래 5G 수준으로 빨라서요. 5G가 뭔지 모르죠? 알 턱이 있나 386세대가."

때마침 최신곡 그러니까 동찬은 생전 처음 들어보았을 법한 음악이 벨소리로 울렸다. 미란은 보란 듯이 전화를 받아 보이며 동찬 앞을 유유히 떠났다.

〈고고 구구〉 출연진 섭외를 위한 통화를 마치자마자 미란의 휴대폰으로 문자 메시지 한 통이 도착했다. 경자가 보낸 메시지였다. 휴대폰이 고장 난 바람에 오피스텔 계약금을 송금하지 못하고 있는 모양이었다. 문자도 겨우 컴퓨터로 보내고 있다니, 충분히 이해할 수 있었다. 바야흐로 휴대폰이 없으면 아무것도 할 수 없는 시대였으니까. 미란은 곧바로 방송국 안에 있는 은행으로 달려가 약속한 돈을 송금했다. 그리고 돌아오는데 경자로부터 전화가 걸려 왔다. 경자는 현기가 언니 교회의 권사님 친구의 시사촌이라는 시답지 않은 말을 늘어놓았다. 분명 휴대폰이 고장 났다고 했는데. 경찰서에 다녀온 뒤에야 미란은 보이스피싱에 당했다는 걸 알았다. 발버둥을 쳐보았지만 여전히 20년 전 사람일 뿐이었던 것일까?

억울하고 분함에 눈물이 고인 눈을 하고 미란은 포장마차에 들어가 앉았다. 먹고 죽으면 죽는 거지 뭐, 소주 한 잔을 입에 털어 넣으니 몸이 뜨거워지는 것을 느꼈다. 이러면 안 되는데, 그래도 좋았다. 덕분에 기분이 좋아졌으니까.

업무 시간 중인데 갑자기 사라진 미란 때문에 동찬은 내내 안절부절못하고 있었다. 전화기도 벌써 여러 번 들었다 놓았다 반복했다. 그때 휴대폰에서 알림 메시지가 떴다. 미란의 바이탈 워치에서 보낸 경고 메시지였다. 다급해진 마음에 동찬은 위치 추적 앱을 실행했다.

길가에 쭈그리고 앉아 머리를 파묻고 있던 미란은 동찬이 부르는 소리에 고개를 들었다. 그때, 동찬은 미란의 눈가에 가득 맺힌 눈물을 보았다.

"너 술 마셨어?"

"아무래도 나 지금 세상이 좀 버거운 거 같아요. 아무렇지도 않은 척 살긴 하는데 자꾸 넘어지고 망신당하고. 예전으로 돌아갈 수도 없고."

"그래서 술 마셨냐고?"

"그래요. 술 좀 마셨어요. 너무 속상해서. 남들 하는 것 해보고 싶어서 마셨어요."

그럴 수도 있다며 다독이고 말 테지만, 그래선 안 된다는 걸 알기에 동찬은 화부터 내고 말았다.

"너 왜 이렇게 날 괴롭혀?"

"내가 언제 피디님을 괴롭혔다고 그래요?"

"너 그냥 아무것도 안 하고 가만있어도 나 너 때문에 정말 힘들어."

"나 때문에 힘들어하지 말아요. 나한테 책임감 그만 느끼라고요. 내가 한 선택이잖아요. 괜찮아요. 그냥 쌩까고 멋대로 살아요. 그렇게 미안한 눈으로 사람 들었다 놨다 하지 말고요. 지금 이 시간부터 피디님, 나 신경 쓰지 말아요. 잘못돼도 절대 원망 안 할게요."

말을 쏟아내고 미란은 돌아섰다. 점점 멀어지는 미란을 향해 동찬은 말했다.

"까불지 마."

그리고 걸음을 멈추고 고개를 돌린 미란에게 동찬은 다시 말했다.

“너 까불지 마.”

까불면 어쩔 건데. 미란이 동찬을 바라보자, 동찬은 미란에게로 다가왔다. 미란을 빤히 바라보며 동찬은 말했다.

“까불지 마. 자꾸 까불면…… 확 좋아해버린다.”

누구의 것이 먼저인지는 몰랐다. 두 사람의 바이탈 워치가 함께 경고음을 내기 시작했다.

냉동과 열정 사이

"열불나."

말하더니 동찬은 바닐라와 초코 아이스크림콘을 하나씩을 사 가지고 와서 그중에 하나를 미란에게 건넸다.

"딸기 알레르기, 초코 알레르기, 키위 알레르기 이런 거 있을까 봐. 바닐라."

"그런 건 없는데."

"없는데 뭐?"

"바닐라 알레르기 있는데."

"가지가지 한다."

동찬은 미란이 이미 한 번 베어 문 바닐라 아이스크림콘을 가로채 자기 입에 넣었다. 어쩔 수 없이 미란은 동찬이 먹던 초코 아이스크림콘을 손에 쥐었다.

"아이스크림 하나 바꿔 먹는다고 사귀는 건 아니잖아?"

괜스레 동찬은 말했다. 아이스크림콘의 길이가 점점 짧아지고 있었다.

"일하러 가자. 할 일이 산더미야. 한 번만 더 근무 중에 술 마시면 자른다."

"알았어요."

"대답은 늘 잘하지."

그렇게 나란히 걷다가 미란은 문득 묻고 싶었던 질문을 꺼냈다.

"보도국장님이 예전에 그니까 냉동실험 하기 전에 피디님 여자 친구였잖아요. 지금도 사귀어요?"

"지금 이 타이밍에 그런 거 물으면 우리 관계가 급물살을 타지 않을까? 그러고 싶어서 물은 거야?"

"그냥 궁금해서 물어보는 거예요."

"안 사겨."

동찬은 고개를 가로저으며 말했다. 저절로 미란의 입가에서는 배시시 웃음이 흘러나왔다.

"웃지 마라. 우리 관계가 변화될 가능성이 있는 말이나 행동, 이런 거 하지 말라고."

"왜 안 돼요?"

"몰라서 물어?"

"네."

"우린 더 가까워지면 안 돼. 둘 중 누구 하나가 이렇게 다가 가면."

말하며 동찬은 미란에게 한 발 가까이 다가왔다. 미란이 본능적으로 뒤로 물러서자 동찬은 만족한 표정을 지었다.

"그렇지. 그렇게 뒤로 물러나면서 적당한 거리를 유지해야 해. 0.5미터, 이 거리를 유지해야 돼. 서로 더 가까이 다가가면, 위험해."

어색했는지 동찬은 앞서 걸었다.

좋아해버린다고 했다가 0.5미터는 또 뭐람. 말려들지 말아야지, 다짐하며 화장실 거울 앞에 서서 화장을 고치고 있을 때, 비친 거울로 미란은 마침 안으로 들어서던 하영과 눈이 마주쳤다.

"안 들키게 조심해요."

하영은 손을 씻으며 말했다. 무슨 의미일까, 마음을 들켜버린 걸까, 미란이 놀란 눈이 되어 바라보자, 하영은 태연히 말을 이었다.

"고미란 씨가 어떤 사연이 있는지 그거 다른 사람들이 알면 안 되잖아요. 마동찬, 곤란해지는 거 나 아주 싫거든요."

그렇게 말하며 하영은 미란의 곁을 지나쳐 갔다. 여전히 하영은 동찬을 좋아하고 있는 것일까, 미란은 마음이 복잡해지는 걸 느꼈다.

〈고고 구구〉 기획을 위한 회의가 곧 시작되려 하고 있었다. 미란이 안으로 들어서자, 메인 작가인 김 작가는 모두 들으라는 듯 말했다.

"인턴이 백이 대단한가봐. 메인 작가한테 문자 한 번 날리고 제대로 인사 한 번을 안 하네. 어디 있다 이제야 나타나?"

난처한 듯 표정을 짓던 동찬은 미란을 둘만 있는 편집실로 데려가서는 말했다.

"너 작가한테 인사했어?"

"그냥 문자로 인사드렸습니다. 전화 바로 드리자니 예의가 아닌 거 같아서요."

"저 작가는 그렇게 생각 안 해. 문자를 소통의 한 형태로 보지 않아. 말로 나눈 대화만 인정하는 사람이야. 너 찍혔어."

"어떡해요?"

"시달려야지. 저 작가 생긴 건 저래도 성질은 더 더럽다."

"제가 잘 지내볼게요. 저 사람 마음 잘 움직여요."

"알아. 너 그런 거."

그 말에 미란은 흠칫 마음이 떨렸다. 안다니 뭘 안다는 걸까? 미란이 빤히 바라보자, 동찬은 딴청을 피우듯 말했다.

"저 작가가 방탄소년단 광팬이래. 방탄소년단에 대해 공부하는 게 좋을 거야."

회의는 다시 시작되었다. 미란은 성질 고약한 김 작가의 눈치를 살피며 만회의 기회만을 노리고 있었다.

"40대 일반인 출연자 외에 연예인들을 출연시켜야 하잖아. 초대가수 리스트업 했어?"

드디어 현기가 말했다. 미란은 기다렸다는 듯이 외쳤다.

"방탄소년단 불러요."

더듬거리긴 했지만 미란은 멤버들의 이름을 하나하나 정확히 말했다. 회의실로 돌아오면서 열심히 휴대폰으로 검색한 덕분이었다. 스스로가 생각해도 대견해 흐뭇한 미소를 짓는데, 일순간 들이닥친 이 싸늘한 분위기는 뭘까? 미란은 자기가 무슨 잘못을 한 줄도 모르고 계속 말하려 했다. 장난이 아니라고요. 정말 방탄소년단을 부르자니까요. 그때 책상 밑에 있던 미란의 손을 동찬의 손이 다가와 꾹 잡았다. 미란의 말을 멈추게 만든 뒤, 동찬은 말했다.

"고미란 인턴이 프로그램에 대한 사랑이 커서 그래. 방탄소년단이 아무리 월드스타라지만 섭외는 해볼 수 있는 문제잖아. 뭘 그렇게 다들 놀라?"

꾹 잡았던 동찬의 손이 되돌아갔다. 그러나 요동치기 시작한 미란의 심장은 좀처럼 진정되지 않았다.

하영의 휴대폰이 울렸다. 기다리던 전화였던 듯, 하영은 초조한 표정으로 통화 버튼을 눌렀다. 곧이어 하영의 귀에 익숙한 목소리가 들렸다.

"방송국으로 지금 가겠습니다. 30분 후에."

"기다릴게요. 7층 보도국장실입니다. 보안이 엄격해서 출입통제가 될 겁니다. 제가 데스크에 미리 얘기해두겠습니다."

"말씀드렸다시피 마동찬 피디랑 같이 만나게 해주세요."

"그러겠습니다."

하나 둘 집으로 돌아가고 예능국 회의실에는 동찬과 미란 둘만 남아 있었다. 회의실로 들어선 하영은 둘의 모습을 보고도 태연한 척 말했다.

"지금 온대. 조기범 박사 차량 폭파 제보자."

미란은 쫓겨나다시피 방송국을 나왔다. 택시를 타자마자 동찬으로부터 문자 메시지가 도착했다.

"택시 번호 내가 외우고 있어. 집에 무사히 도착하면 도착했다고 문자 줘."

거리를 두자더니, 이랬다저랬다 대체 왜 이러는 걸까? 집으로 돌아온 미란은 생각을 정리해야만 했다.

"자꾸 까불면 확 좋아해버린다?"

동찬의 말이 순간 떠올라 심장이 터질 것 같았다. 심장 소리가 귀에까지 들리는 것 같았다. 미란은 애먼 귀를 틀어막았다.

하영이 건넨 자료를 읽던 동찬의 표정이 심각하게 변했다.

"운성그룹 이항곤 회장의 혼외자야. 이항곤 회장이 폐암 선고를 받고 상속 문제로 운성그룹 전체가 휘청거리고 있었어. 당시 리비아 수로 건설로 재계 서열이 바뀌는 중요한 시기였지. 그런데 이 회장의 호적상 부인에겐 아들이 없었어. 그래서 혼외자인 이석두를 호적에 올리고 바로 후계자 수업을 했었나봐."

"이석두는 서른일곱 살 전까지의 행적에 대해선 알려진 게 없는 거야?"

"뒷장에 있어."

"일리노이 공대를 나와서 박사학위를 밟고 미국에서 평범한 직장 생활을 하고 있었네."

"부인은 지금도 미국에 있는 거 같아. 별거라고 봐야지."

"98년도에 집단 린치를 당해서 혼수상태였다가 입원 50일 만에 극적으로 깨어났다?"

"다들 기적이라고 했대. 절대 살아날 수 없는 사람이 살아났다고. 그렇게 구사일생으로 살아나고 나서 자신을 살려준 그 병원에 꾸준히 기부를 해오고 있어. 내가 알아봐줄 수 있는 정보는 이 정도야."

동찬은 뭔가 퍼즐이 맞춰지는 걸 느꼈다. 잠들어 있는 40대의 남자, 그의 냉동캡슐 모니터에는 1998년 10월 24일이라고 표시되어 있었다. 그건 그가 냉동캡슐에 들어간 날을 의미했다.

"황 박사 연구실에 이석두 회장과 너무 닮은 사람이 냉동캡슐 속에 냉동이 되어 있어. 체격부터 모든 게."

동찬은 확신에 찬 표정으로 말했다. 그러나 하영은 예능 피디의 허황된 상상쯤으로 여기는 듯, 자리에서 일어났다. 그리고 망설이더니 물었다.

"그날 왜 안 왔어?"

그 질문은 두 사람의 마음이 이미 다름만을 확인시켜주고 말았다. 둘 사이의 어색함이 시간과 함께 쌓여가고 있었다. 시계의 날짜가 바뀔 무렵, 하영의 휴대폰이 울렸다. 하영은 들리도록 스피커폰을 눌렀다.

"저희 남편을 살려주세요. 냉동……."

다급한 여인의 목소리는 외마디 비명과 함께 끝났다. 이 상황을 어찌 받아들여야 할까, 두 사람은 한동안 침묵 속에 머물러야 했다.

"경찰에 얘기를 해야 할 거 같지 않아?"

"아직은 아니야. 너무 고민하지 마. 결국은 내 문제야. 너한테는 특종 중 하나일 뿐이잖아."

"내가 특종 하나를 놓쳐서 이러는 거 같아? 당신이 걱정돼서야. 당신이 위험해질까 봐. 또 내 곁에서 떠날까 봐. 그게 걱정돼서야."

하영은 감정에 복받친 눈빛으로 말했다. 그러나 동찬은 감정을 이어가고 싶지 않았다.

"늦었다. 집에 가."

"나, 차 안 가져왔어."

"알았어. 데려다줄게."

하영은 동찬의 차에 몸을 맡겼다. 하영은 에어컨 온도를 낮추며 말했다.

"당신 온도에 내가 맞출게. 나 그러고 살 수 있어."

그러나 저절로 몸이 움츠러지는 건 어쩔 수 없었다. 유난히도 쓸쓸한 밤거리를 지나 차는 하영의 집 앞에 멈췄다. 그제야 동찬은 미처 완성되지 못한 대화를 이어나갔다.

"우린 이미 타이밍이 어긋났어. 네가 혼자 보낸 20년을 내가 보상해줄 수가 없어. 내게 하루 같은 20년이 정말 20년이었나봐. 난 너를 보면 더 이상 가슴이 뛰지 않아. 우린 여기까지인 거 같아."

하영은 마음이 무너지는 걸 느꼈다. 그런 가운데에서도 한 가닥 희망을 잡으려는 듯 물었다.

"혹시 다른 사람을 좋아하고 있기 때문, 아니야?"

동찬은 부인도 시인도 하지 않았다. 그러나 흔들리는 그의 눈빛을 하영은 보았다. 이미 대답은 들은 듯했다.

동찬과 미란 사이에는 책 더미가 한가득 마치 장벽처럼 쌓여 있었다. 대신 동찬의 책상 위에 작은 수첩이 놓여 있었다. 동찬은 수첩의 첫 장을 펼쳤다.

"앞으로 할 이야기 있으면 여기다 적으세요."

이게 뭐하는 짓인가, 피식 웃으며 수첩에 글을 적었다.

미란은 조금 전까지 있던 동찬이 보이지 않는 걸 알아차리고 주위를 두리번거렸다. 그러다 동찬과 사이에 있는 책꽂이에 놓인 수첩을 집어 들었다. 그리고 두 번째 장의 페이지를 펼쳤다.

"지금 편집실로 와."

먼저 와 기다리고 있던 동찬은 미란이 다가와 앉자 끼고 있던 팔짱을 풀고 진지한 표정으로 말했다.

"너 정말 예능 피디에 대한 꿈이 있는 거야?"

"네. 뒤늦게 가지게 된 꿈이지만 정말 진지하게 잘해보고 싶습니다."

"그렇다면 이번 〈고고 구구〉 프로젝트 잘 만들어보자."

"네."

"네가 20년 전에 그랬지? 네 꿈이 경건하게 밥벌이하는 거라고."

"그때 피디님도 그러셨잖아요. 어쩜 나랑 생각이 똑같을까."

"내가 그랬었나? 정말 어제 같은 20년 전이구나."

"근데 피디님은 왜 예능 피디를 하세요?"

"인간이 태어났으면 나로 인해 세상이 조금 더 나아지게 만들어야 하잖아. 나는 세상 사람들이 더 많이 웃었으면 좋겠어. 내가 만든 프로그램을 보고 어제보다 오늘이 더 행복했으면 좋겠어. 그보다 멋진 일이 어디 있겠어? 총칼로 전쟁을 하고 나라를 세우는 일보다 돈으로 빌딩을 세우는 일보다 난 내가 하는 일이 가치 있다고 자부해. 네가 세상 사람들을 더 행복하게 만들어. 네 꿈의 시작이 지금이 〈고고 구구〉 프로젝트야. 한번 제대로 만들어봐. 경건한 밥벌이, 분명 그 이상이 될 거야."

그렇게 말하고 동찬은 편집실을 나갔다. 그리고 남긴 말들이 미란의 가슴으로 다가와 깊게 박혔다. 벅차도록 설렌 감정이 어느새 온몸을 휘감고 있음을 미란은 느꼈다.

사장실을 찾아간 동찬은 홍석에게 의외의 말을 건넸다.

"사장님 정치 스폰서가 운성 이석두 회장입니까? 다음에 이 회장 만나실 때 저 좀 데려가세요. 알아두면 좋은 분 같아서요. 제작지원 의뢰도 해보고."

홍석의 얼굴에 일순간 화색이 돌았다. 안 그래도 동찬의 유명세를 이용해 정치를 해볼 생각이었는데 이렇게 동찬이 먼저 제안해주니 감사할 따름이었다.

"말이라고 해? 이 회장이 너한테 관심이 지대하더라고."

"저한테요?"

"응. 냉동인간 프로젝트에 대해 굉장히 관심을 많이 가지고 있더라니까."

홍석은 신이 나서 말했다. 덕분에 동찬도 확신도 점점 굳어졌다.

미란과 동찬 사이에 세워졌던 장막은 곧 동찬 멋대로 치워졌다. 사라진 장막 덕분에 뻥 뚫린 시야로 마주 보게 된 미란은 수줍은 나머지 동찬의 시선을 피하려 부단히 애썼다. 그러면서도 힐끔거리던 미란에게 동찬은 자리에서 일어나더니 말했다.

"나 오늘 집에 일이 있어서 일찍 들어가려고 해."

"네."

"그러니까 너도 지금 퇴근하지."

굳이 집까지 데려다주겠다며 동찬은 말했다. 그것도 아주 집요하게. 혹시 이 남자, 데이트 신청이라도 하려는 걸까?

"왜 자꾸 이랬다저랬다 해요? 사람 헷갈리게. 혼자 간다고 했잖아요. 거리 두자고 했다가 신경이 쓰인다고 했다가. 도대체 진심이 뭐냐고. 이 나쁜놈아."

말하고 싶었지만 결국 미란은 운전하는 동찬의 옆자리에 다소곳이 앉았다. 그리고 또 힐끔힐끔 동찬을 보았다. 그러다 동찬과 눈이 마주치고 말았다.

"훔쳐보기엔 거리가 너무 가깝지 않니?"

"훔쳐본 거 아니에요."

"그럼 왜 내 눈 마주치고 피해?"

"피디님 전형적인 선수예요. 여자 가지고 노는."

"선수를 본 적이 없으니 선수가 뭔지도 모르지."

그때, 미란의 휴대폰이 울렸다. 지훈은 TBO 인턴에 합격해서 방학 중에도 미란을 볼 수 있게 되었다며 기쁜 목소리로 말했다. 전화를 끊자마자 곁에서 듣던 동찬은 비꼬며 말했다.

"내가 누군지 물어줘야 이 상황이 매끄럽겠지?"

"아뇨. 안 물으셔도 돼요."

"그럼 물어야지 더욱. 남자니?"

"그럼요."

"너보다 어릴 테고."

"그렇죠."

"잘생겼니?"

"완전요."

"잘생기고 어린 남자가 이 시간에 너한테 왜 전화해?"

"무슨 질문이 그래요? 어리고 잘생긴 남자는 어느 시간에 누구한테 뭘 해야 되는데요?"

"요즘 애들은 그렇다던데. 의미 없는 시간투자 여자한테 안 한다던데."

"무슨 말이에요?"

"너 걔 안 좋아하잖아."

"왜 내가 걔를 안 좋아할 거 같은데요? 얘길 해봐요."

"다른 사람을 좋아하니까."

이건 또 뭘까? 마음을 떠보는 걸까? 그러나 동찬은 미란을 집 앞에 내려주고, 정말로 집에만 데려다주고 떠났다. 아오, 잔뜩 열받은 채로 미란은 집으로 들어섰다. 마침 그 모습을 황 박사와 남태 그리고 얼마 전 옥탑방으로 이사를 왔다는 중년의 남자가 지켜보고 있었다.

저녁 식사 자리에 앉은 남태의 손에 뜬금없이 책이 들려 있었다. 더군다나 프로이드, 남태가 읽을 만한 책은 분명 아니었다.

"누나, 프로이드가 뭐랬는지 알아? 생긴 게 곧 운명이래."

남태가 뽐내듯 말했다. 미란에게 왠지 그 말이 익숙하게 들렸다. 게다가 유한과 향자는 심리학과 교수에게 옥탑방을 세 주길 잘한 것 같다며 말했다. 별안간 불길한 마음이 든 미란은 물었다.

"설마 우리 학교 심리학과 교수는 아니지?"

"맞아. 너 어떻게 알았어?"

설마 그럴 리는 없어. 미란은 제발 아니길 바라며 옥탑방으로 향하는 계단을 올랐다. 그러나 불길한 예감은 결코 틀리지 않았다. 옥탑방에 살고 있는 사람은 다름 아닌 황병심이었다. 미란은 손을 벌벌 떨며 영선에게 전화를 걸었다.

빈칸을 빼곡히 채우고 도장까지 찍어 보낸 이혼서류, 그 앞에서 영선은 마음을 정하지 못하고 있었다. 그러나 미란의 전화를 받고 나서 영선은 마침내 결심을 굳힌 듯했다. 잠시 후, 영선은 그 누구도 말릴 수 없는 기세로 미란의 집에 들이닥쳤다.

"안녕하세요. 미란이 친구 오영선이라고 합니다."

미란의 가족에게 짧은 인사를 건넨 뒤, 영선은 유한이 막 설거지를 마친 프라이팬을 빌려 들고 옥탑방으로 향했다. 곧이어 병심의 처절한 비명소리가 들렸다.

예능국으로 향하는 동찬을 바라보는 사람들의 눈빛이 어딘가 수상했다. 현기가 휴대폰으로 영상을 보여준 뒤에야 동찬은 그 이유를 알 수 있었다.

"이봐 민증만 오십둘. 내 여자한테서 멀어져. 내 여자 근처에 얼쩡거리지 마."

영상 속에서 병심은 쌍절곤을 돌리며 동찬에게 도발을 해오고 있었다.

"도대체 선배, 어떤 여자를 건드렸기에 이런 게 공식 메일로 날아오냐고요?"

현기의 말에도 불구하고 동찬은 담담히 영상을 보고 또 봤다. 그러고는 벌떡 자리에서 일어났다.

창피한 줄은 아는지 병심은 머리에 난 혹을 가리려 어울리지 않는 중절모를 쓰고서는 조교 앞에서 온갖 허세를 다 부리고 있었다. 그때 별안간 교수실의 문이 열리며 동찬이 안으로 들어왔다. 동찬을 보자마자 병심은 마침내 그 순간이 오고야 말았다는 듯이 대련 자세를 취했다. 그런 병심을 빤히 바라보던 동찬은 뜬금없이 말했다.

"방송 출연 한번 안 해보실래요?"

병심을 만나고 돌아왔을 때, 미란은 방송국 로비에 서서 동찬을 기다리고 있던 듯 서 있었다. 미안하다 말하는 미란에게 동찬은 피식 터져나오는 미소로 답했다.

대회의실에서는 〈고고 구구〉 기획회의가 열리고 있었다. 열기로 가득 찼던 회의장은 이내 사방에서 울리기 시작한 진동벨 소리와 함께 술렁였다.

식사를 마치고 사장실로 들어서던 홍석에게 직원 한 명이 사색이 되어 달려왔다. 이야기를 듣자마자 홍석은 인터넷 창을 두들겼다.

<TBO 방송국 인턴 고미란의 실체를 고발한다!>

고미란은 1999년 당시 마동찬의 냉동인간 캡슐에 함께 참여한 피실험자다. 그녀는 정확히 1976년생으로 올해 주민등록상 마흔넷이다. TBO 방송국은 철저히 그녀의 실체를 숨겨왔으며 고미란은 이 비밀을 미끼로 방송국을 협박해 방송국에 부정 입사해 부당 이익을 취한 파렴치한 인간임을 폭로한다.

동찬은 조금 전까지 곁에 있던 미란의 모습이 사라진 걸 뒤늦게 알았다. 동찬은 초조한 얼굴로 방송국 안을 헤맸다. 편집실 구석에서 미란은 혼자 눈물을 훔치고 있었다. 안도의 한숨을 내쉬고서 동찬은 미란에게 다가갔다.

"왜 울어? 고미란답지 않게?"

"웃을 일은 아니잖아요."

"내가 지켜줄게."

"무슨 뜻이에요?"

"내가 책임자잖아. 그러니까 그게 뭐가 됐든 네가 울지 않게 내가 다할 거야. 걱정하지 마. 넌 네가 하고 싶은 거 하고 살아. 그러면 돼."

서로의 심박수가 함께 뛰기 시작했다. 동찬은 미란의 앞으로 다가갔다. 미란이 뒷걸음질을 치려 하자 그녀의 손을 잡아끌었다. 그리고 품에 안았다. 한참 동안 말없이 안고 있다가 동찬은 사랑한다는 말 대신 말했다.

"미란아, 미안하다."

후회하지 않아

회의실로 돌아온 동찬은 차가운 시선을 느꼈다. 기다렸다는 듯이 터져나오는 불만의 목소리에 맞서 동찬은 말했다.

"고미란 씨는 제가 20년 전 만든 프로그램에서 모든 실험에 참여했던 특별한 경력을 가진 사람입니다. 그 경력이 냉동캡슐 속에서 단절돼 심히 안타깝게 됐지만 그것보다 매력적인 경력은 저한테 없습니다. 예능 피디가 갖출 최고의 무기가 도전정신이라고 생각해요 전. 남들이 가지 않은 길을 가고 남들이 꾸지 않는 꿈을 꾸고 남들이 차마 하지 못 하는 걸 감히 하는 사람. 여기 계신 분들 중에 지금 냉동실험 프로젝트가 있다면 자발적으로 참여하실 수 있는 분이 있습니까? 제 기준에서 고미란 씨는 요즘 TBO 방송국에서는 만나기 힘든 사람입니다."

바깥에서 그 말을 듣던 미란은 눈시울이 뜨거워지는 것을 느꼈다. 그러나 울지 않으리라 다짐하며 눈물을 꾹 참았다. 이렇게 믿어주고 대신 말해주는 사람이 있으니까. 미란은 보란 듯이 자리로 돌아와 앉았다.

누가 폭로글을 올린 걸까? 범인은 언제나 가까운 곳에 있는 법이라고 동찬은 생각했다. 동찬은 게시물의 등록 시간으로 주변 인물들의 알리바이를 따져보고 있었다. 마침 현기가 무언가를 알아낸 듯 다가와 말했다.

"고미란 씨 폭로한 사람 아이디 추적 결과가 나왔습니다. 마현중학교 2학년 3반 여학생입니다."

"주, 중학생이라고?"

"그런데 폭로글이 올라올 당시 그 여학생은 수업시간이었고 꿀잠을 자고 있었다네요."

알리바이가 사실이라면 아마도 아이디를 도용당한 듯했다. 게다가 폭로글에 담긴 내용은 미란과 아무 상관도 없는 중학생이 쓰기엔 너무 구체적이었다. 그때, 피디 한 명이 놀란 표정으로 달려 들어왔다.

"선배님. SNS에 지금 난리가 났어요."

안녕하세요. 고미란입니다. 저는 저에게 쏟아지는 잘못된 비난에 침묵하지 않고 스스로를 지키기 위해 이렇게 글을 쓰게 되었습니다. 24시간의 실험을 하기로 했지만 운명적 사고로 20년 만에 깨어난 저는 스물넷의 나이에 마흔넷이 돼 있었습니다. 제가 깨어난 2019년은 쉽게 알 수 없는 사람의 인생을 스펙 한 줄로 정의하고자 하더군요. 하지만 저에겐 어떤 스펙도 없었기에 그런 저를 취업시켜주는 곳은 세상에 없었습니다. 이에 방송국과 저는 합리적인 해결점을 찾아야 했고 그 결과 저는 TBO 방송국에 인턴으로 취업하게 되었습니다. 기존의 공식 절차를 밟지 않은 특채의 기회가 20년간 냉동된 저의 특수한 경력에 과분하기보다는 20년 동안 인생을 박탈당한 제 상황에 대한 정당한 보상이라고 생각했음을 고백합니다. 하지만 제가 얻은 건 어디까지나 기회일 뿐입니다. 저는 정직원이 아닙니다. 일을 제대로 하지 못하면 잘리는 다른 비정규직과 같은 보통의 인턴입니다. 이력서를 통해선 알 수 없었던 제가 삶에 열정이 넘치며 매 순간 최선을 다하고 있음을 이 기회를 통해서 증명해 보이려 합니다. 그런 저에게 한 번만 기회를 주시고 지켜봐주실 순 없으신가요? 잠자고 있던 20년을 따라잡기 위해 더 열심히 살아보려 합니다. 갑자기 떨어진 2019년이 낯선 저는 아직 어설픕니다. 보이스피싱도 당했고 휴대폰으로 모든 게 이루어지는 지금 세상이 여전히 신기합니다. 하지만 해내겠습니다. 저 고미란이 참여하는 프로그램을 여러분과 함께 공유하겠습니다. 36.5도 정상체온을 가진 여러분들의 따뜻한 시선이 많은 힘이 될 것 같습니다.

31.5도의 냉동인간 고미란 드림.

회의 도중 박 기자가 들어와 하영에게 서류를 건넸다. 저녁 뉴스에 보도될 보도 목록이었다. 목록을 살피던 하영은 놀란 듯, 고개를 갸우뚱거렸다.

"뭐야? 이석두 회장 부인이."

"네 국장님. 오늘 새벽 이석두 회장 부인 박효우 씨가 심장 마비로 사망했다고 합니다."

"공교롭네. 동찬 씨가 알아봐 달랬던 사람 부인이 갑자기 죽다니."

"급사인데 경찰 수사조차 없는 게 좀 이상하긴 합니다."

곁에서 이야기를 듣던 동찬의 눈빛이 변했다. 무슨 생각이 들었는지 동찬은 하영에게 말했다.

"그때 그 여자 목소리. 조기범 박사 목격자 동영상 보냈던 여자 목소리. 그때 그 통화 녹음했었지?"

"했어."

"그거 방송에 내보내. 그 사람을 찾아야 돼."

"그 사람이 절대 그러지 말아 달랬어. 극비리에 해 달라고."

"안 돼. 그게 극비가 되면 수사가 진행될 수가 없어. 그 사람이 누군지 알아야 돼 반드시."

어두운 연구소 안, 손전등이 실내 구석구석을 비추고 있었다. 수상한 손길이 벽면에 설치 된 캐비닛 중 하나에 닿았다. 비밀번호를 누르자, 도어가 열렸다. 황 박사는 아직 비밀번호를 잊지 않고 있었다. 캐비닛 안에는 있던 실험 노트를 살피던 황 박사의 눈이 전과 다르게 변했다.

"박사님, 기억을 찾으신 거예요?"

마침 그 모습을 본 기범은 놀란 표정으로 말했다. 그러나 황 박사는 선뜻 대답하지 못했다. 한참을 침묵한 뒤에야 황 박사는 말했다.

"아니야. 그냥 부분적으로 떠오른 기억이야. 이런 게 있다는 것만 기억하고 있을 뿐이지. 모든 기억을 찾은 건 아니네. 혹시 나한테 무슨 일이 생길 수도 있으니 이건 자네가 가지고 있게."

황 박사는 실험 노트를 기범에게 건네고 냉동캡슐들 앞에 섰다. 그중 한 개의 캡슐 앞에 시선이 멈췄을 때, 일순간 표정이 일그러졌다. 황 박사의 머릿속에 드문드문 옛 기억이 떠오르고 있었다. 니콜라이가 던진 라이터에 술집이 불타오르던 기억, 동찬과 인터뷰를 하던 기억 그리고 폭발한 차에서 나와 닥터 윤에게 전화를 하던 기억. 무슨 생각이 들었는지 황 박사는 기범에게 말했다.

"내가 여기 있는 건 철저하게 비밀로 해주게."

"마동찬 피디한테도요? 그 사람은 알아야 됩니다."

"그래 그 사람한테는 얘길 해야지. 그때 못다 한 얘기를 해줘야 돼. 날 죽이려 했던 사람이 누군지."

미란이 올린 SNS 글은 많은 사람들의 공감을 이끌어냈다. 덕분이었을까? 예능국 사무실로 돌아온 미란을 향한 표정들은 그 어느 때보다 따뜻해져 있었다. 내내 냉랭하게 대했던 김 작가도 미란의 어깨를 토닥여주었다. 한결 가벼운 마음이 되어 자리로 돌아와 앉는데, 미란은 비어 있는 동찬의 자리를 보았다. 혹시나 하는 마음에 미란은 책꽂이에 놓여 있는 수첩을 펼쳤다.

"고미란, 잘했어."

그 짧은 글에도 미란은 또 가슴 설레고 말았다. 그러나 행복은 잠시였던 듯했다. 김 작가가 건넨 출연자 리스트를 살피던 미란의 표정은 이내 썩어 들어갔다. 심리학과 교수 황병심, 그 이름이 리스트에 떡하니 적혀 있었다. 게다가 사진까지. 아마도 동찬이 꾸민 일이겠지, 묻지 않고 넘어갈 수 없었다. 미란은 사무실에서 나와 동찬이 있을 만한 곳으로 향했다. 편집실에는 없고 복도에도 없고, 그때 누군가 미란의 앞을 가로막고 섰다. 지훈이 해맑게 웃으며 미란을 바라보고 있었다.

백 형사와 통화를 마치고 엘리베이터로 향하던 동찬은 미란을 보고 다가가려다 걸음을 멈췄다. 다정함이 깊게 배인 지훈의 눈빛이 동찬은 영 마음에 들지 않았다.

카페로 자리를 옮겨 마주 앉은 미란과 지훈 사이에는 왠지 모를 어색한 기운이 감돌았다. 그 어색함을 부수고 미란이 먼저 입을 열었다.

"같이 일하게 돼서 기뻐."

"그래도 전 누나라고 부를 거예요. 처음 봤을 때부터 누나가 참 특별하게 느껴졌어요. 요즘 여자애들 같지 않고. 그래서 좋았어요."

"많이 놀랐지?"

"누나. 제가 도와줄게요. 마흔넷이면 어떻고 스물넷이면 어때요? 전 그냥 예전과 똑같이 누나 대할 거예요."

"고맙다, 지훈아."

"우리 엄마가 누나를 알더라고요. 왠지 물어보기 싫어서 안 물어봤는데."

"엄마?"

"엄마한테 들었던 거 같아요. 경자 이모랑 삼총사 친구가 있었는데 갑자기 사라졌다고."

"호, 혹시 네 엄마 이름이 오영선이니?"

그리고 아버지는 황병심이란 것도 미란은 알게 되었다. 그러나 지훈은 병심과 미란의 관계는 모르고 있던 듯했다.

"형님, 부탁하신 분 현주소랑 전화번호 알아냈습니다."

백 형사가 알려준 곳은 웨딩 스튜디오였다. 안으로 들어서자, 그사이 중년이 된 남자가 동찬을 알아보고 반갑게 웃었다. 머리카락은 반 이상이 빠져나갔지만 20년 전의 모습은 여전히 남아 있었다.

"저도 형 너무 궁금하고 연락해보고 싶었는데 그때 국장님, 지금 사장님 되셨죠. 죽을 때까지 함구하겠다는 약속을 했었거든요."

"알아. 설명 안 해도."

"진짜 신기하다. 20년 얼굴 그대로일 수가."

"장난 아니라고 했잖아 내가."

"사실 전 그 실험이 정말 될까 싶었거든요."

"다들 그랬지. 그 생각을 뒤집어주려고 하다 내가 이렇게 됐잖아!"

"그래도 형이 그때 저한테 카메라 작동법 제대로 가르쳐주셔서. 그게 운명이 됐어요. 그래서 지금 저 이 바닥에서 잘나가는 포토그래퍼예요."

"극비 프로젝트였잖아. 카메라맨을 쓰면 안 됐거든. 네가 입이 무거워 보이더라고. 내 촉이 틀리지 않았지. 20년을 함구할 정도라곤 생각도 못했지만."

"근데 왜 저를 보자고 하셨어요?"

"혹시 너 그때 촬영한 테이프 따로 가지고 있니?"

스튜디오를 나왔을 때 마침 하영이 진행하는 뉴스가 시작되고 있었다.

"시청자 여러분, 안녕하십니까, 〈뉴스라인〉 특집 나하영입니다. 얼마 전 고미란 씨가 냉동인간 실험의 참가자였다는 폭로글이 올라와 논란이 된 가운데, 고미란 씨가 직접 자신의

SNS에 사실을 밝혀 큰 화제가 되었습니다. 왜 방송국은 그녀의 존재를 밝히지 않았던 걸까요? 이는 고미란 씨를 신원을 알 수 없는 위험으로부터 보호하기 위해서였습니다."

화면이 바뀌어 기범의 차가 폭파되는 장면이 나왔다. 그리고 하영은 말을 이었다.

"이 영상을 제보해주신 분의 요청으로 저희 보도국은 이 제보를 극비에 붙이고 경찰 측에 공식적인 수사도 의뢰하지 않았습니다. 하지만 저희 〈뉴스라인〉에서는 냉동인간 프로젝트와 관련된 분들의 신변 보호가 우선이라고 판단, 제보자의 목소리를 바로 지금 내보냅니다."

녹음된 목소리가 나왔다. 제보자가 하영에게 전화로 했던 말들이었다. 영상은 제보자의 외마디 비명과 함께 끝이 났다.

목소리를 듣고 누군가 제보를 해올 것이다. 제보자의 신원이 밝혀지면 사건의 실마리도 잡힐 것이라 동찬은 믿었다.

방송국으로 돌아온 동찬은 엘리베이터에서 만난 하영에게 고마움의 말을 전했다. 그러나 하영이 원한 건 그런 의례적인 인사가 아니었다.

"20년 전, 그 실험을 내가 끝까지 말렸다면? 그래서 당신이 그 실험을 하지 않았다면 우린 지금 어떻게 됐을까?"

"소용없는 얘기야."

"그럼 소용 있는 얘긴 뭔데? 우린 이제 뉴스 얘기 말곤 아무 얘기도 하면 안 되는 거야? 내가 살면서 유일하게 후회하는 게 뭔지 알아? 당신을 그 실험을 못 하게 끝까지 말리지 않았던 거야."

"그 역시 소용없는 생각이야."

"젤 거지 같은 게 뭔지 알아? 이렇게 아픈데도 나 당신 사랑한 거 후회하지 않아."

"이제 뒤돌아보지도 말고 더 행복한 삶을 찾아. 과거에 메여 살기엔 넌 지금도 너무 아름다워. 그리고 나도 너 사랑했던 거 후회 안 해."

엘리베이터가 멈추면서 대화도 끝이 났다. 하영을 남겨둔 채 동찬은 엘리베이터에서 나왔다.

미란이 전화를 받지 않고 있었다. 조급한 마음이 든 동찬은 방송국 여기저기를 찾아 헤매다 어느새 두 사람만의 비밀 노트가 된 수첩을 펼쳤다.

"저 감기 걸린 거 같아요. 좀 쉬다가 오겠습니다."

담요를 머리까지 덮고서 미란은 숙직실에 잠들어 있었다. 진짜 감기일까? 가만히 바라보다 미란이 눈을 뜨자 그제야 이마에 손을 가져다 댔다.

"감기에 걸렸다는데 왜 안심이 됐을까? 우리도 다른 사람처럼 감기에 걸리는구나. 우리도 다른 사람처럼 추울 수도 있구나. 그 생각이 들어서. 그래도 아픈 건 반칙 아닌가? 내가 아프지 말랬잖아. 너 참 말 안 듣는다."

"50센티미터 떨어져 있어야 되는 거 아니에요? 지금 너무 바짝 붙어 있잖아요."

"우리 그냥 이렇게 가보자. 아닌 척 모른 척 딴청 부리지 말고. 그냥 우리 이렇게 가봐."

"피디님, 좋아해도 돼요?"

"안 된다면 안 할 거야?"

미란은 아니라며 고개를 절래 흔들었다.

"근데 넌 왜 이렇게 뭐든 네가 먼저 해? 남자가 할 걸 다 네가 먼저 하잖아. 그런 소릴 네가 하면 어떡하니? 난 뭘 하냐?"

"피디님도 그냥 날 좋아해주면 돼요."

그때, 어김없이 바이탈 워치에서 경고음이 울렸다. 사랑하면 안 된다고. 좋아하면 안 된다고 말하는 것 같았다. 더 이상 아무것도 하지 못한 채, 두 사람은 그저 서로를 바라보았다.

동찬의 차가 미란의 집 앞에서 멈췄다. 무슨 말을 해도 빤히 바라보며 배시시 웃는 미란의 얼굴을 차마 똑바로 바라보지 못하고 동찬은 말들을 쏟아냈다.

"너 예뻐. 네가 거울로 보는 네 얼굴과 내가 보는 네 얼굴은 달라. 되게 예뻐. 그러니까 이런 늦은 시간에 그런 귀여운 표정 짓고 그러지 마."

도리어 그 말들은 미란을 더욱 미소 짓게 만들었다. 차에서 내린 동찬은 미란의 차문을 열어주며 남은 말을 했다.

"내일 로케이션 가니까 아침에 데리러 올게. 오늘 푹 자. 해열 주사 챙겨 오고."

동찬을 떠나보내고, 집으로 들어서던 미란은 조금 전 동찬이 했던 가슴 벅찬 말들을 맘속으로 되새겼다. 그리고 너무 좋아 배시시 웃어댔다.

"되게 예쁘대."

동찬의 차가 골목을 막 벗어났을 때, 맞은편에서 오던 차 한 대가 멈춰 섰다. 뜻밖에도 차에서 내린 사람은 황 박사였다. 그의 두 눈은 안대로 가려져 있었고 손에는 폴더폰이 쥐어져 있었다. 차가 떠나자 비로소 황 박사는 안대를 풀었다.

밤이 깊어가고 있었지만 황 박사는 두려움에 몸서리치며 좀처럼 잠을 이루지 못했다. 연구소에서 돌아오던 길이었다. 인기척을 느끼고 급히 발걸음을 내딛었지만 어느새 다가온 검은 그림자는 황 박사의 등 뒤를 덮쳤다. 움직이지도, 아무것도 볼 수 없는 가운데, 구둣발 소리가 뚜벅뚜벅 다가왔다. 그리고 음산한 목소리가 귓가에 들려왔다.

"간단히 말하겠습니다. 지금 하고 있는 모든 냉동실험 다 멈춰요. 연구소에 있는 냉동캡슐 전원, 다 차단해."

"그, 그럴 순 없습니다."

"그럼 당신 죽어. 냉동캡슐이 아닌 진짜 냉동 창고에서."

"이, 이러는 이유가 뭐, 뭡니까?"

황 박사의 물음에 그는 답해주지 않았다. 다만 사방에서 들려오는 총소리가 황 박사의 선택을 강요하고 있었다.

마지막으로 플리츠 백을 가볍게 접어 트렁크 안에 쏙 집어넣었다. 옥탑방에서 안 나가겠다고 버티는 그 인간만 아니라면 정말 완벽한 하루의 시작이지 않을까 싶었다. 그러나 그 찝찝한 감정마저도 울리는 전화에 눈 녹듯 사르르 사라졌다.

"지금 나가요."

동찬은 집 앞에 미리 도착해 미란을 기다리고 있었다. 미란을 보자 다가와 그녀의 이마에 손을 가져대 댔다. 열이 없는 걸 확인하고 나서 다행이라는 듯 고개를 끄덕였다.

두 사람을 태운 차가 도로 위를 달렸다. 설레는 표정을 감추지 못하고 있을 즈음, 미란의 휴대폰이 울렸다. 통화를 마친 미란의 얼굴에 미소가 더해졌다.

"기분 좋은 전화야?"

"제가 얼마 전 과제로 리포트를 하나 낸 게 있거든요. 그거 읽고 교수님이 글 잘 쓴다고 막 칭찬하시잖아요."

"요즘 교수들은 성의가 넘치네. 리포트 칭찬한다고 전화까지 하니?"

"그게 아니라 그 교수님이 에세이집을 내는데 제 글을 거기에 같이 싣겠다고. 하나 써 달라고. 제가 어릴 때부터 글을 좀 잘 썼거든요."

"뭘 쓰란 거야?"

"사랑에 관한 에세이요."

"네가 사랑을 알아? 모르는 거 같은데? 키스조차 못 해봤으면서."

"난 그게 한 건데."

"난 한 게 아닌데."

호텔 발코니에는 바다가 펼쳐져 있었다. 양팔을 벌리고 바다를 느끼고 있을 때, 벨소리가 울렸다. 문 앞에 서 있던 동찬은 말했다.

"2층 라이브러리에서 기다릴 테니까 짐 다 정리하고 나와."

"들어오세요."

"이런 데서 그렇게 보지 마, 낮에라도."

동찬은 괜스레 헛기침을 하고 돌아섰다. 문을 닫으며 미란은 또 배시시 웃었다.

라이브러리에서 잡지책을 읽으며 시간을 보내던 동찬은 조금 전과 다른 모습을 나타난 미란을 보고 입가에 미소를 머금고 말았다. 그러나 애써 표정을 감추고 말했다.

"소풍 가는 줄 아니? 보조배터리 가져왔어?"

"사진 찍을 거 노트할 거 다 챙겨 왔어요. 준비성 철저한 조연출입니다."

하늘과 바다의 경계가 모호한 풍경이 가슴 벅차게도 두 사람 앞에 펼쳐졌다. 그럼에도 진지하게 몰두하며 카메라에 풍경을 담아가고 있었다. 동찬에게로 걸려온 전화기에서 하영의 목소리가 들렸다.

"목소리 주인공 제보를 세 사람에게 받았어. 동일인물이야. 확실하단 소리지."

"누구야?"

"운성그룹 이석두 회장 부인, 박효우."

짐작하고 있던 듯, 동찬은 별로 놀라는 기색이 없었다. 전화를 끊자마자 동찬은 기범에게 전화를 걸었다.

"조 박사님? 뭔가 알아낸 거 같습니다. 냉동캡슐 속 사람 중 하나예요. 그 사람이……."

채 말이 끝나기 전에 기범이 전할 말이 있는지 말했다.

"마 피디님, 황 박사님이 기억을 찾으신 거 같아요."

미란에게 아무에게도 문을 열어주지 말고 호텔방에만 있기를 당부하고 동찬은 다시 서울로 향했다. 가는 동안 동찬은 하영에게 전화를 걸어 경찰에게 제보자가 박효우란 사실을 아직 알리지 말았으면 좋겠다는 뜻을 전했다. 그 전에 확인하고 싶은 것이 있었기 때문이었다.

냉동캡슐의 BPM이 정상적으로 작동하며 깜빡이고 있었다. 폴더폰으로 걸려온 전화 통화를 마친 뒤, 황 박사는 캡슐에 잠들어 있는 사람들의 얼굴을 하나하나 살폈다. 마침내 결심한 듯, 황 박사는 캡슐의 전원을 꺼내려갔다.

그러나 곧이어 비상전력이 가동되었다. 예상하지 못한 모양인지 황 박사의 얼굴에 당황한 기색이 번졌다. 그때 동찬이 연구소 안으로 들어섰다.

"박사님. 지금 뭐 하시는 거예요?"

"이 실험은 다 없애야 돼. 실패야. 다 실패라고. 당신들도 결국은 죽게 돼 있어. 정상인으로 살 수가 없다고."

황 박사는 흥분한 얼굴로 비상전력 차단기를 찾으려 주위를 두리번거렸다. 말없이 그런 황 박사를 바라보던 동찬의 눈가에 어느새 눈물이 차올랐다. 동찬은 애원하며 말했다.

"박사님, 우리 살려주세요. 나랑 그 여자 그냥 평범한 사람들처럼 살아가게 해주세요. 그냥 맘껏 사랑하고 같이 뒹굴면서 자고 그렇게 살 수 있게 해줘요. 제발."

휴대폰을 손에 쥔 채 소파 위에서 잠이 들었던 미란은 문에서 들려온 벨소리에 눈을 떴다.

"누구세요?"

문 앞으로 다가가 물었지만 돌아오는 답은 없었다. 그럼에도 미란은 문을 열었다. 문밖에는 땀에 흠뻑 젖은 동찬이 서 있었다. 동찬은 지친 목소리로 말했다.

"내가 아무나 문 열어주지 말랬잖아."

"무슨 일 있어요? 왜?"

동찬은 대답 없이 방 안으로 들어섰다. 떨리는 눈으로 미란을 바라보다가 갑자기 그녀의 입술에 입을 맞췄다. 바이탈 워치가 요란하게 울려대기 시작했다. 그러나 이 순간만은 더 이상 멈추고 싶지 않았다.

샤워부스로 자리를 옮겼다. 쏟아져 내리는 물줄기가 두 사람의 차오른 열기를 식혀주었다.

가족의 증명

호텔 발코니에서 밤하늘의 별을 등진 채, 동찬과 미란은 서로의 젖은 머리를 말려주고 있었다.

"우리도 이제 평범한 사람들처럼 살 수 있는 거예요?"

"그건 시간이 좀 걸릴 거야."

"왜요?"

"박사님이 협박당하고 있어."

미란의 얼굴이 두렵고 놀란 표정이 되었다.

"봐, 너 이렇게 겁먹을까 봐 말 안 하려고 했는데."

"뭐든 혼자 다 하려고 하지 말고 같이 해요. 이제 우리 문제잖아요. 난 마동찬이 행복했으면 좋겠어요."

"넌 하나도 몰랐으면 좋겠어. 아무 생각 없이 행복하고 기뻐기만 하면 좋겠거든."

방으로 돌아온 동찬은 연구실에서 황 박사를 만난 일을 다시 떠올렸다.

"두 사람 사랑하게 된 거야? 아담과 이브구먼. 최초의 냉동 인류."

황 박사의 말에 어색한 미소를 짓던 동찬은 황 박사의 옆에 놓인 휴대폰을 집어 들었다. 구닥다리 2G폰, 카메라 렌즈가 유난히 반짝이고 있었다. 운 좋게도 냉동되기 전 동찬이 쓰던 것과 같은 모델이었다. 동찬은 렌즈를 떼서 발로 부쉈다.

"99년에 살다 온 덕을 처음으로 보네요. 카메라가 없었거든요. 솔직하게 이야기해주세요. 무슨 일이 있었던 거예요?"

황 박사의 눈동자가 심하게 흔들렸다. 결국 황 박사는 두려움 가득한 목소리로 말했다.

"그 사람이야. 날 죽이려고 했던 그 사람. 20년 전 사고 말이야. 사고가 나기 전에 나를 만나자고 전화했던 그 사람."

여러 생각들이 황 박사를 잠들지 못하게 하고 있었다. 곁에서 남태는 프로이드의 책을 여전히 첫 장에서 멈춘 채 뚫어져라 보고 있었다. 무슨 내용인지는 알고 있는 걸까? 그러나 남태의 표정은 한없이 행복해 보였다. 남태를 바라보다가 황 박사는 물었다.

"그 책이 무슨 내용인지 알기나 해요?"

"여기. 이게 곧 인간의 고유한 사유다. 보세요. 고유한, 이거 우리 아버지 이름이에요."

"그, 그게 신기해서 계속 그것만 보고 있던 거예요?"

"네."

헛웃음이 났지만 황 박사는 웃지 않았다. 남태는 진심으로 말하고 있었기 때문이었다. 황 박사는 남태의 솔직한 마음이 듣고 싶어졌다.

"만일 그 책을 끝까지 다 읽을 수 있을 만큼 똑똑해지는 약이 개발된다면 그때를 위해 냉동캡슐에 들어갈 수 있어요?"

"남태, 똑똑해져요?"

남태는 잠시 생각에 잠겼다. 그러나 이내 고개를 절래 흔들었다.

"안 들어가요. 우리 엄마, 아빠, 누나 못 보잖아요. 안 똑똑해져도 놀림당해도 엄마, 아빠, 누나랑 사는 게 백 배 좋아요. 사실 누나 없어지고 여기가 너무 아파서 죽을 뻔했어요."

말하며 남태는 자기 가슴에 손을 가져다 댔다. 만약 가족이 있었다면 그들의 마음을 이해할 수 있었다면 냉동실험을 시작했을까? 생각에 잠기다 어느새 눈시울을 붉히고 만 황 박사를 남태는 어느새 다가와 안아주며 말했다.

"박사님, 내가 가족 해줄게요."

"제보자인 박효우가 이석두의 부인이란 보도해줘. 사망했다는 보도도 같이."

보도국장실을 찾아간 동찬은 하영에게 말했다. 하영이 놀란 듯 바라보자 동찬은 말을 이었다.

"이 사건의 배후에 이석두 회장이란 사람이 있어. 내가 일전에 이야기했지? 황 박사님의 냉동캡슐 속에 이석두 회장이 냉동되어 있다고. 1998년부터 지금까지."

"그럼 그 얘긴 뭐야? 둘이 쌍둥이란 소리야?"

"그렇지. 냉동캡슐 속 이석두가 진짜야. 지금 이석두는 가짜란 말이지."

동찬이 하는 말을 하영은 선뜻 믿을 수 없었다. 어느 소스에도, 하다못해 증권가 지라시에도 이석두가 쌍둥이란 정보는 없었기 때문이었다.

"데이터를 선별해 삭제했겠지. 혼외자란 야사는 흘리고 쌍둥이만 쏙 빼면 정보의 신빙성이 더 커지니까."

"어떻게 그런 일이? 황 박사가 살아 있다고 했지? 그렇다면 동찬 씨와 고미란 씨를 깨어나게 했던 사람이 황 박사였던 거야?"

"응. 황 박사님이야."

"아, 그거였어."

그제야 알겠다는 듯 하영은 고개를 끄덕였다.

풋풋한 모습의 청년이 예능국 사무실 안으로 들어섰다.

"안녕하세요. 인턴 황지훈입니다."

다름 아닌 지훈, 미란은 반갑게 그를 맞이해주었다.

"여기 내 옆자리야. 내가 다 치워놨어."

"고마워요."

하필이면 왜 옆자리? 게다가 저 친절함은 또 뭐람? 덕분에 동찬의 신경이 잔뜩 곤두섰다. 동찬은 뜬금없이 큰 소리로 외쳤다.

"다들 회의실 집합."

자리를 옮겨 회의가 시작되었다. 그러나 동찬은 비어 있는 옆자리가 영 못마땅했다. 어떻게 하면 저 멀리 앉아 있는 미란을 옆자리에 앉힐 수 있을까? 고민하던 동찬은 공연히 트집을 잡기 시작했다.

"고미란, 사진 잘못 준 거 같은데."

"네? 그럴 리가 없는데."

"여기 앉아서 좀 봐."

결국 옆자리에 앉히더니 동찬은 말을 돌렸다. 미란은 그제야 속내를 눈치채고 피식 미소를 지었다. 그러나 이젠 곁에 있는 것만으로는 만족이 되질 않는 모양이었다. 동찬은 회의 자료를 읽으면서 슬며시 테이블 밑에 있던 미란의 손을 잡았다. 미란은 깜짝 놀랐다가 손 위치를 바꿔 도리어 깍지를 꼈다. 그제야 동찬은 안심이 되는지 씨익 미소 지었다.

홍석은 긴장한 표정으로 마주 앉은 사람의 잔을 채웠다. 그의 앞에 앉은 사람은 다름 아닌 이석두였다.

“제가 장례식장에 찾아뵀어야 했는데, 공식 부고가 없어서 찾아뵙지 못했습니다. 괜찮으신가요?”

“괜찮기야 하겠습니까? 아내가 죽었는데.”

“그, 그러시겠죠.”

“뉴스 제보자는 찾았습니까?”

석두의 물음이 당황스러운 듯 홍석은 대답을 망설였다. 석두는 들고 있던 잔을 비우더니 말을 이었다.

“뉴스에 나온 그 목소리, 죽은 내 아내 목소리 같더군요. 혹시 내 아내 박효우라고 얘기하는 사람 없었습니까?”

“사실 있었습니다.”

“망자 된 내 아내가 사람들 입에 오르내리는 거 원치 않습니다. 그 사건 덮으세요.”

석두는 단호한 목소리로 말했다. 그리고 협박하듯 말을 이었다.

“우리 와이프 죽음 욕되게 만들면 가만 안 있을 겁니다. 사장님 정치 인생만 걸린 게 아니에요. 당에다 바친 돈이 얼만지 아십니까? 김홍석 사장님과 저는 이미 한배를 탔습니다.”

그 말이 엄포가 아님을 홍석은 알고 있었다. 방송국으로 돌아온 홍석은 결심한 듯 전화기를 들었다.

“우린 그 목소리의 주인공, 아직 제보 못 받은 거야. 그게 보도국의 현재 공식 입장이야."

홍석이 말했다. 그러자 하영은 오히려 되물었다.

"제가 사장님을 도와드리면 저에게 뭘 주실 겁니까?"

미란은 영 못마땅한 얼굴로 앉아 있었다. 곧이어 병심이 회의실 안으로 들어왔다.

"오늘은 일 얘기만 하고 싶다."

"이하 동문이야."

"일단 읽어봐. 심리학 교수 자문이 필요한 질문과 예상 답안이야. 자막에 이름이랑 직업, 근무 학교 다 나갈 거야. 이의 있어?"

"나이와 사회적 관계성에 대한 이해가 턱없이 부족한 자들이 쓴 대본인데, 꼭 이대로 안 해도 되지?"

"프로그램 취지에 맞춰서 쓴 거야. 나이가 사람을 정의하는 게 아니다. 그 취지에 맞는 멘트를 쳐야 돼."

미란의 말에 병심은 수긍하며 고개를 끄덕였다. 그런 병심을 보던 미란은 아무래도 안 되겠는지 말을 꺼냈다.

"지훈이가 한 달 동안 여기서 인턴 하는 건 알고 있니? 애가 너랑 하나도 안 닮았어."

병심은 전혀 모르겠다는 얼굴로 미란을 바라보았다.

"지훈이가 나랑 너 관계 알아?"

"너랑 내가 뭔 관겐데. 관계랄 게 뭐가 있냐고 이 자식아."

"미란아, 내 순정을 그렇게 매도하지 마. 나한테 기회를 좀 줘."

"개소리 집어치워. 이 개대가리, 빠가사리야."

병심은 미란에게 욕을 한 바가지 먹고 혼미한 상태가 되어 회의실을 나왔다. 어찌하여 그 순수했던 첫사랑이 저리도 변했을까 한탄하고 있는데, 복도 한가운데에서 지훈과 마주쳤다. 부자는 커피숍으로 자리를 옮겨 마주 앉았다.

"미란이 누나, 사귀었어요?"

"응, 아빠 첫사랑."

"키스도 안 해놓고 무슨 첫사랑."

"그걸 네가 어떻게? 미란이가 그런 소리 했어? 너랑 그 정도로 친해? 그런 게 중요한 게 아니야. 내 젊은 시절을 정의하는 여자였어."

"왜 하필 미란이 누나였어요?"

지훈의 눈가에 어느새 눈물이 고였다. 더 이상 말을 잇지 못하고 지훈은 일어나 자리를 떠났다. 남겨진 병심은 미처 상상조차 못한 사실을 깨닫고 깊은 한숨을 내쉬었다.

하영은 동찬과 홍석의 서로 다른 목소리 중에 하나를 선택해야만 했다. 고민에 빠져들 즈음, 노크 소리가 들렸다. 미란은 싱그러운 미소를 머금고 안으로 들어왔다.

"감사하단 인사드리려고 왔습니다."

"내가 미란 씨한테 감사받을 일을 뭘 했나 생각 중이에요."

"저에 대해 세상이 마음대로 떠들 때, 제 입장에서 보도해 주셨잖아요."

"보도국에서 할 일을 했을 뿐입니다. 고마워할 필요 없어요. 미란 씨를 보호하기 위해서가 아니라 엄중한 팩트, 그걸 전달했을 뿐이니까."

"세상 모두가 자신의 본분대로 살지 않잖아요. 국장님이 하신 일, 제 입장에선 감사한 게 맞아요."

"그렇다면 뭐."

하영은 미란의 머리부터 발끝까지 살피듯 보았다. 그 젊음만으로 자신과 비할 수 없게 예뻤다. 질투가 났던 탓인지, 돌아서 나가는 미란을 향해 하영은 말했다.

"동찬 씨, 잘 지키세요. 누구라도 뺏고 싶은 남자잖아요."

하루가 마무리될 무렵이었다. 자리로 돌아와 앉은 미란은 비밀 수첩을 펼쳤다. 수첩에는 미란의 모습이 우스꽝스럽게 그려져 있었다. 그리고 말풍선에 글도 적혀 있었다.

"내 이름은 고미란, 44세 지금은 연애 중."

미란도 질 수 없다는 듯 펜을 들었다. 동찬이 사무실로 돌아왔을 때 미란의 모습은 보이지 않았다. 대신 수첩에 동찬의 모습이 그려져 있었다. 역시나 말풍선도 함께.

"고미란이 찜한 52세 솔로남 마동찬."

그리고 다음 장에도,

"오늘 우리 데이트해요. 장소는 문자로 줄게요."

"얘는 뭐든 지가 다해. 첫 데이트 신청을 감히 지가 먼저 하다니."

투덜대면서도 어느새 동찬의 입가에는 설렘 가득한 미소가 번졌다.

야간 스케이트장으로 들어서던 동찬은 대여 창구 앞에 서 있는 미란을 보았다. 그리고 미란의 곁에 한 사람이 더 있는 것을 뒤늦게 알아차렸다. 동찬이 웃으며 다가가자, 남태는 허리를 굽히며 배꼽인사를 했다.

"안녕하세요. 고남태입니다."

"네. 마동찬이에요."

남태는 동찬이 내민 손을 잡고 어린애마냥 흔들어댔다. 미란은 손수 남태의 스케이트 끈을 묶어주었다. 그리고 목도리에 장갑까지. 남태를 챙기는 미란을 따뜻한 눈으로 바라보던 동찬은 남태에게 다가가 먼저 말했다.

"내가 민증은 오십둘인데 실제로 살아온 세월로 치면 남태 씨랑 동갑이에요."

"진짜요? 와, 신난다. 남태 친구 생겼다."

남태는 신이 났는지 빙판으로 뛰어나갔다. 그리고 미란과 동찬도 빙판 한가운데 섰다.

"안녕하세요. 오늘 당신과 첫 데이트를 하는 마흔넷 고미란이라고 합니다. 내 인생을 설명하려는데 내가 너무 내세울 게 없어요. 아니, 나 자체는 되게 근사한데, 시간 낭비를 너무 크게 해서 현재 내가 좀 그래요."

"그건 전혀 상관없습니다. 고미란 씨."

"앞으로 열심히 살게요. 지켜봐주세요."

동찬은 순순히 고개를 끄덕이자, 미란은 빙판을 달리고 있는 남태에게 시선을 돌리며 말을 이었다.

"내 세계 속에, 내 인생 속에 저 아이가 있어요. 정말 좋아하는 사람이 생기면 동생한테 제일 먼저 보여주고 싶었거든요. 내 인생 속에 들어온 당신이 내 동생을 같이 봐줬으면 좋겠어요."

"물론이야. 기꺼이 같이 봐줄게."

두 사람은 그렇게 서로를 벅차게 바라보다 손을 잡고 얼음 위를 내달렸다. 마치 펼쳐질 새로운 인생을 향해 달리듯.

촬영 차량에는 '고고 구구'라는 문구가 붙어 있었다. 통바지에 통굽구두 그리고 여러 컬러의 브리지를 한 머리를 하고 버스로 다가오는 그녀는 다름 아닌 경자였다. 그리고 잠시 후, 동찬과 함께 버스에 오른 20년 전 대학생 차림의 남자는 동식이었다. 동찬은 에어컨을 세게 틀어야 한다는 핑계로 미란을 옆자리에 앉혔다. 그렇게 출연자들을 태운 차량은 마치 20년 전으로 돌아가는 타임머신처럼 도로 위를 힘차게 내달렸다.

99년도 패션을 한 12명의 출연자들은 20년 전 펜션에서 옛날 게임을 하고, 바비큐 파티도 하면서 모처럼 청춘을 즐겼다. 그리고 모닥불 앞에 모여 앉았을 때, 중년의 청춘들은 잔인한 시간의 트랙을 역주행해 진짜 20대의 모습이 되어 있었다. 그렇게 1999년과 2019년이 공존하는 놀라운 밤이 지났다. 그러나 저물어가는 밤이 아쉬운 청춘들은 저마다의 방법을 밤의 끝을 붙들려 애썼다. 목에 두른 머플러로 현기의 목을 휘어 감고 있던 경자처럼.

밤하늘의 별들이 유난히 아름다운 밤이었다. 별빛이 비추는 호수를 바라보며 동찬과 미란은 미처 만나지 못한 미래를 떠올렸다.

"우리가 정말 오십둘, 마흔넷이 되었을 때 어떤 모습일까?"

"머리는 빠지고 배 나오고 성질 고약한 중년 남자가 되어 있을 거 같은데요?"

"너도 목소리 커지고 화만 가득한 여자가 되어 있을걸."

"난 마동찬이 그렇게 돼 있어도 좋아해줄 거야."

"우리가 예상하지 못한 일들이 닥칠 거고 상상하지 않았던 슬픔도 올 테지만 잘 이겨낸 오십둘, 마흔넷이 되어 있음 좋겠다."

"그때 우린, 36.5도로 살고 있을까요?"

"내가 그렇게 되도록 만들게. 걱정 마."

동찬은 미란을 품에 안으며 말했다. 별빛 아래에서 또다시 하나의 추억이 새겨졌다.

어느 고급 술집에서 하영은 흐트러짐 없는 표정으로 앉아 있었다. 그녀의 앞에 나타난 사람은 다름 아닌 이석두였다.

"이 시간에 밖에서 보자 하신 걸 보면 중요한 용건인가 본데, 뭘까요?"

"방송국은 보는 눈이 많아서요."

석두는 여유 있게 하영의 다음 말을 기다렸다. 그러나 그가 전혀 예상하지 못한 말이 하영의 입에서 나왔다.

"이형두 씨."

일순간 석두의 얼굴이 굳었다. 하영은 작정한 듯 말을 이었다.

"저한테 두 장의 카드가 있습니다. 제가 알고 있는 이 사실을 보도하느냐, 아니면 숨기느냐."

"지금 무슨 말씀을 하시는 건지."

"20년 전 운성그룹 회장 취임 3일 전에 이석두 씨가 의문의 린치를 당했습니다. 당시 운성그룹은 이석두 회장 자리를 임시로 대신할 가짜가 필요했습니다. 물론 철저히 비밀리에. 당신, 이석두 아니잖아."

여전히 평정심을 놓지 않던 석두는 어이가 없다는 듯 헛웃음을 지었다.

"증거가 있나? 감히 내가 누군지 알고 이러는 거야?"

"당연히 알지. 이석두 회장의 숨겨진 쌍둥이 동생, 이형두. 이제 알겠어. 범인이 누군지. 냉동캡슐에 들어가 있는 이석두가 깨어나는 걸 두려워했던 사람. 그래서 황 박사를 죽여야만 했던 사람. 이형두, 당신이지?"

하영이 이미 모든 걸 알고 있음을 석두 아니 형두는 결국 인정해야만 했다. 형두는 깊은 한숨을 내쉬며 말했다.

"원하는 게 뭔지 말해."

"마동찬."

하영은 서늘하게 변한 눈빛으로 말했다.

무슨 생각이 든 건지, 병심은 편지 한 장만을 남긴 채, 미란의 옥탑방을 떠났다. 그리고 병심은 방송국 스튜디오에서 알아듣지 못할 말들을 무수히도 많이 늘어놓고 있었다.

"나이가 든다는 것은 잔인한 시간을 직면하는 일입니다…… 그래서 사람들이 나이는 숫자에 불과하다고 하죠. 그런데요. 인생사 다 숫잡니다. 숫자 중요합니다…… 그렇다면 우리는 어떻게 살아야 할까요?…… 나이 맞춰 산다고 행복했습니까? 사회는 당신의 행복을 책임져주지 않습니다."

대본도 무시하고 자기 멋대로 말하는 통에 피디들의 얼굴에는 근심이 가득 차갔다. 그러나 동찬만은 병심의 그런 스타일이 마음에 드는 모양이었다. 촬영이 끝나자 동찬은 병심에게 먼저 다가가 인사를 건넸다.

"수고하셨습니다."

"제가 너무 많은 시간을 할애한 거 같아 심히 유감입니다만. 아무튼 민중만 오십둘은 제 덕을 보실 거 같네요. 근데 공과 사 구별은 해야 해서. 고미란과 어떤 사이입니까? 혹시 사귀는 건 아니죠? 상식적으로 전 남친인 나를 섭외한다는 게 말이 안 되지 않나요?"

"그럼요. 말이 안 되죠. 전 사실 여자한테는 큰 관심이 없는 편이에요."

말하며 동찬은 병심에게 야릇한 미소를 건넸다. 놀리는 건지도 모르고 병심은 당황해서 어쩔 줄 몰라 하는데. 그때, 동찬의 휴대폰이 울렸다. 문자를 확인한 동찬은 곧바로 지하주차장으로 달려갔다.

김진은 용산을 샅샅이 뒤져 겨우 찾아냈다는 영상을 동찬에게 보여주었다. 영상 속에는 20년 전 실험실의 모습이 담겨 있었다. 황 박사의 모습과 캡슐 속에 잠든 미란과 동찬의 모습도. 그때, 동찬은 뭔가를 찾아낸 듯 놀란 표정을 지었다.

총성과 함께 연구실 곳곳에 설치된 CCTV가 하나씩 꺼졌다. 마침내 연구소 실험실로 들어온 냉혹한 눈빛의 남자, 그의 손에는 총이 들려 있었다. 그리고 그의 뒤로 익숙한 얼굴이 보였다. 황 박사는 그가 자신을 협박했던 자임을 한눈에 알 수 있었다. 그럼에도 황 박사는 당당히 그들의 앞을 가로막고 섰다.

"제 연구실은 관계자 외 들어올 수 없습니다. 나가주세요."

"제가 관계자입니다. 꼭 찾을 사람이 있어서요. 박사님께서 협조만 해주셨어도, 이 꼴 보진 않았을 텐데 말이죠."

형두가 신호를 주자, 테리킴은 황 박사를 밀치고 냉동캡슐을 향해 다가갔다. 그리고 총구를 겨누며 캡슐들을 살펴보지만 석두로 보이는 남자는 없었다. 놀란 형두가 직접 캡슐들을 살폈다. 역시나 석두는 없었다. 형두는 광기 어린 눈빛으로 황 박사를 노려보았다.

"어디로 빼돌렸어? 죽고 싶지 않으면 당장 데려와."

스튜디오를 나온 동찬은 미란에게 전화를 걸었다. 별다른 용건도 없이, 그저 미란의 목소리를 듣는 것만으로도 기분이 좋아졌다. 그러나 환하게 웃던 동찬의 표정이 갑자기 일그러졌다. 갑자기 찾아온 고통에 동찬은 가슴을 움켜쥐다 이내 쓰러지고 말았다.

황 박사의 실험 노트를 살피던 기범은 심상치 않은 내용을 목도하고 입술을 파르르 떨었다. 기범은 곧바로 황 박사에게 전화를 걸었다.

"박사님, 저온 활성 단백질의 상온 노출 시간이 길어지면 변이가 된다는 걸 알고 계셨습니까?"

기범의 질문에 황 박사는 아무 대답도 해주지 않았다. 다만 모든 걸 포기한 듯한 목소리로 말했다.

"조기범 박사, 자네만 믿네. M34."

죽거나 혹은 미치거나

테리킴은 황 박사의 손에서 휴대폰을 빼어 끊었다. 형두는 겨우 화를 누르고 황 박사에게 말했다.

"더 이상 날 화나게 하지 마. 말해."

황 박사가 아무 대답도 하지 않자, 형두는 테리킴의 총을 가로채 황 박사의 머리에 직접 총구를 겨누었다.

"그자를 해동시키는 데 성공했군. 그럼 누가 이석두를 데려갔지?"

"모릅니다. 안다고 해도 말해줄 수 없습니다."

분노가 극에 달한 형두는 당장 방아쇠를 당기려 했다. 그러나 그 순간 하영이 했던 말이 형두를 멈칫하게 만들었다. 만약 황 박사를 죽인다면 가만두지 않겠다는 하영의 경고를 형두는 무시할 수 없었다. 형두는 치밀어 오르는 분노를 겨우 억누르고 테리킴에게 말했다.

"끌고 가."

하영의 휴대폰이 울렸다. 발신 번호를 확인한 하영의 표정은 곧 굳었다.

"이석두가 사라졌어. 놈들이 이미 빼돌렸다고. 찾아내."

형두였다. 하영은 망설이다가 동찬에게 전화를 걸었다. 뜻밖에도 간호사가 동찬의 전화를 대신 받았다.

"왜 그런 거예요? 또 열났어요?"

병실 안으로 뛰어 들어온 미란은 놀란 얼굴로 물었다. 먼저 도착해 동찬의 곁을 지키고 있던 기범은 무거운 표정으로 말했다.

"미란 씨도 곧 마 피디님 같은 증상이 나타날 겁니다. 해동 부작용이에요. 두 분의 변이된 단백질 제거를 위해 새로운 시약을 개발해야 합니다."

"그게 무슨 말이에요? 변이된 단백질이라니."

"황 박사님과 제가 그 프로토콜을 연구 중이었습니다."

만약 실패하면 죽음에 이를 수 있다는 사실을 기범은 차마 말하지 못했다. 그러나 그의 표정만으로 두 사람에게 앞으로 어떤 운명이 닥칠지 짐작할 수 있었다. 동찬은 다급한 표정으로 물었다.

“황 박사님 지금 어디 계세요?”

“황 박사님이 연락이 안 돼요. 그리고 박사님이 이상한 말을 남기셨어요. 모든 걸 저한테 부탁한다고.”

기범의 말을 듣고, 동찬은 황 박사를 찾겠다며 자리에서 일어났다. 미란은 아직 안정을 취해야 한다며 말렸고, 두 사람 사이에 작은 실랑이가 벌어졌다.

병실 밖에선 하영이 그 모습을 지켜보고 있었다. 이러지도 저러지도 못하다 돌아서려 할 때, 마침 병실에서 기범이 나왔다. 하영은 기범에게 망설임 없이 물었다.

“이석두 씨, 지금 어디 있어요?”

“그걸 왜 저한테 물으시죠?”

“동찬 씨한테 들었어요. 지금 운성그룹 이석두 회장이 진짜 이석두가 아니란 거. 진짜 이석두는 냉동캡슐에 있었다는 거. 걱정 말아요. 같은 편이니까.”

병원에서 나온 미란은 버스정류장에서 버스를 기다리고 있었다. 그러다 문득 보이는 평범한 연인의 모습을 부러운 눈으로 바라봤다. 그들처럼만 사랑할 수 있다면, 그러나 이젠 생명조차 보장받지 못하는 처지가 되고 말았다. 집으로 돌아온 미란은 지난 추억을 떠올렸다. 얼마 남지 않은 현실은 그 추억들을 더욱 소중하게 만들었다. 미란은 미뤄뒀던 전화를 걸었다.

"교수님, 그 에세이 쓸게요. 좋아하는 사람이 생겼거든요. 근데 우리가 너무 특별한 상황에 놓여서. 언제 어떻게 될지 몰라요. 어쨌든 이렇게라도 우리 이야기를 남겨둬야 할 거 같아서요."

전화를 끊고 미란은 노트북 앞에 앉았다. 글을 써내려가다, 어느 한 구절 앞에서 손을 멈췄다.

마흔네 살에 첫사랑을 시작한 나는 어쩌면 이게 마지막 사랑일지 모른다.

정말 마지막이라면, 지금 뭐라도 하지 않으면 안 될 거 같은 기분을 느꼈다. 가장 하고 싶은 것을. 미란은 자리를 박차고 일어나 집을 나섰다. 마침 익숙한 얼굴이 다가오고 있었다.

"어디 가는 길이야? 내가 집에 있으라고 했잖아."

"병원에 있으라고 했잖아요."

"왜 나왔어?"

"보고 싶어서."

"나도."

슬픈 눈으로 바라보다가 미란은 동찬의 손을 잡아끌었다.

"나랑 술 한잔할래요?"

미란과 동찬은 포장마차 안에서 마주 앉았다. 미란은 사이다를 홀짝거리며 마치 취한 것처럼 신세 한탄을 늘어놓았다.

"난 왜 술도 못 마시고, 사랑하는 남자를 마음대로 안지 못하고, 내가 사랑을 자주 해본 것도 아닌데. 마동찬, 너 왜 내 인생에서 나타났어? 왜 내가 너를 사랑하게 만들었어? 20년 후에 대운이 들어오고 운명의 남자를 만난다고 했는데. 이제야 만났는데 나보고 죽으라고."

"누가 죽는다고 그래?"

"우리 곧 부작용으로 죽는다잖아요."

미란은 감정을 주체하지 못하고 밖으로 뛰쳐나갔다. 잠시 망설이다, 동찬도 뒤따라 나갔다. 미란을 멈춰 세우고 동찬은 말했다.

"우리가 왜 죽어? 우리 이대로 절대 안 죽어. 나 너랑 같이 술도 마실 거고, 하루 종일 같이 안고 있을 거고, 그 더운 아프리카 여행도 같이 갈 거야. 그거 다 너랑 같이 할 거야."

미란은 가득 차오른 눈물을 동찬의 품에 쏟아냈다. 미란을 안고서 동찬은 멋쩍게 말했다.

"야, 왜 울어?"

냉동연구소에는 누군가가 침입한 흔적이 고스란히 남아 있었다. 그리고 황 박사의 모습도 보이지 않았다. 동찬과 기범은 황 박사가 납치되었음을 쉽게 짐작했다. 그리고 범인이 다름 아닌 형두라는 것도.

"그 친구 내일 새벽 비행기로 도착하는 거 맞죠?"

"네. 지금 황 박사를 되찾을 수 있는 유일한 희망은 이석두입니다. 이석두를 지키기 위해서는 그 친구가 반드시 필요하고요."

동찬의 말에 기범은 고개를 끄덕였다. 그러다 갑자기 생각이 났는지 말했다.

"근데 어제 나하영 국장이 이석두의 거취를 저한테 묻더라고요."

초조한 표정으로 앉아 있는 형두의 앞으로 또각또각 발소리를 내며 하영이 다가와 앉았다. 하영에게 형두는 다짜고짜 명령조로 말했다.

"시간이 없어. 마동찬이 뭔가 일을 꾸미고 있어. 마동찬이 무슨 일을 하려는지 알아내."

"지금 나한테 명령하는 거예요?"

"우리가 원하는 걸 저울에 달면 어느 쪽으로 기우러질 것 같나?"

"당신 내가 누군지 잊었어? 감추어진 진실을 들추는 것도 들춰야 할 거짓을 감추는 것도 난 할 수 있는 사람이야. 당신한테 나보다 더 무서운 사람이 있다고 생각해?"

"그런 나 국장의 아킬레스건, 마동찬. 내가 황 박사를 데리고 있어. 황 박사가 없으면 마동찬은 죽는 거고. 그리고 당신의 또 다른 제안도 물거품이 되는 거겠지."

인정할 수밖에 없는 사실인 듯, 하영은 형두의 말에 더 이상 대꾸하지 못했다.

배낭을 멘 그의 모습은 한눈에 봐도 오랫동안 외국물을 먹은 유학파로 보였다. 공항 입국대를 나온 그는 무거운 표정으로 주위를 살폈다. 그런 그의 곁으로 다가온 사람은 다름 아닌 동찬이었다.

"이정우 씨?"

정우를 조수석에 태우고 가는 도중 백 형사로부터 전화가 걸려왔다.

"형님. 저 지금 따라가고 있어요."

"황 박사님은 아직 못 찾았지?"

"애들 시켜서 이형두 쪽 팔로우 중인데, 황 박사님 거처는 아직 안 잡히네요. 그런데 애들 말로는 어젯밤에 이형두가 나하영 국장을 만났다네요."

기범으로부터 하영이 이석두의 행방을 물었다는 사실은 이미 들은 터였다. 그런데 이번엔 형두와 접촉을 했다니. 대체 하영은 무슨 꿍꿍이를 꾸미는 걸까? 동찬은 선뜻 짐작하지 못했다. 그때, 룸미러로 검은 차량 한 대가 뒤를 쫓는 것이 보였다. 동찬은 이미 예상했다는 듯 백 형사에게 말했다.

"시작하자."

동찬은 힘껏 액셀을 밟았다. 뒤를 따라붙던 검은색 차량도 속도를 높이며 동찬의 차 오른쪽으로 치고 들어왔다. 그때, 남색 차 한 대가 갑자기 나타나 동찬의 차량 왼편으로 따라붙었다. 동찬의 차는 양쪽으로 포위된 듯 보였다. 그러나 동찬은 기다렸다는 듯이 브레이크를 밟았다. 동찬의 차가 미끄러지듯 뒤로 빠지자 남색 차는 검은색 차를 길가로 바짝 몰았다. 결국 검은색 차는 멈춰서고 말았다. 남색 차에 타고 있던 백 형사는 작전 성공이라는 듯 씨익 미소를 지었다. 그사이 동찬의 차는 길 저편으로 유유히 사라졌다.

기범과 닥터 윤이 석두의 곁을 지키고 있었다. 그때, 스르륵 문이 열리고 정우가 병실 안으로 들어섰다. 정우는 벅찬 표정으로 잠들어 있는 석두의 곁에 다가갔다.

"수혈 준비는 다 됐습니다. 정우 군이 조금만 늦었으면 큰일 날 뻔했습니다."

닥터 윤이 말했다.

화난 얼굴로 전화를 하던 형두는 비서가 열어준 차에 올랐다. 막 차가 출발하려는데 웬 남자가 그 앞을 가로막고 섰다. 반쯤 열린 차창을 사이에 두고 동찬은 말했다.

"이형두, 답답하지? 나랑 딜은 해야겠고. 본인이 황 박사를 데려갔다는 걸 깔 순 없고. 내가 제안 하나 할까? 황 박사랑 이석두 교환하는 건 어때? 난 황 박사가 필요하고, 당신은 이석두가 필요하고."

동찬의 말에 형두는 잠시 갈등하는 눈빛을 보였다. 그러나 이내 호탕하게 웃어 보였다.

"하하하. 역시 피디라서 그런지 상상력이 풍부하구먼."

"그럼. 내가 그걸로 먹고사는데. 이석두를 찾고 싶다면 황 박사 손끝 하나 건들지 마. 물론 이석두를 찾긴 힘들겠지만."

동찬은 〈고고 구구〉 편집을 서둘러 달라는 현기의 독촉 전화를 받고 급히 방송국으로 돌아왔다. 마침 미란을 살갑게 대하던 지훈에게 공연히 심술을 부리고 나서, 동찬은 미란을 편집실로 데려갔다. 미란의 몸에 반흔이 생겨나고 있었다. 그리고 동찬의 몸에도.

현기는 미란의 폭로글을 올린 사람의 IP를 알아냈다는 이야기를 동찬에게 전했다. 그러나 동찬은 더 이상 그 일에 관심이 없는 듯 반응을 보였다. 기껏 알아봤더니 저런 냉담한 반응이라니, 실망하는 현기를 뒤로 하고 동찬은 사장실로 향했다. 마침 사장실에서 나오던 하영은 동찬에게 먼저 말을 걸었다.

"출근이 많이 늦네. 오전 내내 뭐하느라?"

"그게 왜 궁금해? 하긴 나도 궁금하다. 그날 밤, 네가 뭘 했는지."

"그날 밤이라니?"

하영은 모른 척 반응을 보였다. 그러나 미묘하게 변하는 그녀의 표정을 동찬은 알아보았다.

지석과 통화를 하던 홍석은 동찬이 안으로 들어오자 급히 전화를 끊었다. 동찬은 홍석 앞에 철퍼덕 앉으며 말했다.

"내 얘기 하던 중이었어요? 티 나게 놀라네."

"무슨 소리야. 어쩐 일이니?"

"제가 시간이 없어서요. 지금 아군 적군 구분을 해야 해서. 단도직입적으로 물을게요. 사장님, 이형두의 존재 알죠?"

"이형두? 몰라."

"그럼 이석두, 이형두 쌍둥이고, 지금 이형두가 이석두 행세하는 가짜란 거 알죠?"

"뭐라고? 몰라."

"진짜 이석두는 냉동캡슐에 들어갔다는 것도 알죠?"

"거기를 너랑 고미란 말고 다른 사람도 들어갔다고?"

"근데 이형두가 사장님 동아줄이죠? 정치 스폰서?"

"동찬아."

"그 동아줄, 바꾸는 게 좋을 거예요. 썩은 동아줄입니다."

동찬은 말하고 나서 자리에서 일어났다. 그리고 나가려다 돌아서 말을 덧붙였다.

"사장님. 그자가 황 박사 데리고 있어요. 정말 아무것도 몰라요?"

영선은 미란을 카페로 불러내 진지한 표정으로 말했다.

"스무 살 남자애가 그렇잖아. 질주하는 불덩이잖아. 자기 맘에 들면 여자가 나이가 많건 적건 신경 쓰지 않는. 가장 순수하고 뜨거운 나이잖아. 그런 아이가 너한테 질주하면 인생을 살만큼 산 우리가 타일러야 되잖아."

영선이 무슨 말을 하고 있는지 미란은 모르지 않았다. 하지만 못내 서운한 마음도 들었다.

"영선아, 20년 산 네 아들은 애고, 24년 산 나는 어른이니?"

"그, 그렇지. 넌 내가 산 세월 다 살지 않았지."

영선은 미안한 듯 표정을 지었다. 그런 영선을 바라보는 미란의 눈빛이 따뜻하게 변했다.

"우리 영선이 정말 변했다. 무간도, 무인도도 틀리던 내 친구 오영선이 이렇게 생각이 깊어졌구나. 정말 어른이 됐네."

그 소리에 울컥하는 영선에게 미란은 말했다.

"있잖아. 나 사랑하는 사람 있어."

고미란 폭로글을 올린 IP로 알아낸 주소에는 카페가 위치하고 있었다. 대체 이 안에서 어떻게 범인을 찾을까, 난감해하며 현기는 카페 안으로 들어섰다. 뜻밖에도 그곳에는 미란이 있었다.

"미란 씨, 여기는 어쩐 일이세요?"

"점심시간이라 잠깐 친구 만나러 나왔어요. 여기가 제 친구 카페거든요."

"안녕하세요."

영선은 현기에게 반갑게 인사를 했다. 현기는 당황스러운 표정을 감추지 못하고 도망치듯 카페를 빠져나갔다.

내내 마음에 걸렸던 동찬은 미란을 기범의 연구소로 데려갔다. 미란과 동찬의 몸에 생겨난 반흔을 확인한 기범의 표정은 심각하게 변했다. 반흔은 해동의 부작용이 빠르게 진행되고 있다는 증거였던 것이다.

국장실로 들어서던 하영은 창백한 표정으로 앉아 있는 동찬을 보았다.

"동찬 씨, 아파?"

"왜 이형두를 만났어? 왜 이석두의 병실을 알고 싶어 하는 거야? 왜 이 사건을 보도하지 않는 건데? 스스로 부끄러운 짓 하지 마. 여기서 멈춰. 제발."

말하며 문을 나서려는데 하영이 동찬의 발걸음을 멈추게 만들었다.

"당신도 겪어봐야 돼. 당신은 늙어버렸는데 당신이 사랑하는 사람은 여전히 찬란하고, 그 사람은 낡고 빛바랜 당신을 외면하고. 당신은 늙었는데 그 사람을 향한 심장만 여전히 미친 듯이 뛰는, 그 괴로움이 뭔지 알아야 해."

동찬은 그 말에 답하지 않았다. 다만 간절한 목소리로 말했다.

"빨리 황 박사님 찾아야 해. 시간이 없어. 도와줘."

그런 동찬을 하영은 원망하는 눈으로 바라봤다.

하영은 동찬이 남기고 간 말들을 다시 떠올려야 했다. 결국 하영은 전화기를 들었다.

"나예요. 이석두를 찾고 싶으면 황갑수 박사를 보내요. 지금 당장."

"마동찬이 그렇게 하라고 시켰나?"

"황갑수 박사 실종 뉴스 보도가 나갈 겁니다. 그 뉴스에 관련된 모든 팩트를 오늘 특종 보도하려고요. 단, 황갑수 박사만 풀어주면 그 뉴스는 나가지 않을 거예요."

하영의 말이 끝나자마자 소름 끼치는 목소리가 들려왔다. 질투심에 사로잡혀 악마와 손을 잡은 가련한 여인의 목소리.

"고미란을 다시 냉동캡슐에 넣어줘요. 그게 우리 거래야."

전화기 너머로 들리는 자기 목소리에 하영의 손이 벌벌 떨렸다. 형두는 비열한 목소리로 말했다.

"사랑에 눈이 멀어 너무 조급했어. 이걸 당장 언론에 내보낼 생각인데."

동찬은 벤치에 앉아 하영이 한 말을 되뇌고 있었다. 그때, 김진이 급히 다가와 동찬에게 USB를 건네며 말했다.

"일단 러프하게 그림 붙이고 타임 체크는 끝났어요."
"그래. 수고했어. 마무리는 내가 할게."

편집실로 돌아온 동찬은 USB에 담긴 영상들을 확인하고 있었다. 그때, 별안간 현기가 들어오더니 다급한 목소리로 말했다.
"고미란 폭로글 올린 사람, 고미란 친구예요. 카페 하는."
"정말이야?"
"네."
"알았어. 나가봐."
"그게 끝이에요? 여자 친구가 걱정돼서 그래요? 상처받을까 봐?"
현기는 미란과 동찬의 관계를 눈치챈 듯했다. 하지만 그냥 당하고 있을 동찬이 아니었다.
"폭로글 올린 친구 얘기, 미란이에게 하지 마. 네 여자친구에게도."
"무, 무슨 소리에요?"
"셋이 친구잖아."

동찬의 당부에도 불구하고 현기는 쪼르르 달려가 경자에게 폭로글을 쓴 사람의 정체를 알렸다. 마침 영선에게서 전화가 걸려오자 경자는 경멸하는 목소리로 말했다.

"너 인생 그렇게 사는 거 아니야. 아무리 미란이가 미워도 그렇지. 친구란 년이 그럴 수 있어? 당분간 나한테 전화도 하지 마. 이 나쁜년아."

영선은 황당함을 감추지 못하고 있었다. 그때 아르바이트생이 다가와 영선에게 마지막 인사를 건넸다.

"사장님, 저 갈게요."

"그래. 방송국 들어가고 싶다고 여기서 알바 한다더니. 이제 방송국 안 들어갈 거야?"

"네 방송국 들어가고 싶은 생각 다 사라졌어요. 방송국 좀 더럽고 치사한 거 같아요. 그동안 감사했습니다."

인사를 하고 돌아서 나가는 아르바이트생에게로 다른 아르바이트생이 달려와 말했다.

"자동로그인 해제하고 가야지?"

"됐어요. 그거 내 아이디 아니에요."

"조기범 박사를 찾아요. 그 사람이 이석두가 있는 곳을 압니다."

궁지에 몰린 하영은 형두에게 말하고 말았다. 그러나 동찬이 다녀간 뒤 하영은 또다시 흔들리고 말았다. 모든 것이 엉망이 되고 말 걸 알면서도 결국 하영은 동찬에게 전화를 걸었다. 그리고 차갑게 대꾸하는 동찬에게 말했다.

"조기범 박사님이 위험해. 그 얘기 해주려고 전화한 거야. 조기범 박사 차량 폭파 사고 후에 사복경찰이 연구소에 상주한 바람에 이형두가 아무 짓도 못 한 거야. 이제 연구소에 경찰들이 없는 걸 알아."

"그걸 어떻게 알았어?"

"내가 이형두에게 이야기했어."

어둠 속에서 모습을 드러낸 수상한 남자는 빛을 향해 천천히 다가갔다. 손에 쥐어진 긴 쇠막대는 실험장비가 즐비한 기범의 연구소와는 분명 어울리지 않았다. 마스크 위로 보이는 매서운 두 눈이 목표물을 향했을 때, 때마침 도착한 백 형사와 다른 형사들의 목소리가 들렸다. 인기척에 놀란 남자는 이내 다시 어둠 속으로 사라졌다.

좀처럼 방법을 찾지 못하고 실험에 몰두하고 있던 기범의 곁을 미란이 지루한 표정으로 지키고 있었다. 마땅히 할 일을 찾지 못하던 미란은 책상 위에 놓인 실험 노트를 펼쳤다. 실험 노트를 살피다 미란은 궁금한 듯 물었다.

"마이토 매직? 이게 뭐예요?"

기범도 잘 모르는 모양인지, 미란이 한 말을 따라 중얼댔다. 그러다 별안간 생각을 떠올렸다. 황 박사가 마지막 말과 함께 남겼던 M34, 기범은 미란이 들고 있던 실험 노트를 가로챘다. 마이토 매직 34번에 달린 화학기호와 수식들을 확인한 기범의 얼굴이 놀란 듯 변했다. 뒤늦게 동찬이 연구소로 들어서자 기범은 확신에 찬 얼굴로 말했다.

"두 분은 집에 가 계세요. 저는 오늘 밤을 새더라도 끝내겠습니다."

미란의 집 앞에 선 두 사람은 그날의 헤어짐을 아쉬워하고 있었다.

"좋은 꿈 꿔."

"자기도."

아직은 그 말이 어색한지 말한 미란도 듣는 동찬도 함께 멋쩍은 미소를 지었다.

"내일 아침에 데리러 올게."

"나 내일은 아빠랑 같이 갈게요. 아빠가 그러고 싶어 하셔."

"그래 알았어. 이렇게 하나하나 해결하고 나면 우리도 정상인들하고 똑같이 살 수 있어. 그 시약 맞고 황 박사님 찾으면 정상체온 복구 치료만 받으면 되니까."

미란은 고개를 끄덕였다. 그러나 방으로 돌아온 미란은 갑자기 무거워진 얼굴로 책상 앞에 앉았다. 미란은 조금 전 기범이 했던 말을 떠올렸다.

"이 약이 임상실험을 하지 않은 상황이라. 두 분 중에 어느 한 분이 먼저 맞아보셔야 할 거 같습니다."

나갈 채비를 하며 동찬은 기범에게 전화를 걸었다. 곧 동찬은 걱정 가득한 얼굴이 되어 기범의 연구소로 들어섰다. 먼저 시약을 맞고 누워 있던 미란은 초췌한 얼굴에도 동찬을 향해 미소 지었다. 곁을 지키던 기범은 시약이 성공한 것 같다는 말을 전했다.

"왜 네가 먼저 맞아?"

"더 먼저 살려고 그랬지."

"넌 뭐든 네가 먼저 하냐?"

동찬도 시약을 맞고 미란의 옆에 나란히 누웠다. 그들의 모습을 보며 기범은 감회에 젖은 듯 말했다.

"20년 전, 두 분을 처음 뵈었던 날이 생각나네요. 두 분은 20년 동안 서로를 보지 못하고 잠드셨지만 전 두 분을 나란히 20년을 봐와서 그런지 연인 사이인 게 하나도 어색하지가 않아요."

"아마 우리는 운명이었나봐요. 이렇게 같이 나란히 누워 있을 수 있으니."

말하며 미란은 동찬을 돌아보았다. 그리고 동찬에게 손을 내밀었다. 동찬은 그 손을 잡았다.

"두 분 다 명심해야 합니다. 이건 해독제지 정상체온 복구 시약이 아닙니다. 두 분은 여전히 31.5도를 유지해야 해요."

기범의 당부에도 두 사람은 잡았던 손을 더욱 꼭 잡았다. 어떤 운명이 닥치더라도 결코 잡았던 손을 놓지 않겠다는 듯.

고미란 인턴이 기획하고 마동찬 피디가 메이드 한 〈고고 구구〉 파일럿 프로그램이 방송되는 역사적인 날이었다. 그러나 방송 시작이 얼마 남지 않았는데도 동찬의 모습이 보이지 않았다. 아직 영상조차 도착하지 못했는지 주조정실 엔지니어들은 초조한 표정을 감추지 못하고 있었다.

"늦어서 죄송합니다. 지금 막 파일 보냈습니다."

주조정실로 걸려온 전화로 동찬의 목소리를 들은 엔지니어는 안도의 한숨을 내쉬었다. 그리고 곧바로 외쳤다.

"들어갈게. 스탠바이."

핑클의 노래가 오프닝 음악으로 흘러나오며 〈고고 구구〉 파일럿 방송이 시작되었다. 홍석과 현기는 다른 피디들과 함께 로비에 있는 TV 앞에 앉았다. 미란도 지훈과 나란히 서서 기대에 찬 눈으로 TV 모니터를 응시했다.

너무 늦어버린 진실

홍석은 오프닝 영상이 마음에 드는 듯, 흡족한 미소를 지었다. 그때, 별안간 화면이 지지직거리더니 여인의 비명 섞인 목소리가 들려왔다.

"저희 남편을 살려주세요. 냉동……."

뒤이어 기범의 차량이 폭파되는 영상이 나왔다. 그리고 동찬의 내레이션이 흘러나왔다.

"2019년 그날 밤, 그녀에게 무슨 일이 있었던 걸까? 1999년 그날 밤, 24시간의 냉동실험을 끝내고 해동을 기다리던 우리에겐 대체 무슨 일이 있었던 걸까? 전혀 관련이 없어 보였던 두 사건의 중심에는 바로 이 사람……."

냉동연구소로 한 남자가 들어서고 있었다. 카메라를 향해 고개를 돌리며 얼굴을 드러낸 그는 운성그룹 이석두 회장의 동생, 이형두였다. 다시 화면이 바뀌었다. 20년 전, 냉동캡슐 앞에서 황 박사는 누군가와 전화 통화를 하고 있었다.

"누구시라고요? 이석두 씨 쌍둥이 형제요? 이석두 씨에게 쌍둥이 형제가 있다는 정보는 들은 적 없습니다. 수혈이요? 해동하려면 보호자 동의를 받아야 합니다. 아니요. 냉동실험실 출입은 절대 불가능합니다. 아니요. 제가 그쪽으로 가겠습니다."

황 박사는 당황한 표정으로 전화를 끊었다. 동찬은 자막과 함께 말했다.

"그 전화를 받고 나간 황갑수 박사는 사고를 당했다."

다시 화면이 바뀌었다. 그리고 환자복을 입은 중년의 남자가 초췌한 모습을 카메라 앞에 섰다. 그는 차분하지만 단호한 목소리로 말했다.

"제가 진짜 이석두입니다."

TV를 보며 경악하는 사람들 사이에서 미란은 글썽거리는 눈을 하고 서 있었다. 미란은 동찬이 전에 했던 말을 떠올렸다.

"인간으로 태어났으면 나로 인해 세상이 좀 나아지게 만들어야 하잖아."

미란의 심장이 두근두근 뛰었다. 바이탈 워치가 경고음을 낼 정도로. 그러나 내심 서운한 마음도 들었다.

편집실에서 동찬과 마주 앉은 미란은 따지듯 말했다.

"어쩜 그런 사고를 치면서 나한테 미리 말 한마디 안 해요? 내가 피디님한테 뭐예요?"

"내가 미리 얘기했음 네가 하게 뒀겠어?"

"왜 말려요? 완전 응원하지. 그런 혁명적 사고를."

"너 그런 짓 멋있게 보고 그럼 안 돼. 피디로서 충고하는데 그런 사고치는 거 배우지 마. 절대 해선 안 되는 짓이야."

"기가 막혀."

"먼저 얘기 안 한 건 미안해."

"이제 뭐든 다 나랑 상의하고 행동해요. 뭐든지."

"알았어. 뭐든 상의할게."

운성그룹 대회의실에서는 임시 이사회가 열리고 있었다. 주주들은 동찬이 제기한 의혹 때문에 무척 혼란스러운 얼굴을 하고 있었다. 그때 형두가 안으로 들어왔다. 형두는 애써 여유로운 표정을 지으며 자리에 앉았다.

"여러분, 안녕하십니까. 이석두입니다. 한 방송 피디의 허위 사실 유포로 저희 운성과 저는 심각한 이미지 타격을 입었습니다."

"그게 허위 사실이면 반박할 증거가 있습니까?"

"본인이 이석두가 아니라는 걸 어떻게 증명하실 수 있습니까?"

이사들의 질문에 형두는 조금의 동요도 보이지 않았다. 도리어 강한 어조로 되물었다.

"제가 이석두가 아니라는 증거는 누가 어떻게 제시할 수 있습니까?"

이사들은 마땅한 대꾸를 하지 못하고 서로의 얼굴만 바라보았다. 형두는 이어서 말했다.

"맞습니다. 방송에서 본대로 1999년 저는 냉동연구소에 들렀습니다. 냉동캡슐 속에 들어 있는 제 동생 이형두를 보기 위해서입니다. 냉동캡슐 속에 있었던 그 사람이 바로 제 동생입니다."

"방송에서 이석두라고 주장하는 그 사람은 뭡니까?"

"그건 만들어진 영상이고 조작입니다."

"그럼 지금 이형두 씨는 어디에 있습니까?"

그러나 그 질문만은 형두도 답하지 못했다. 그때, 회의실 문이 열렸다. 휠체어를 탄 중년의 남성이 회의실 안으로 들어왔다. 그는 진짜 이석두였다. 그리고 그의 뒤에는 정우가 있었다. 지금보다 젊은 모습의 석두를 본 이사들은 놀란 표정을 감추지 못했다. 형두도 당황한 듯 했지만 이내 냉정을 되찾고 태연히 석두 앞에 섰다.

"무사히 깨어나줘서 고맙다. 형두야."

그런 형두를 빤히 바라보다 석두는 이사진들을 향해 침착한 목소리로 말했다.

"제가 이석두입니다."

여기저기서 웅성거리는 소리가 들렸다. 형두는 서둘러 사태를 수습하려 애썼다.

"제 동생이 아직 정상이 아니라서."

그러면서 정우를 향해 선수를 쳐 말했다.

"너도 속고 있는 거야. 내가 진짜 네 아버지야."

그러나 정우는 이미 확신에 찬 표정을 하고 있었다.

"어머님께 들었습니다. 제 아버지가 수혈 부작용으로 냉동캡슐에 잠들어 계신단 소리를요."

"그 이야기를 언제 들은 겁니까?"

이사 중에 한 명이 묻자, 정우는 침착한 목소리로 답했다.

"어머님이 한국에 돌아가시기 전, 냉동캡슐에서 깨어난 사람들이 있다는 걸 알게 된 시점에 들었습니다. 그리고 얼마 후 어머님이 사망하셨습니다."

정우는 형두를 노려보며 격앙된 목소리로 말을 이었다.

"당신이 죽였잖아."

"네 엄마가 한 말은 다 거짓말이야. 심각한 우울증을 앓고 있었으니까. 사인도 약물 남용으로 인한 심장마비였어."

"이 사람 쇼에 놀아나지 말아요."

누가 진짜인지 쉽사리 판단하지 못하는 상황이 되고 말았다. 그때, 머리가 희끗한 이사가 자리에서 일어나 말했다.

"난 21년 전 이향곤 회장님이 아들 이석두에게 회장 자리를 승계할 당시 함께 있었던 회사 고문 변호사였습니다. 당시 회장님이 이석두 씨에게 기업가로서 정말 중요한 당부를 한 게 하나 있습니다. 절대 잊을 수 없는. 그걸 이야기해줄 수 있습니까?"

회의실 안이 긴장과 침묵으로 가득 찼다. 그 침묵을 깨고 석두는 차분한 목소리로 말했다.

"비록 적자가 나더라도 운성제약은 외국 기업에 팔지 말고 지켜 달라고 하셨습니다. 운성제약을 꼭 지켜 달라고."

그 말을 듣고 질문을 건넸던 고령의 이사는 석두를 향해 고개를 숙였다.

"회장님."

그리고 기다리고 있었던 듯, 회의실 안으로 백 형사가 경찰들과 함께 들이닥쳤다.

"이형두, 당신을 박효우, 정현수 살인교사 혐의로 긴급체포합니다."

이형두의 손에는 수갑이 채워졌다.

황 박사는 어느 낡은 건물에서 구출되었다. 오랫동안 햇빛을 못 본 듯 건물에서 나오며 얼굴을 찌푸렸다. 그런데도 황 박사는 기범을 보자마자 물었다.

"마 피디랑 고미란 씨는 어딨지? 단백질 변이 부작용은 어떻게 됐나?"

"해결했습니다."

"자네가 찾아낼 줄 알았네."

그제야 황 박사는 미소와 함께 안도의 한숨을 내쉬었다.

형두가 구속되면서 하영도 검찰의 조사를 받아야 했다.

"고미란을 다시 냉동캡슐에 넣어줘요. 그게 우리 거래예요."

검사는 형두가 녹음한 하영의 말을 들려주며 물었다.

"이건 왜 그러신 거예요?"

그러나 하영은 묵비권으로 일관했다. 조사를 마치고 나오던 하영은 마침 참고인 조사를 받으러 온 동찬과 마주쳤다. 잠시 바라보다, 하영은 동찬을 외면하고 지나쳤다. 방송국으로 돌아온 하영은 창밖을 바라보며 조금 전 마주쳤던 동찬의 그 눈빛을 떠올렸다.

'왜 난 당신 한마디에 이렇게 흔들려야 해. 도와줘란 그 한마디에 내가 산산이 부서지고 송두리째 흔들려야 되냐고 왜. 마동찬, 당신한테서 벗어나고 싶다.'

참으로 지독한 사랑, 하영은 괴로움에 눈을 감았다.

석두와 형두는 구치소 접견실에서 마주 앉았다. 석두는 묻고 싶었다. 대체 왜 그런 일을 벌였는지를. 그 질문에 형두는 여전히 분노에 찬 눈빛으로 말했다.

"참을 수 없었어. 교도소나 드나들던 나와는 달리 뒤늦게 만난 아버지한테 바로 인정받은 네가. 그래서 생각했지. 이석두가 되자. 이석두의 삶을 송두리째 빼앗아버리자. 21년 전 그날 밤, 널 없앴다고 생각했어. 희귀 혈액형을 가진 너와 완전히 일치하는 사람은 나와 정우밖에 없었고 정우는 너무 어려 수혈을 하는 게 위험했지. 나만 나타나지 않으면 넌 그대로 죽을 거라 생각했는데. 어머니와 형수가 죽어가던 널 냉동캡슐에 넣을 거라곤 생각지도 못했어."

형두의 말을 듣던 석두는 참담한 표정을 지었다. 개의치 않고 형두는 말을 이었다.

"그래도 상관없었어. 내가 이미 이석두가 되었으니까. 그런데 마동찬, 그 자식이 깨어나면서부터 모든 게 꼬이기 시작했어. 너희들은 영원히 잠들어 있어야 했어."

형두의 분노는 여전히 사그라지지 않은 듯 보였다.

"오늘 점심 메뉴는 중식입니다. 주문 받겠습니다."

피디 중 한 명이 메모지를 들고 외쳤다. 동찬은 대답 대신 수첩에 뭔가를 적어 미란에게 건넸다.

"짬뽕 먹을까? 짜장면 먹을까?"

잠시 후, 피디 한 명이 동찬에게 파일을 보냈다는 말을 하자, 동찬은 또 수첩에 무언가를 적기 시작했다.

"나 저 파일, 프린터해서 볼까? 그냥 모니터로 볼까?"

그리고 또 잠시 후 동찬은 물었다.

"나 화장실 가려고 하는데 2층으로 갈까? 3층으로 갈까?"

질문 세례에 열이 받은 미란은 동찬의 책상을 톡톡 쳤다. 아무도 없는 편집실로 가서 미란은 따지며 말했다.

"지금 반항하는 거예요? 내가 말하는 상의는 이런 게 아니잖아."

"솔직하게 말할까? 듣기 좋게 말할까?"

"묻지 마. 상의하지 마. 알아서 해."

미란이 버럭 목소리를 높이자, 동찬은 기다렸다는 듯이 미란의 뺨에 입을 맞췄다. 화들짝 놀라서 바라보는 미란에게 동찬은 능청스럽게 말했다.

"묻지 말고 알아서 하라기에."

동찬은 멋대로 미란의 허리를 끌어당기더니 꽉 끌어안았다.

가짜 석두와 놀아난 홍석은 마냥 괴로웠다. 일련의 사태를 어찌 해결해야 할지에 대해 홍석은 현기와 쓸데없이 머리를 맞대고 있었다. 그때 벌컥 문이 열리며, 동찬이 사장실 안으로 걸어 들어왔다.

"마무리 지어야죠. 방송사고 냈잖아요."

홍석 앞에 동찬이 내놓은 건 사표였다. 동찬이 사표를 냈다는 사실을 뒤늦게 안 미란은 못내 서운한 마음이 들었다. 상의는 못 하더라도 미리 귀띔 정도는 해주었어야지. 그 마음을 내뱉자 동찬은 오히려 이렇게 말했다.

"상의하지 말라기에."

참 중간이 없는 남자라고 미란은 생각했다. 덕분에 현기만 신이 났다. 앓던 이가 빠진 셈이 되었으니. 현기는 뭐가 그리 급한지, 피디들에게 동찬의 퇴사 소식을 알렸다. 그리고 손수 동찬의 짐까지 싸주며 속내를 여과 없이 드러냈다. 짐을 챙겨 들고 사무실을 나서던 동찬은 유난히 바짝 붙어 있는 듯 보였던 미란과 지훈의 사이를 떼어놓고서 집으로 돌아왔다. 긴장이 풀린 탓인지, 동찬은 짐을 내려놓자마자 그대로 소파 위에 누워 스르르 잠이 들었다.

〈고고 구구〉 프로젝트 파일럿 프로그램이 방송되었다. 이번엔 제대로 된 방송이 전파를 탔다. 병심은 자기 분량이 조금밖에 안 되는 걸 보고 실망하며 분노했지만, 〈고고 구구〉의 반응은 그야말로 폭발적이었다. 최고 시청률 21.3퍼센트를 기록하며 천재 피디의 귀환이라는 찬사가 쏟아졌다. 동찬의 근황을 궁금해하는 기사들도 인터넷 지면을 가득 채웠다.

그러나 이미 사표를 내고 방송국을 떠난 동찬의 처지는 지지리 궁상, 백수와 다름이 없었다. 심지어 어린 조카에게까지 무시당하고 간만에 찾은 방송국에서도 그다지 환영받지 못했다. 그러든 말든, 동찬은 미란과 지훈의 자리가 나란히 비어 있는 것을 보고 화가 치밀어 오르는 걸 느꼈다. 받지 않는 전화를 붙들고 방송국 복도를 서성이던 동찬은 마침 나란히 걸어 들어오던 미란과 지훈에게 온갖 히스테리를 다 부렸다.

집으로 돌아온 동찬은 화장실 공사로 일주일 정도 집을 비워야 한다는 소식을 접했다. 동식의 식구는 처갓집을 간다고 하고 동주는 친구네 집에 간다고 하고 원조는 동생네 집에 간다고 했지만 동찬에게는 갈 곳도 의지할 만한 친구도 없었다. 동찬의 처지가 그러했지만, 몇몇 방송국에서는 동찬에게 거액을 제시하며 스카우트를 제의하기도 했다. 동찬은 자본의 논리에 놀아나기 싫다며 모두 거절했지만.

홍석은 하영이 내민 사표를 보고 격양된 반응을 보였다.

"사표는 안 돼. 넌 이형두 사건에 직접적으로 개입한 증거도 없고 무혐의로 결론 났잖아. 왜 그만두겠다는 건데?"

"할 만큼 했잖아요. 우리 두 사람 중 누구 하나는 책임을 져야죠."

"하영아. 좋은 게 좋은 거야. 우리 예전처럼 묻고 가자."

"아니요. 20년 전이랑 다르고 싶어요. 번번이 순간의 잘못된 선택 때문에 돌이킬 수 없는 상황을 만들어온 저예요."

"지금도 잘못된 선택일 수 있어. 너, 동찬이랑 한 직장에 있는 게 힘들어서 그래?"

하영은 아무 대답도 하지 않았다. 그러나 말하지 않아도 알 수 있다는 듯 홍석은 말했다.

"동찬이 사표 냈어."

하영은 흠칫 놀란 듯 홍석을 바라보았다.

챙모자를 쓰고 우아한 자태로 카페로 돌아온 영선을 경자는 눈에 쌍심지를 켜고 바라보고 있었다. 자초지종을 듣고 난 영선은 아니라며 손사래를 쳤다. 하지만 경자는 쉽사리 영선의 말을 믿어주지 않았다.

"아니긴 뭐가 아니야? 내 남자 친구가 다 뒷조사해보고 얘기해준 건데."

"너 남자 친구 생겼어?"

"응."

"언제?"

"암튼 그건 나중에 얘기하고. 너 왜 그랬어? 나쁜년아."

"내가 그런 게 아니라니까. 내가 왜 그런 짓을 해? 그리고 네 남친이 왜 내 뒷조사를 해?"

"널 한 게 아니라 미란이 글 올린 사람 뒷조사를 하니까 IP가 이 카페였다고."

"나 아니야. 그리고 25년 지기 친구를 사귄 지 얼마 안 된 남자 친구 말 한마디 듣고 의심해? 정말 실망이다. 가뜩이나 기분도 거지 같은데."

영선은 서운함을 고스란히 드러냈다. 그리고 이어서 경자에게 말했다.

"나 방금 이혼하고 오는 길이야."

병심이 나간 덕분에 마침 미란의 옥탑방이 비어 있었다. 자초지종을 들은 미란은 동찬이 그 옥탑방에 머물면 좋겠다는 생각을 했다. 유한과 향자도 반대하지는 않았다. 다만 두 사람의 사이를 알기 전까진. 동찬이 짐을 풀고 있는데 황 박사가 찾아왔다. 전보다 밝아진 표정의 황 박사는 기대에 부푼 듯 말했다.

"마 피디, 앞으로 바쁠 거야. 많은 일이 생길 거고."

"이석두 회장이 깨어났으니까요. 국면이 전환될 겁니다. 박사님 할 일도 많아지실 거고요."

"20년 전 나한테 그런 약속을 했었지. 오로지 한국의 자본과 기술력으로 냉동인간 역사를 실현하는 걸 돕겠다고."

"그랬었죠."

"곧 현실이 될 거 같아. 정상체온 복구만 성공하면 돼. 그럼 이 실험은 완벽한 성공이야."

"그런데 박사님, 우린 언제쯤 정상적인 사람들과 똑같이 살 수 있는 겁니까?"

"곧."

황 박사는 확신에 찬 표정으로 답했다.

미란은 천장을 바라보며 배시시 웃었다. 머리 위에 동찬이 있다고 생각하니 함께 있는 것 같아 마냥 좋았다. 보고 싶다는 동찬의 메시지를 받고서 미란은 몰래 옥탑방으로 향했다. 서로의 눈빛에 이끌려 가벼운 입맞춤은 곧 진한 키스로 이어졌다. 그러나 어김없이 두 사람의 손목에 채워진 바이탈 워치가 경보음을 울려댔다.

"너 무슨 생각했어? 이상한 생각했지?"

"피디님 거가 먼저 울렸잖아요."

"우리 나가자. 여긴 좀 그래."

찜질방 안의 아이스방은 온전히 두 사람만을 위한 공간이 되었다. 달아오른 열기를 식히며 두 사람은 작은 소망을 이야기했다.

"빨리 정상체온 복구하고 다른 사람들 하는 거 다 하면서 살고 싶다."

"나도."

"이런 데서 춥고 싶다."

"나도."

"뜨거운 아메리카노를 5분 안에 마시고 싶다."

"나도."

"너랑 뜨겁게 사랑하고 싶다."

"나도."

동찬이 말하면 미란은 맞장구를 쳤다. 이번엔 미란이 말해 보았다.

"귀마개, 털모자, 레깅스, 나 롱부츠 신고 싶다."

"나도."

동찬도 당연하다며 말했다. 다시 서로의 눈빛에 이끌려 두 사람의 사이가 가까워지려 할 때, 한 무리의 사람들이 아이스방으로 들어왔다. 그러나 얼마 버티지 못하고 곧 나가버렸다. 덕분에 아이스방은 다시 두 사람만의 공간이 되었다.

"그러니까 저 옥탑방은 너랑 관련된 남자들이 머물다 가는 곳이니?"

미란을 조수석에 태우고 방송국으로 향하던 동찬은 불편한 기색을 숨기지 못했다. 동찬이 잠시 살고 있는 옥탑방에 얼마 전까지 병심이 머물고 있었단 사실을 알아버렸기 때문이었다. 게다가 지훈의 엄마가 영선이고 영선의 남편이 병심이고 그러니까 지훈의 아버지가 병심이란 걸 알고 나서는 그야말로 황당함에 말문을 잇지 못했다. 차가 방송국 주차장에 멈춰서자 동찬도 미란을 따라 내렸다. 현기는 사표를 내고도 방송국을 제 집처럼 드나드는 동찬이 영 못마땅했다. 사장실로 조르르 달려가 험담을 늘어놓아보지만, 홍석의 반응은 현기가 기대한 것과 달랐다.

"아무래도 정직 정도에서 끝내고 다시 불러들여야 할 거 같아."

"사표 수리 아직도 안 했어요?"

"이사회에서 마동찬 내보내면 큰일 난대. 못 잘라."

홍석은 곤란한 표정으로 말했다. 이제 좀 마음이 편해지나 했는데, 현기의 근심이 다시 깊어졌다.

방송국 편집실에서 모니터를 들여다보며 동찬이 하고 있던 일은 유튜브 채널을 개설하는 것이었다. 이번엔 대체 뭘 하려는 걸까, 곁에 앉아 지켜보던 김진은 그 꿍꿍이가 궁금했다. 그러나 동찬은 김진에게도 자신의 계획을 말해주지 않았다. 멋쩍게 있던 김진은 문득 방송국 로비에서 하영과 마주쳤던 걸 떠올렸다. 김진은 망설이다가 무거워진 얼굴로 말을 꺼냈다.

"내가 말 안 한 게 하나 있는데. 안 하고 있기 너무 힘들어서. 형이랑 사귀었던 하영이 있죠? 20년 전 저를 찾아왔었어요. 마동찬 실종 사건을 조사할 수 있게 같이 경찰서에 가자고. 아무도 자길 도와주지 않는다고. 그런데 제가 너무 무서워서 거절했어요. 미안해요."

자판을 두들기던 동찬의 손이 멈췄다.

그동안 하영을 향했던 미움과 원망의 감정이 결국 오해에서 비롯된 것임을 비로소 동찬은 알았다. 동찬의 전화를 받고 하영이 옥상에 도착했을 때, 동찬의 눈가는 이미 붉어져 있었다.

"넌 왜 맘속에 있는 얘길 다 안 해? 예전부터 그랬어. 맘속에 있는 얘길 다 하지 않았어. 내가 널 그렇게 오해했을 때 왜 제대로 속 시원하게 말을 안 했어? 경찰서에 가서 모든 걸 이야기하려고 했다는 한마디만 했어도. 네가 이야기해주길 기다렸어. 엄마가 아팠고, 돈이 필요했고 어쩔 수 없었다. 그런 이야기라도."

동찬은 다시 하영에게 원망의 말들을 쏟아냈다. 듣고만 있다가 하영은 힘겹게 입을 열었다.

"내가 잘못한 게 너무 눈덩이 같아서. 끝까지 당신 찾아다니지 않은 내가 미워서."

"나는 네가 날 버렸다고 생각했어. 내가 20년 만에 깨어나서 젤 힘들었던 게 뭔지 알아? 이렇게 변해버린 세상도 내 실종을 찾지 않았던 방송국도 아니야. 나를 찾지 않은 너였어. 내가 얼마나 힘이 들었는데. 내가 얼마나 고통스러웠는데."

"내가 더 버텼어야 했는데 그러질 못했어. 결국 당신을 찾지 않았잖아. 당신하고 성공을 바꿨잖아."

하영은 여전히 미안함만을 말했다. 동찬은 결국 참았던 눈물을 흘렸다. 다가와 눈물 닦아주며 하영은 동찬을 안았다.

"난 이제 당신 품에서 울기엔 너무 늙어버렸어. 내가 당신을 안아줄게. 그리고 나 용서하지 마."

동찬이 사표를 낸 게 맞긴 하냐며 수군대며 옥상에서 내려오던 피디들의 말을 듣고 미란은 옥상으로 향했다. 그리고 부둥켜안고 함께 눈물 흘리는 동찬과 하영의 모습을 보고 말았다.

얼고 싶은 사람들

"제발 잘 살아."

하영이 떠나고 홀로 남은 동찬은 복잡한 심경을 그 한마디로 추스르려 했다.

미란은 축 처진 어깨를 하고 계단을 터벅터벅 내려왔다. 해가 저물 무렵이 되자, 거리를 헤매던 미란은 영선과 경자에게 전화를 걸었다.

"우리 한잔할까."

포도주 대신 주스가 담긴 잔을 앞에 놓고, 미란은 병심과 이혼을 했다는 영선과 현기와 사귀게 되었다는 경자의 이야기를 듣게 되었다. 이별과 사랑의 이야기 중에 미란의 이야기는 어디쯤 위치하고 있을까? 미란은 20년 점괘에서 말한 운명의 상대가 과연 동찬이 맞을까 질문을 해보았다. 그러나 미란보다 인생을 더 산 영선과 경자도 마땅한 답을 내놓지는 못했다.

여전히 축 늘어진 어깨를 하고 돌아오는 길이었다. 미란은 누군가 뒤를 쫓는 기분을 느꼈다. 점점 발걸음을 빨리 하다 곧 거친 숨을 내쉬며 달리기 시작했다.

미란이 좀처럼 전화를 받지 않고 있었다. 하지만 남태의 전화는 곧바로 받는 걸 보고 동찬은 미란이 자기 전화를 피한다는 걸 알았다. 걱정이 된 동찬은 집 앞으로 나와 미란이 오기를 기다리고 있었다. 그때, 미란이 숨을 할딱이며 달려왔다.

"왜 그래? 무슨 일 있어?"

"아, 아니에요. 아무것도."

"너 왜 내 전화 안 받아?"

"받기 싫어서요."

"왜 받기 싫은데?"

"그 점에 대해 이야기하면 싸울 거 같고, 지면 억울할 거 같고, 결국 상처받을 것 같아서."

"아니야. 난 들어야겠어. 네가 상처 안 받게 해볼 테니까."

"아뇨. 피디님은 그거 못 해요. 내가 을이기 때문에 내가 무조건 상처받아요."

"네가 왜 을인데?"

"그, 그야. 내가 더 좋아하니까."

미란의 눈빛을 살피던 동찬은 미란에게 무슨 일이 있었음을 눈치챘다. 그러나 미란은 대답을 미루고 집으로 들어가버렸다.

대체 미란은 왜 화가 난 것일까? 다시 전화를 해볼까, 전화기를 만지작거리던 그때, 노크 소리와 함께 황 박사가 옥탑방 안으로 들어왔다. 동찬은 황 박사에게 머물 집을 곧 마련하겠다는 말을 전했다. 그러나 황 박사는 재단의 돈을 함부로 써서는 안 된다며 더구나 남태와 정이 들어버렸다며, 정상체온 시약 개발이 끝나면 그때 다시 이야기하자고 답했다. 말이 나온 김에 동찬은 시약이 나오면 먼저 맞게 해 달라고 황 박사에게 부탁했다. 그런데 황 박사는 곤란한 표정을 짓는 것이었다.

"미란 씨는 자기가 먼저 맞겠다고 하던데."

지난번에도 그러더니, 하지만 결과를 예측할 수 없는 시약 투약만은 미란에게 양보할 수 없었다. 동찬은 재차 부탁하자 황 박사는 웃으며 고개를 끄덕였다.

좀처럼 일이 손에 잡히지 않았다. 사무실 책상 앞에 앉아 노트북을 들여다보던 미란은 인터넷 창에 나하영을 검색해보았다. 무수한 기사들과 함께 성공한 여성의 대표 주자로 하영이 소개되고 있었다. 그에 비한다면, 나이만 어릴 뿐 내세울

게 없다는 조금도 생각이 미란을 한숨 짓게 만들었다. 게다가 그런 하영이 미란에게 말했었다.

“동찬 씨, 잘 지키세요. 누구라도 뺏고 싶은 남자잖아요.”

엘리베이터를 기다리던 미란은 마침 기자들과 이야기를 나누고 있는 하영의 모습을 보았다. 여전히 부러울 정도로 멋진 모습이었다. 미란이 엘리베이터 안으로 들어서자, 뒤따라 하영도 엘리베이터를 탔다. 모처럼 둘만 있는 공간에서, 미란은 참아왔던 질문을 해보았다.

“왜 아직까지 결혼 안 하신 거예요?”

“지금 상당히 무례한 건 알고 있죠?”

“그렇게 들리셨다면 죄송해요.”

“마동찬 때문에 결혼 못 했나, 그걸 묻고 싶은 거예요? 차라리 그렇게 직접적으로 물었음 대답이 쉬웠을 텐데요.”

“지금도 그 사람 좋아해요?”

“고미란 씨!”

“국장님, 멋있어요. 여전히 예쁘시고요. 무엇보다 마동찬이 사랑했던 사람이잖아요. 저 국장님 신경 쓰여요.”

“그렇게 자신이 없어요?”

마침 엘리베이터가 멈췄다. 사무실로 돌아온 미란은 하영이 남긴 말을 되뇌어보았다. 그리고 뒤늦게 대꾸해보았다.

“자신이 없긴 누가?”

그때, 동찬이 미란의 앞으로 다가왔다.

"어제 여기서 나하영 국장님이랑 있는 거 봤어요."

미란의 말을 듣고 나서야 동찬은 미란이 토라진 이유를 알 수 있었다. 미란은 둘 사이에 있었던 일에 대해 듣고 싶어 했다. 그러나 동찬은 오래된 오해를 풀었을 뿐이라며 더 이상은 말해주지 않았다. 섭섭한 표정을 감추지 못하던 미란은 대뜸 물었다.

"피디님, 날 좋아하긴 하는 거예요? 곰곰이 생각해보니까 그래요. 피디님은 옥탑방에 전 남친이 있었대도 별로 질투도 안 하고. 나한테 반한 거 같지도 않고."

미란은 사랑을 확인받고 싶어 하고 있었다. 그 마음을 아는 듯, 동찬은 너스레를 떨어댔다.

"질투를 안 한 건 가치가 없어서야. 그럼에도 불구하고 마음속은 부글부글했어. 질투 안 나는 척하느라 열이 얼마나 올랐는지 알아? 너 앞에서 쪼잔해 보이기 싫어서 멋진 남자인 척하려고 쿨하게 웃고 넘겼지만 머릿속은 난장판이었다고. 너한테 반한 거 같지 않다고? 그래, 뭐 솔직하게 말해서 내가 너한테 첫눈에 반한 건 아니야."

그 소리가 또 섭섭한지 미란은 눈시울을 적셨다. 그러나 동찬은 말을 멈추지 않았다.

"내가 원래 맘에 없는 소릴 못하니까. 네가 이해해."

"계속 해봐요. 어디. 반하지도 않은 날 왜 좋아하는데요?"

"그러니까 나도 이해가 안 돼. 대체 뭐가 좋아서 좋은지 모르겠는데 좋아 죽겠으니까. 나 옛날 남자야. 오글거려 더 못 하겠으니까 여기까지 하자."

"지금 갑질 하는 거예요?"

"어제부터 왜 자꾸 네가 을이라고 하는데?"

"피디님은 아무리 날 좋아해도 나한테 안 돼요. 어차피 내가 더 좋아하니까."

"까불지 마. 네가 뭘 안다고? 마음을 꺼내서 저울에 달아보기라도 했어?"

무슨 생각이 났는지 동찬은 자기 휴대폰에 저장된 고미란의 이름을 '갑'으로 바꾸었다. 그리고 미란의 휴대폰에 저장된 자기 이름도 마저 바꾸려는데, 아무리 이름을 검색해도 동찬의 번호가 나오지 않았다. 미란이 말해주고 나서야 동찬이 미란의 휴대폰에 '차가운 놈'으로 저장된 걸 알았다. 이래 놓고 내가 갑이라고 투덜대며 동찬은 자기 이름을 '을'로 바꾸었다. 이로써 두 사람의 갑과 을의 관계가 명확해졌다며 동찬은 웃었다.

이형두 구속 기사를 검색하던 하영은 형두의 살인 혐의 중 한 건에 대한 증거가 채택되지 않은 걸 발견했다. 하영은 곧바로 기자에게 전화를 걸어 자초지종을 물었다.

"테리킴이라는 사람이 아직 체포되지 않았습니다."

"뭐?"

"이형두가 고용한 전문 킬러인데 여권번호도 없고 경찰청 지문 기록도 없고 조회 자체가 안 되는 사람입니다."

아직 이형두 사건은 해결되지 않았다는 걸 하영은 알았다. 하영은 왠지 모를 불길한 기분을 느꼈다.

슈트 차림의 젊은 남자가 경호원들을 대동하고 방송국으로 들어섰다. TBO 최대 주주인 우신건설의 아들 장우신, 그는 미란을 만나고 싶어 했다. 미란과 마주한 자리에서 우신은 기범을 만나고 오는 길이라고 말했다. 이유를 묻자 불치병에 걸린 여자 친구와 함께 냉동캡슐에 들어갈 생각이라고 했다.

"제가 고미란 씨를 찾아온 건, 전 추위도 안 타고 괜찮은데 여자인 그 친구가 긴 시간을 그 안에 있어도 정말 괜찮은지, 안에서 아프진 않는지, 그런 게 궁금해서요."

그래서 우신은 직접 눈으로 확인해보고 싶었던 것이었다. 미란은 웃으며 답했다.

"하나도 아프지 않아요. 춥지도 않고요. 더 좋은 세상만을 꿈꾸시면 돼요."

대답을 듣고 우신은 안도하는 표정을 지었다. 그런 우신을 따뜻한 눈으로 바라보다 미란은 문득 궁금해진 걸 물었다.

"그런데 왜 같이 들어가시려는 거예요? 밖에서 여자 친구 기다리면 될 걸?"

"그 사람과 시간과 공간을 함께하고 싶어서요."

그날 밤, 미란은 동찬에게 우신을 만난 이야기를 전했다. 그리고 덧붙였다.

"혹시 내가 캡슐에 들어가더라도 함께 캡슐에 들어가진 말아요."

"왜 그런 소리를 해? 네가 캡슐에 왜 또 들어가?"

"나한테 그런 일이 생기면 밖에서 날 지켜줘. 알았죠?"

"그런 걱정 마. 내가 거길 왜 또 들어가? 절대 안 들어가."

말하며 동찬은 미란의 머리를 쓰다듬었다. 그 와중에 미란은 고개를 갸우뚱거렸다. 묘하게 기분이 좋지 않았기 때문이었다.

동찬은 사장실로 찾아가 20년 전 하고 싶었던 일을 마무리하고 방송국을 떠나겠다는 의사를 전했다. 그리고 지훈이 반강제적으로 동찬의 새로운 프로젝트에 참여하게 되었다. 동찬의 새로운 프로젝트의 이름은 이른바 '얼고 싶은 사람들'이었다. 유튜브로 참여를 신청한 사람들이 사전 인터뷰를 통해 저마다 얼고 싶은 이유에 대해 말했다. 성형수술을 실패했는데 10년 뒤에 깨어나면 재수술이 가능할까 싶어서, 그냥 삶의 의욕이 없어서, 수능 치기가 싫어서, 사업 실패로 현실을 도피하고 싶어서, 갖고 있는 재산을 자녀들에게 물려주기 싫어서. 대부분 시답지 않은 사연들이었지만, 그중 동찬의 마음을 울린 사연도 있었다. 희귀 소아암에 걸린 아이를 둔 40대 부부는 항암 치료제가 개발될 때까지, 아이를 냉동캡슐에 두기를 바랐다.

"두 분 마음 이해합니다. 제가 할 수 있는 건 뭐든 도와드릴게요. 그런데 항암제 개발은 20년, 30년, 50년이 걸릴 수도 있어요. 그 시간 동안 아드님과 공유할 수 있는 시간과 추억, 그런 걸 잃어버리는 겁니다."

동찬의 말에 아이의 부모는 고개를 끄덕였다. 하지만 아무리 그래도 아이가 죽어가는 걸 보고만 있을 수 없다고, 어린 아이는 아직 못 만난 세상이 많으니까 가진 시간을 모두 아이에게 주고 싶다고 말했다.

"너무 가슴이 답답하네요. 제가 저 아들 입장이라면 안 들어갈 거 같고, 부모님 입장이라면 살리겠다고 들어가게 할 거 같고."

부부가 떠나고 지훈은 동찬에게 말했다. 동찬도 지훈에 말에 공감하며 고개를 끄덕였다.

"그런 사연들 때문에 황 박사님도 연구를 시작하셨지. 그런데 아까 인터뷰에서도 봤지만 냉동인간에 대해 너무 쉽게 생각하는 사람들이 많아. 이 프로젝트의 개념과 목적부터 다시 알려야 해."

방송국 지하주차장에서 미란은 동찬을 기다리고 있었다. 마침 퇴근을 하고 나오던 하영은 미란에게로 오토바이 한 대가 빠른 속도로 다가오는 것을 보았다. 놀란 하영은 미란을 향해 다급한 목소리로 외쳤다.

"고미란 씨."

덕분에 고개를 돌린 미란은 급히 몸을 피했다. 오토바이는 그대로 미란을 지나쳐 주차장을 빠져나갔다. 하영은 놀란 미란을 국장실로 데려갔다. 그리고 동찬에게 전화로 조금 전 일어난 일을 알렸다. 놀란 동찬의 목소리를 듣고 착잡한 마음을 느낀 채, 하영은 관재실로 전화를 걸었다.

"주차장 CCTV 6시 40분경 확인 부탁드립니다."

잠시 후, 경찰서에서 연락이 왔다. 미란에게 돌진했던 그 오토바이는 예상대로 대포 차량이었다.

"내가 봤을 때 그 오토바이, 실수 아니고 고의적이었어요. 황 박사님 납치범 수배 중인 건 알고 있죠? 혹시 모르니까 앞으로 조심해요."

"고맙습니다."

"나 고미란 씨에게 고마운 사람 아니에요. 고마워할 필요 없어요."

하영은 차갑게 말했다.

미란으로부터 자초지종을 듣고 난 동찬의 얼굴에 근심이 깊어졌다.

"아무래도 백 형사한테 신변보호 요청을 해야겠어."

"나하영 국장님 아니었음 큰일 날 뻔했어요. 너무 놀랐더니 아직도 몸이 막 뜨거운 거 같아."

차가운 것이 먹고 싶다는 말에 동찬은 미란을 빙수 집으로 데려갔다. 하지만 미란만 남겨두고 한참 뒤에야 돌아오더니 상자 하나를 내밀었다. 미란은 선물인 줄 알고 좋아했지만, 상자 안에 담긴 것은 다름 아닌 전기충격기였다.

"아무래도 불안해서 안 되겠어. 이거 꼭 들고 다녀."

"지금 시험해봐도 돼요?"

"장난 아니다. 너한테 얼쩡대는 사람한테는 무조건 이걸 먹여."

그 말을 듣자마자 미란은 동찬의 몸에 전기충격기를 가져다 대려 했다. 동찬이 놀라 뭐하는 짓이냐고 묻자 미란은 장난스럽게 말했다.

"나한테 젤 얼쩡대는 사람이잖아요."

이런 상황에서도 저런 웃음이 나올까, 동찬은 어이없었지만 그런 모습이 또 좋았다. 동찬은 따스한 눈빛으로 미란을 바라보았다. 그때 분위기를 깨고 전화벨이 울렸다.

"형, 화장실 고쳤어. 집으로 와."

동식이었다. 그러나 동찬은 집에 돌아갈 수 있다는 사실이 조금도 반갑지 않았다. 계속 미란의 집 옥탑방에 머물고 싶어서 동찬은 못 들은 척 동문서답을 해댔다. 그날 밤, 동찬의 전화가 울렸다. 황 박사는 정상체온 복구 시약이 드디어 완성되었다는 소식을 전했다.

하영은 미란이 했던 고맙다는 말이 내내 마음에 걸렸다. 그 말을 들을 자격이 없는데, 결국 하영은 미란에게 전화를 걸었다. 미란의 집 근처 카페에 불러낸 뒤, 하영은 미란에게 모두 고백했다. 고미란을 두고 이형두와 거래를 했던 일, 다시 고미란을 냉동캡슐에 넣어 달라고 말했던 그 일들을 모두.

"왜 그런 거래를 한 거죠? 어, 어떻게 그럴 수가 있어요?"

"한 남자를 향한 끝나지 않은 사랑 그리고 집착, 그 남자가 사랑하는 여자를 향한 질투, 이해 안 될 거예요. 나 그렇게까지 밑바닥을 보였어요."

"내가 없어지면 그 사람을 되찾을 수 있다고 생각하신 거예요?"

"그 남자를 고통스럽게 하고 싶었어요. 시간이 엇갈려서 자신이 늙어 있을 때, 사랑하는 여자가 여전히 젊은 모습으로 나타나 외면당하는 고통을 느끼길 바랐어요."

"그 사람도 이 사실을 알아요?"

"아직요. 곧 알게 되겠지요. 그 사람한테 말해도 나는 상관없어요."

말하며 하영은 자리에서 일어났다. 뒤돌아가는 하영을 향해 미란은 말했다.

"피디님은 몰랐으면 좋겠어요. 이건 우리 둘만 알아요."

하영은 대답 없이 카페를 나왔다. 차로 돌아온 하영은 모든 걸 내려놓은 듯 마음속으로 중얼댔다.

"다 끝났어. 됐어. 이제."

막 잠든 동찬은 미란의 인기척에 눈을 떴다.

"기다리다 지쳐 자려고 했더니 뭐하다 이제 와?"

"친구 만났어요."

"그 미녀 친구?"

미란은 주저하다 고개를 끄덕였다. 그런 미란의 얼굴을 매만지던 동찬은 뭔가 생각난 듯 일어나 포장된 박스를 미란에게 건넸다. 또 무슨 가스총쯤으로 생각한 미란은 그 안에 커플 시계가 들어 있는 것을 보고 화들짝 놀랐다.

"우리 이제 이거 필요 없을 거야. 조금만 참자."

동찬은 미란의 손목에 채워진 바이탈 워치를 매만지며 말했다.

날이 밝았다. 사복 경찰들의 삼엄한 감시 속에 기범의 연구실에서는 황 박사와 기범은 정상체온 복구 시약을 동찬에게 투약할 준비를 하고 있었다. 그리고 그런 모습을 지훈이 영상에 담고 있었다.

"투약 일주일 후, 완전한 정상체온으로 복구가 됩니다."

투약이 끝나자 동찬의 체온은 순식간에 31.8도까지 치솟으며 동찬을 가슴 움켜쥐게 만들었다. 황 박사는 이미 예상했다는 듯 말했다.

"일시적인 현상입니다."

미란은 백 형사가 모는 차에 몸을 싣고 방송국으로 향하고 있었다. 가는 도중, 백 형사는 동찬이 황 박사를 만난다는 소식을 전했다. 동찬이 어쩌면 먼저 시약을 투약받을지 모른다는 생각을 미란은 했다. 그때, 백 형사는 사이드미러로 경찰차 한 대가 뒤따라오는 것을 보고 고개를 갸웃거렸다.

"지원 없다고 했는데 뭐지?"

백 형사는 차를 세웠다. 백 형사가 차에서 내린 사이 미란은 동찬에게 전화를 걸어보았다. 그러나 동찬은 전화를 받지 않았다. 그나저나 백 형사는 왜 돌아오지 않는 걸까? 룸미러를 살피던 미란은 바닥에 쓰러진 듯한 백 형사의 다리를 보았다. 뒤이어 창문을 두들기는 소리가 들렸다. 창밖에는 경찰복 차림의 남자가 선글라스를 낀 채 서 있었다.

뜨거운 남자 VS 차가운 여자

"창문 좀 내려주시겠습니까?"

경찰복을 입은 남자가 차가운 표정으로 말했다. 미란은 눈치채지 못하게 가방에서 동찬이 준 전기충격기를 꺼냈다. 미란이 반응이 없자 남자는 조수석 문을 열려 했다. 미란이 재빨리 잠금장치를 눌렀지만 남자의 행동이 더 빨랐다. 순식간에 남자는 차문을 열고 미란을 잡아챘다. 그 순간, 미란은 들고 있던 전기충격기를 남자를 향해 휘둘렀다. 미처 예상하지 못한 듯 놀란 남자가 미란에게서 몸을 뗐다. 그 순간을 놓치지 않고 미란은 남자를 발로 밀어내고 운전석으로 옮겨 앉았다. 차를 출발하며 미란은 전화기에 다급한 목소리로 외쳤다.

"경찰이죠? 도와주세요."

테리킴이 경찰차를 타고 다닌다는 소식을 전해 듣고 하영은 내내 마음이 편치 못했다. 때마침 경찰서에서 전화가 걸려왔다. 결국 우려했던 일이 일어나고 만 것이었다. 전화를 끊자마자 하영은 박 기자에게 전화를 걸어 다급한 목소리로 말했다.

"오늘 청운경찰서 주재 팀에 인력 보강해줘. 특보 낼 거야. 테리킴 얼굴 잘 나온 사진으로 준비해. 변장 후 모습들 다 만들 거야. CG 팀 내가 컨택 할게."

급격히 올랐던 동찬의 체온이 다시 31.5도로 돌아갔다. 심박수도 다시 정상을 되찾았다.

"6일째 한 번 더 투약을 할 겁니다. 정상체온 복구 성공 여부는 그러고 나서 24시간 후에 확인할 수 있을 겁니다."

황 박사의 말을 듣자마자 동찬은 지훈에게 말했다.

"다 촬영하고 있는 거지?"

"네. 걱정 마세요."

동찬은 지친 모습으로 지훈이 모는 차에 몸을 맡겼다. 휴대폰을 확인하던 동찬은 미란에게서 걸려온 부재중전화 메시지를 보고 통화 버튼을 눌렀다. 미란은 아직 충격에서 벗어나지 못한 듯 멍하니 경찰서 벤치에 앉아 있었다.

"전화했었네. 무슨 일 있어?"

동찬의 물음에 미란은 망설이다 말했다.

"아뇨. 목소리가 왜 그래요? 아파요?"

"아니야. 아무 일 없으면 됐어. 이따 보자."

말하며 두 사람은 전화를 끊었다.

답답한 마음이 든 미란은 경찰서를 나와 주위를 두리번거리고 있었다. 마침 황 박사로부터 전화가 걸려왔다.

"미안해요. 약속 못 지켜서. 마동찬 피디가 그 시약을 먼저 맞았습니다."

"그 사람이 먼저 맞았다고요?"

"네. 말하지 않은 건 미안해요. 마 피디가 간곡히 부탁을 해서요."

"지금 그 사람 괜찮아요?"

집으로 돌아오자마자 동찬은 침대 위에 몸을 눕혔다. 괴로움에 몸을 뒤척이고 있을 때, 전화벨이 울렸다. 백 형사는 다 죽어가는 목소리로 말했다.

"저 그놈에게 당해서 병원에 있어요. 그 자식 백차 하나를 수배해서 경찰 행세를 하고 다녔어요. 근데 그 자식이 고미란 씨를 습격하려다가."

"뭐?"

"끝까지 들으세요. 고미란 씨한테 반격당해 실패했어요."

전화를 끊자마자 동찬은 겨우 몸을 일으켜 주섬주섬 옷을 챙겨 입었다. 그리고 막 현관문을 나서려는데 초인종이 울렸다. 문밖에는 미란이 서 있었다. 미란은 포장해 온 죽을 덜어 동찬의 앞에 놓았다.

"일단 먹어요. 그러고 나서 우리 싸우더라도 싸워요."

"방송국 당분간 쉬어. 그 자식 잡힐 때까지."

"쉬어야 할 사람은 내가 아니라 피디님이죠."

"난 괜찮아."

동찬은 보란 듯이 죽을 한 숟가락 떠서 입에 넣었다. 그러나 제대로 삼키지도 못하고 구역질을 했다.

"안 괜찮은 거 같은데."

"미안한데 아직 뭘 먹지는 못하겠어."

"왜 주사 맞는 이야기, 나한테 안 했어요?"

"뭐든 네가 먼저 하잖아. 말하면 또 먼저 해버릴까 봐."

"내가 먼저 맞으려고 날 다 잡아놓고 회사에 월차까지 냈단 말이에요."

"어련할까. 월차를 낼게 아니라 당분간 휴직을 해. 그 자식 잡힐 때까지."

"아뇨. 그럴 순 없어요. 내가 그 자식 잡을 거예요."

미란은 가방에서 무언가를 꺼내 보였다. 호신용 스프레이였다.

"범인은 우릴 노리고 있어요. 나타나면 이걸 뿌릴 거예요."

"괜히 나대지마. 공권력의 힘을 빌리자 우리."

"경찰이 당했잖아요. 피디님은 정상체온 복구에만 힘쓰세요. 내가 잡을 거니까. 전기충격기로 선방을 날렸으니 그 자식도 우릴 만만하게 보진 않을 거예요."

"할리우드 영화 그만 봐. 네가 원더우먼인 줄 알아? 집에 딱 붙어 있어. 방송국도 나가지 마. 잡긴 뭘 잡아. 너 제정신이야?"

"내가 연애는 숙맥이지만 다른 건 일당백이에요. 〈무한 실험천국〉 알바를 얼마나 했게요. 모든 건 기싸움이에요. 내가 두려워할수록 그 자식이 날 더 우습게 봐요."

"까불지 마. 그 자식 전문 킬러야. 상황 파악 제대로 해. 집에 가자. 내가 데려다줄게."

동찬을 그렇게 말하고 몸을 일으키려다 또 구역질을 했다. 미란은 어이없다는 듯 동찬을 보았다.

"몸이 그래 가지고 어딜 데려다준다는 거예요? 나 혼자 갈 수 있어요."

말하며 미란은 자리에서 일어났다. 동찬도 따라 일어나려다 다시 몸을 휘청거렸다.

그대로 동찬은 정신을 잃은 듯했다. 다시 눈을 떴을 때 미란이 걱정스러운 눈빛으로 바라보고 있었다.

"여태 이러고 있었던 거야?"

"대신 아파주고 싶네."

동찬은 옆자리로 손짓을 했다. 나란히 누워 서로를 마주보며 두 사람은 행복한 상상에 빠져들었다.

"일주일 후면 우리 이제 남들 하는 거 다 하면서 살 수 있어. 네가 그렇게 타고 싶어 하던 디스코 팡팡도 타고."

"또?"

"뜨거운 아메리카노도 같이 마시고."

"또?"

"또?"

"그런데 일주일 후가 아니라 이 주일 후예요. 황 박사님이 나더러 일주일 후에 맞으래요. 그럼 이 주 후잖아요."

"그래. 그러네."

동찬은 스스르 눈을 감았다.

눈을 떴을 때 미란의 모습은 보이지 않았다. 대신 식탁 위에 죽과 함께 메모가 적힌 포스트잇이 놓여 있었다.

"토하는 느낌이 나더라도 일단 먹어요. 황 박사님한테 물어보니 뭐든 먹어야 된대요."

동찬의 입가에 미소가 번졌다. 얼음물을 한 모금 마신 뒤, 동찬은 카메라를 삼각대에 고정해놓고 그 앞에 앉았다.

"투약 첫째 날, 12시간이 지났는데 아직 체온 변화는 없고요. 그런데 심장 박동수가 불규칙하고 두통이 좀 심합니다. 심장이 조여오는 느낌은 좀 있고요. 토할 거 같은 느낌은 사라졌지만 아직은 얼음물을 마셔야 합니다. 아직 난 냉동인간입니다."

다시 눈을 떴을 때 날은 밝아져 있었다. 몸도 마음도 전날보다 한결 편했다. 미란에게서 안부 메시지가 도착했다.

"잘 잤어요?"

"응. 잘잤어?"

"네."

"내일 옥탑 방으로 컴백할까?"

"그럴 필요가 있을까? 나 어제 피디님 화장실 썼는데. 고쳤던데?"

마음을 들켜버린 동찬은 멋쩍게 웃었다. 투약 2일째, 동찬의 체온은 32.8도였다.

투약 3일째, 두통과 흉통은 사라졌지만 약간의 어지럼증은 남아 있었다. 몸은 뜨거웠다 차가웠다를 반복했지만 동찬은 전보다 한결 기분이 좋아진 걸 느꼈다.

이젠 방송국에 와도 될 만큼 동찬의 몸이 나아진 듯했다, 편집실에서 지훈과 촬영을 준비하던 동찬은 몸이 으슬으슬 떨리는 것을 느꼈다.

"여기 에어컨 틀었냐?"

"네. 피디님 때문에 틀었는데?"

동찬은 바이탈 워치를 확인해보았다. 33.3도, 임계점 33도를 이미 넘은 상태였다. 동찬은 카메라 앞에서 말했다.

"현재 체온 33.3도, 임계점을 넘었습니다. 심장엔 아무 이상이 없습니다. 손발 저림도 없어졌고요. 그리고 저도 드디어 추위를 느끼기 시작했습니다."

정상에 가까워지고 있음을 느끼며 자기도 모르게 웃고 있는 동찬을 지훈은 빤히 바라보았다. 그리고 궁금한 듯 물었다.

"왜 이 실험 하셨어요? 후회 안 하세요? 이렇게 힘든데. 만약 시간을 돌리면 그때도 하실 거예요?"

동찬은 그런 지훈을 한참 바라보다 말했다.

"해야지."

"왜요?"

"아무도 안 하니까. 오늘보다 나은 내일을 위해. 아무도 하지 않으려는 일에도 도전하는 게 피디의 사명이니까."

지훈은 대답이 흡족한 듯 동찬을 바라보았다. 그러다 문뜩 말했다.

"형이라고 불러도 돼요?"

"됐어. 나 네 아버지보다 나이 많아."

"그럼 어르신이라고 불러드려요?"

"그래. 어르신 사장실 갈 거니까 넌 이거나 정리해. 그리고 연락처에 이모라고 바꿔라."

동찬이 사장실 앞에 다다랐을 때, 마침 사장실에서 하영이 나왔다. 동찬은 하영에게서 워싱턴 특파원 자리를 제안받았다는 이야기를 전해 들었다. 하영을 잡아두려는 홍석의 배려인 듯했다.

“2년 후에 돌아온다고?”

“내가 다시 돌아왔을 땐 친구로 마주 볼 수 있었으면 좋겠다. 나 좀 뻔뻔한가?”

“그때는 편하게 술 한잔하자. 친구로.”

“행복해.”

“응.”

“난 더 행복할 테니까.”

“꼭 그랬음 좋겠다.”

하영과 작별을 나누고 동찬은 사장실로 들어섰다. 동찬의 요구를 들은 홍석은 놀란 듯 눈이 커졌다.

“뭐? 그 자식 얼굴을 박아서 광고 방송을 내보내라고? 그게 돈이 얼만 줄 알아? 그리고 그거 심의에 걸려. 할 수가 없어.”

홍석은 어림없다며 말했다. 동찬도 홍석의 말을 이해 못 하는 건 아니었지만 상황을 이리 만든 건 홍석의 책임도 컸다. 그렇기에 뭔가 책임 있는 태도를 보이길 바랐다.

“사장님, 아직도 이형두랑 한패예요?”

“뭐라고?”

“그 자식 감옥에서도 우릴 노리고 있다고요. 미란이가 당할 뻔했단 말입니다. 무슨 소린지 아시겠어요?”

동찬은 열을 내며 말했다. 그런데도 바이탈 워치가 울리지 않았다. 이젠 마음껏 화를 낼 수 있었다.

사장실을 나온 동찬은 미란에게 달려갔다. 그리고 자랑하며 말했다.

"흥분해도 열 받아도 체온이 안 올라."

"정말요?"

"나 지금 황 박사님한테 잠깐 다녀올 테니까. 먼저 퇴근하지 말고 기다려. 절대 혼자 다니지 마."

퇴근 시간이 되었을 무렵, 동찬은 약속대로 미란을 찾아왔다. 함께 차를 타고 가며 동찬은 미란을 위해 에어컨의 온도를 낮추었다. 그러면서 동찬은 추운 듯 몸을 부들부들 떨어댔다. 미란은 그런 동찬의 변화가 기뻤다. 그리고 어서 빨리 동찬과 같은 체온이 되어 함께 춥고 싶어졌다.

"나 내일 당장 맞을까?"

"며칠만 참아. 끝날 때까지 끝난 게 아니니까. 황 박사님도 마지막 시약까지 맞고 끝까지 경과를 지켜봐야 한다고 말씀하셨어."

집으로 돌아온 동찬은 다시 카메라 앞에 섰다. 동찬의 체온은 34.7도를 나타내고 있었다. 촬영을 마치고 잠들었을 때, 동찬의 체온은 35도를 넘어섰다.

다음 날 아침, 동찬은 조깅복을 입고 거리를 달리고 있었다. 가쁜 숨을 몰아쉬고 멈춰선 동찬은 바이탈 워치를 확인해보왔다. 35.5도, 정상에 거의 가까워지고 있었다. 돌아와 샤워를 마친 동찬은 미란에게 들뜬 표정으로 전화를 걸었다.

"나 조깅도 했는데 멀쩡해. 진짜라니까. 오늘 휴일인데 우리 뭐할까?"

동찬과 미란은 그래왔듯이 찜질방을 찾았다. 그러나 아이스방은 더 이상 두 사람의 온전한 안식처가 되질 못했다. 동찬은 유리창을 사이에 두고 얼음 방 안에 있는 미란을 바라만 보았다. 결국 안으로 들어가보지만 얼마 버티지 못했다.

두 사람은 공원으로 나왔다. 동찬이 모는 자전거의 뒷자리에 가만히 몸을 맡긴 미란은 쏟아지는 바람을 맞았다.

"이거 말고 또 하고 싶은 거 없어?"

"많죠. 내가 피디님 자전거 태워주고 싶고, 아이스방 말고 진짜 찜질방도 가고 싶고. 우리 둘이 별 보러도 가고 싶어요."

"좀만 기다려. 우리 하고 싶은 거 다 하자. 알았지?"

동찬의 말에 미란은 신이 났는지 큰소리로 함성을 내질렀다. 덕분에 동찬은 미란의 체온이 오를까, 마음 졸였지만. 35.5도와 31.5도의 데이트는 그랬다. 공원에서 나온 두 사람은 커피숍에서 마주 앉았다. 그러나 동찬이 앞에는 따뜻한 아메리카노가, 미란의 앞에는 여전히 아이스 아메리카노가 놓여 있었다. 미란은 부러운 듯 동찬을 바라봤다.

"맛있겠다. 배신자."

"너도 금방 먹게 될 거야."

미란은 방송국에 남은 일이 있다며 갑작스럽게 데이트 종료 선언을 했다. 동찬은 못마땅해 했지만 미란의 고집을 꺾을 수는 없었다.

미란을 태운 동찬의 차가 방송국 앞에 멈춰 섰다. 미란은 주위를 두리번거리다 동찬의 입에 얼른 입을 맞추었다. 그리고 떨어지려는데 동찬은 미란을 붙잡고 본격적인 입맞춤을 시작했다. 그러나 곧바로 미란의 바이탈 워치가 요란하게 경고음을 울려댔다. 결국 두 사람은 떨어질 수밖에 없었다.

"수능 일주일 남은 고3처럼, 기다리자. 우리."

"네."

투약 5일째, 동찬의 체온은 여전히 35.5도를 나타냈다. 아무리 조깅을 해도 계단을 빠르게 올라도 동찬의 체온은 더 이상 오르지 않았다. 시약 투약 6일째, 기범의 연구실을 찾은 동찬은 마지막 시약을 투약받았다. 황 박사와 기범은 마지막 고비가 될 거라며 동찬을 다독였다. 예상한 대로 극심한 오한과 몸살이 찾아왔다. 집으로 돌아온 동찬은 두꺼운 이불 속에 몸을 맡겼다. 고통이 사라지기 전까지 동찬은 이불 밖을 벗어날 수 없었다.

미란은 전화기를 내려놓았다. 동찬의 힘없는 목소리를 듣고 나니 더욱 걱정이 되었다. 그런 미란에게 택배가 도착했다.『사랑에 관한 모든 것』, 책 속에는 미란이 쓴 글도 실려 있었다.

차가운 여자의 뜨거운 마음, 고미란.

책장을 넘기다 미란은 고개를 들어 동찬의 빈자리를 바라보았다. 그의 빈자리가 유난히 더 크게 느껴졌다.

땀에 젖은 채 동찬은 눈을 떴다. 뭔가 몸이 전과는 달랐다. 이불을 걷어내고 자리에 일어나 앉았다. 더 이상 춥지 않았고 몸도 한결 가벼웠다. 동찬은 이리저리 몸을 움직여보다가 떨리는 마음으로 바이탈 워치를 확인해보았다. 그리고 곧바로 미란에게 전화를 걸어 떨리는 목소리로 말했다.

"나 드디어 36.5도야."

"정말요? 정말 36.5도예요? 잘됐다. 너무 잘됐다."

"우리 별 보러 가자."

밤하늘의 별이 유난히 반짝이고 있었다. 두 사람은 행복한 미소로 밤하늘을 올려다보았다.

"미란아. 미안하고 고마워."

"처음에는 정말 막막하고 억울하고 속상했는데. 지금 생각해보면 좋은 것도 있었던 거 같아요."

"뭔데?"

"피디님요. 덕분에 우린 그 누구도 함께하지 못한 우리 둘만의 시간을 가지게 됐잖아요. 그리고 이렇게 사랑하게 됐잖아요."

동찬은 그런 미란을 사랑스럽게 바라보다가 꼭 안아주었다.

"조금만 기다려. 이제 진짜 우리도 남들처럼 사랑하면서 살아갈 수 있어."

두 사람의 모습이 밤하늘과 함께 한 폭의 그림으로 남은 밤이었다.

검진 결과 동찬의 몸 상태는 모두 정상으로 나왔다. 황 박사는 미란이 원한다면 곧바로 시약을 투약받을 수 있게 준비해놓겠다는 약속을 했다.

온기 가득한 음식과 함께 동찬의 앞에는 따뜻한 미역국이 놓였다.

"너 오늘 새로 태어났다."

원조는 감격에 겨운 눈빛으로 말했다. 동찬은 숟가락을 들어 미역국을 입에 넣었다. 갓 끓인 국이 조금도 뜨겁지 않았다. 어린 조카만은 이제 동찬이 더 이상 냉동인간이 아니라며 실망하는 반응을 보였지만, 가족들은 저마다 동찬과 함께할 꿈에 부풀어갔다. 동식은 동찬과 함께 사우나에 가자고 말했다. 함께 사우나에 가서 서로의 등을 밀어주고 함께 땀도 쭉 빼고 그러자고. 사우나를 마치고 나면 동주는 진탕 술을 마시

자고 말했다. 평범한 일상이 시작되고 있었다. 그 일상 속에 미란도 어서 들어와 함께하기를 동찬은 바랐다.

"내일 주사 맞자니까?"

방송국을 찾아간 동찬은 재촉하며 말했다. 그러나 미란은 곤란한 표정을 지었다.

"내일 티저 촬영이라. 모레 맞을게요."

"지금 일이 중요해?"

"나한테 피디로서의 뜨거운 열정과 심장을 갖게 한 게 누구였더라?"

"그럼 그 자식 잡히기 전까지 내가 너 보디가드 할 거니까 내일 촬영 어디서 하는지 말해."

그때, 미란은 동찬의 손목에 여전히 바이탈 워치가 채워져 있는 것을 보았다. 이젠 필요도 없으면서.

"커플 시계는 네가 36.5도가 되면 그때 같이 차자."

동찬의 그 말에 미란도 웃으며 답했다. 그래, 그러자고.

한참 동안 일에 몰두한 뒤에 동찬은 기지개를 켰다. 동찬은 메모리칩을 지훈에게 건네며 말했다.

"여기 들어 있는 영상 기록들 다 타임체크 해놔."

방송국 편집실을 나온 동찬은 미란의 집으로 향했다. 미란의 가족들 앞에서 정상체온을 되찾은 사실을 알렸다. 그리고 일주일 후면 미란도 마찬가지로 정상이 될 거라 말했다. 향자는 감격에 겨운 얼굴로 동찬의 따뜻해진 손을 어루만졌다.

"정말 고마워요."

"그동안 미워하고 원망한 거 다 이자뿌리소."

유한과 향자는 서로의 손을 맞잡고 눈물을 쏟아냈다. 그동안의 원망이 기쁨으로 바뀌고 있었다.

다음 날 아침, 미란은 출근 준비로 분주했다. 머리를 올려 묶고 옷도 차려입고 나서 미란은 거울 앞에 섰다. 그리고 환하게 미소를 지어 보였다. 보낼 물건이 있는 모양인지, 미란은 택배 회사로 전화를 걸었다. 수신자는 다름 아닌 마동찬이었다.

촬영 현장에서는 피디와 스태프들이 촬영 준비로 부산하게 움직였다. 그 정신없는 모습을 동찬은 한심한 듯 바라보고 있었다.

"방송은 멀었는데 뭘 예고 티저부터 찍고 난리야. 장담하는데 본방이랑 예고 딴판일 거야."

동찬은 혼자서 구시렁댔다. 그때, 99년 핑클 복장을 한 엑스트라 네 명의 모습 뒤로 미란의 모습이 유난히 도드라져 나타났다. 밝게 웃으며 동찬은 미란을 향해 한 발 한 발 다가갔다. 미란도 동찬을 발견하고 환하게 웃으며 다가왔다. 두 사람은 서로를 품에 안을 행복한 상상을 하고 있었다. 그러나 이내 미란의 표정이 싸늘하게 변했다. 검은 옷을 입고 검은 모자를 쓴 남자가 동찬의 등 뒤로 다가오고 있었다. 그리고 그의 손에는 칼이 들려 있었다. 어디선가 본 듯한 그 얼굴, 경찰복 차림으로 백 형사를 습격하고 미란을 향해 다가왔던 바로 그자, 테리킴이었다. 미란은 걸음을 멈추지 않았다. 동찬에게 다가가 와락 안기곤 힘껏 몸을 돌렸다. 그 바람에 동찬을 향했던 칼은 미란의 몸을 스치고 지나갔다. 동찬은 품에 안긴 미란의 몸에서 스르륵 힘이 빠져나가는 걸 느꼈다.

응급실 밖에서 유한과 향자는 간절히 희망을 기도하고 있었다. 그러나 황 박사와 기범은 이미 결과를 아는 듯 절망에 가득 찬 표정을 짓고 있었다. 곧이어 응급실에서 응급의가 다급한 모습으로 나왔다.

"응급 개복 수술을 해야 하는데, 수술이 불가능합니다. 저체온 환자라 마취를 할 수가 없어요."

"정상체온이 되면 수술은 가능한 거죠?"

"할 수 있습니까? 지금 당장?"

동찬은 물음에 응급의는 오히려 되물었다. 곁에 있던 황 박사는 동찬을 향해 고개를 가로저었다. 동찬은 떨리는 목소리로 물었다.

"수, 수술을 못 하면, 얼마나 버틸 수 있어요?"

"24시간 안에 심장이 멎을지도 모릅니다."

듣고 있던 향자는 충격에 몸을 휘청거리고 말았다. 절망적인 상황 속에서 황 박사는 동찬의 결심을 재촉했다.

"마 피디. 방법은 하나야. 결정을 내려야 해."

동찬은 향자와 유한 앞에 죄인처럼 섰다. 그리고 차마 하기 힘든 그 이야기를 꺼냈다.

"다시 냉동캡슐 속에 넣는 방법밖에 없습니다. 그렇게 되면 모든 혈액의 흐름까지 멈추기 때문에 지금 당장 수술하지 않아도 출혈이 잡힙니다. 하지만 해동할 때 출혈이 다시 시작될 테니까. 해동 후 바로 수술할 수 있는 상태로 만들어야 되는 문제가 있어요."

"그때도 정상체온은 아닐 거잖아요?"

"해동과 동시에 바로 정상체온으로 만들 수 있는 약을 개발할 겁니다. 제가 할게요. 제 모든 걸 걸고 하겠습니다."

동찬은 울먹이며 말했다. 향자는 다가와 그런 동찬의 손을 꽉 잡았다.

"믿습니더. 내 피디님 믿어요."

향자는 흐느끼며 말했다.

미란을 차가운 냉동캡슐 안에 남겨두고 동찬은 집으로 돌아왔다. 손목에 있는 바이탈 워치는 여전히 36.5도를 가리키고 있었다. 원망스러웠다. 혼자만 정상이 된 것이 미안했다. 이럴 줄 알았으면, 후회로 남아버린 말과 행동들이 동찬을 괴롭혔다.

“혹시 내가 캡슐에 들어가더라도 함께 캡슐에 들어가진 말아요. 나한테 그런 일이 생기면 밖에서 날 지켜줘요.”

언젠가 했던 미란의 말이 떠올라 동찬은 눈물을 흘렸다. 얼마의 시간이 지났을까, 초인종 소리가 들렸다. 택배 기사는 동찬에게 커다란 박스를 건넸다. 뜻밖에도 미란이 보낸 것이었다. 겨우 결심을 하고 동찬은 박스를 열었다. 상자 안에는 겨울 코트가 담겨 있었다. 쪽지와 함께.

피디님은 나한테 안 돼요. 내가 더 좋아하니까.

쏟아지는 눈물을 주체하지 못하고 동찬은 얼굴을 감쌌다.

날 녹여주오

슬픔이 가득한 날들이 계속되고 있었다.

"미란 씨가 형님 안 막아줬음 형님 어쩌면 죽었을 수도 있어요."

백 형사가 했던 말이 내내 떠올라 동찬을 괴롭혔다. 전화벨이 울리고 있었다. 동찬은 외면하다가 전화기를 집어 들었다. 뜻밖에도 발신처는 '갑'이었다. 그러나 수화기에서는 남태의 쓸쓸한 목소리가 들렸다.

"내 사랑님? 누나가 내 사랑이라고 해놨기에 전화 걸어봤어요."

"누나가요?"

"근데 목소리가 냉동인간 님이에요?"

"그래요. 나예요."

"아니다 참. 이제 냉동인간 아니지. 우리 누나가 냉동인간이지."

미처 깨닫지 못한 시간 동안에 동찬은 미란에게 '을'에서 '내 사랑'으로 바뀌어 있었다. 전화를 끊고 거실로 나온 동찬은 식사 중인 가족들에게 결심한 듯 말했다.

"당분간 집을 떠나 있어야 할 거 같아요."

문 앞에 동찬이 서 있었다. 그리고 그의 옆에는 커다란 트렁크 두 개가 보였다. 무슨 의미인지 알겠다는 듯, 향자는 말없이 동찬을 안아주었다.

예능국은 여느 때처럼 바쁘게 돌아가고 있었다. 수군거리는 시선에도 불구하고 동찬은 비어 있던 자리로 돌아와 앉았다. 그리고 지훈에게 말했다.

"너 하고 싶은 거 해. 그 프로젝트는 안 할 거니까. 다른 팀에 들어가서 하라고."

"아니요. 전 끝까지 선배님 밑에서 배울 겁니다."

지훈은 말했다. 그러나 동찬은 지훈에게 시선을 주지 않았다. 그럴 힘도 없었다.

뜻했던 대로 미란은 냉동캡슐 안으로 들어갔다. 그 죄책감이 하영의 마음을 무겁게 만들었다.

"그 범인 잡히는 걸 못 보고 가서 맘이 무거워. 끝까지 보도국 핫라인 개통해. 그 범인 꼭 잡아야만 하니까."

캐리어를 닫고 집을 나서려던 하영은 박 기자에게 전화를 걸어 말했다.

점심시간이 되면서 텅 빈 사무실 안에 동찬은 혼자 남아 있었다. 동찬은 책꽂이 사이에 끼워져 있던 비밀수첩을 펼쳤다.

내 이름은 고미란
44세 지금은 연애 중
고미란이 찜한 52세 솔로남 마동찬
우리 오늘 데이트해요.

동찬은 더 이상 읽지 못하고 수첩을 덮었다. 마른세수를 하며 괴로워하고 있을 때, 지훈은 곁으로 다가와 동찬의 앞에 샌드위치와 커피를 놓았다.

"피디님이 건강하셔야 여자 친구를 지키죠."

"너 미란이 이모라고 바꿨어? 연락처에?"

"그건 싫다고 말씀드렸는데."

"짜식, 고집 봐."

"선배님, 누나 반드시 이겨내고 보란 듯이 기적처럼 깨어날 거예요."

옥탑방으로 돌아온 동찬은 황 박사에게 전화를 걸었다. 미란의 안부를 물으며 내일 가겠다고 말하자 황 박사는 걱정스러운 목소리로 답했다.

"그냥 일상을 유지하고 편하게 지내요. 여기 자꾸 오지 말고요."

동찬이 할 수 있는 건 아무것도 없는 듯했다. 그저 기다리는 것밖에. 주인이 없는 방에 들어온 동찬은 미란의 손때가 묻은 물건들을 하나하나 눈에 담았다.

'추운데 혼자 있게 해서 미안해.'

책상 앞에 앉아 아픈 혼잣말을 건넸다. 그러다 놓여 있는 책 한 권을 집어 들었다. 『사랑에 관한 모든 것』. 언젠가 미란이 말한 적이 있었다. 교수의 추천으로 미란의 글도 실리게 되었다고 좋아하던 미란의 얼굴이 떠올랐다. 동찬은 책을 펼치고 목차를 살폈다. 차가운 여자의 뜨거운 마음, 글쓴이는 고미란이었다.

마흔네 살에 첫사랑을 시작한 나는 지금 31.5도의 차가운 여자입니다. 이 넓은 우주에 내가 사랑하는 남자는 오직 한 사람입니다. 우리가 만나 사랑에 빠진 건 해가 동쪽에서 뜨고 서쪽에서 지는 것과 같이 너무도 자연스러운 일이었습니다. 20년 전부터 온 우주의 별들이 우리를 사랑에 빠지게 만들기 위해 움직였던 것 같습니다. 우리가 함께 냉동인간이 되었던 것부터 운명이었습니다. 그래서 난 냉동인간이 된 걸 후회하지 않습니다. 물론 냉동인간으로 살아가는 것이 힘들고 벅차긴 하지만 그래도 난 지금이 좋습니다. 아무리 힘들어도 그 사람과 함께 있는 지금 이 순간이 저는 기적 같습니다. 그 사람을 만나고 나서 삶의 진정한 의미를 알게 됐으니까요. 내가 그 사람을 사랑하는 게 내가 이 세상에 내려온 이유이자 내 삶의 완성처럼 느껴질 만큼 그 사람이 좋습니다. 내 세계의 전부가 된 그 사람, 난 이 사람과 사랑할 수 있다면 그렇게라면 나 죽어도 좋습니다.

미란이 없는 동안 3년여의 시간이 흘렀다. 남겨진 사람들의 얼굴에는 세월의 흔적이 조금씩 더 남았다. 그리고 살아온 이야기도 더 쌓였다. 학교에서 쫓겨난 병심은 최면심리센터 원장이 되어 있었고, 귀국한 하영은 공항에서 택시를 기다리다 휴대폰으로 TBO 방송국 김홍석 사장의 해임안 가결 기사를 보았다.

동찬은 TBO 방송국을 떠나지 않았다. 수백억 옵션 제안에도 불구하고 동찬이 TBO에 남은 건 여자 친구 때문이라는 기사를 언론들은 가십거리처럼 쏟아냈다. 동찬의 식구들은 전보다 큰 집으로 이사를 했다. 온 가족이 모여 살 것을 꿈꾸며 동찬이 구입한 집이었다. 그러나 동찬은 여전히 미란의 집 옥탑방에 머물고 있었다.

동찬이 냉동연구소로 들어서자 황 박사와 기범은 언제나 그래왔던 듯 동찬을 맞았다. 동찬은 미란의 캡슐 앞에서 걸음을 멈췄다. 잠든 미란을 보며 동찬은 익숙한 인사를 건넸다. 잘 잤느냐고. 조금만 기다려 달라고.

"오늘 마지막 임상 테스트를 할 겁니다. 이게 성공하면 미란 씨를 깨우겠습니다."

기범이 동찬에게 말했다. 그러나 황 박사는 걱정스러운 표정을 감추지 못했다.

"정상체온 복구 시약을 해동되자마자 주입을 한다는 건 체력적으로 버티기 힘들 수 있어. 거기다 미란 씨는 바로 수술까지 해야 되는 상황이잖아."

옥탑방으로 돌아온 동찬은 노트를 꺼냈다. 그래왔듯이 백지 위에 그리움과 함께 후회의 기록을 남겼다.

그날로 시간을 돌릴 수만 있다면 널 꼭 이겨서라도 바로 주사를 맞게 했을 텐데. 그 생각이 들 때마다 난 미칠 거 같아. 아닌 척, 괜찮은 척 계속 참았는데. 미란아, 너무너무 보고 싶다.

홍석은 동찬에게 마지막 희망을 건 듯 보였다. 동찬이 냉동인간 프로젝트를 방송에 내보내 대박을 친다면 사장직을 유지할 수 있을 거라 믿고 있었다. 동찬은 홍석의 제안을 거절하고 사장실 문을 나섰다. 복도를 걷던 동찬은 하영과 마주쳤다. 모두 지난 일이 된 듯, 두 사람을 서로를 바라보며 미소를 지었다.

"온다는 소리 들었어. 복귀 축하해."

"응. 고마워. 냉동인간이 그사이에 여섯 명이나 깨어났다는 뉴스 알고 있어. 이번엔 미란 씨 차례야. 미란 씨, 꼭 돌아올 거야. 얼마나 힘들었는지 알아. 확신을 가져. 끝까지."

나도 그랬으니까, 하영은 말하는 듯했다.

예능국으로 돌아온 동찬은 황 박사로부터 임상실험이 성공했다는 연락을 받았다. 방송국을 나온 동찬은 곧바로 미란의 집을 찾았다.

유한과 향자의 얼굴에는 무거운 기운이 가득 감돌았다. 확신할 수 없는 결과를 앞두고 선뜻 기쁨도 슬픔도 표현할 수 없었다. 미란이라면 어떤 결정을 했을까, 동찬은 선택을 미란에게 맡기기로 했다.

"미란이라면 분명히 그럼에도 깨어나서 현실을 이겨내는 결정을 했을 거예요."

동찬의 말에 유한과 향자는 고개를 끄덕였다.

수술실의 라이트가 켜졌다. 캡슐에서 옮겨진 미란의 팔에 황 박사는 해동 포뮬라를 주입했다. 그리고 30분이 흘렀다.

미란의 체온이 정상으로 돌아오자, 곧바로 미란의 몸에 마취약이 투입되었다.

초조한 시간이 흘렀다. 수술실에서 나온 황 박사와 기범은 수술이 무사히 끝났음을 알렸다. 그러나 뒤이어 나온 집도의는 마스크를 벗으며 말했다.

"예상보다 마취에서 깨어나는 시간이 오래 걸리고 있습니다. 지금 중환자실로 옮기겠습니다."

집으로 돌아온 동찬은 미란의 방에 우두커니 앉았다. 불도 켜지 않은 채, 미란의 책상 앞에 앉아 생각에 잠겼다. 미란의 목소리가 곁에서 들리는 것 같았다.

"피디님, 나 끄떡없어요. 나 깨어난다고요. 그러니까 그렇게 풀 죽어 있지 말고 힘내요."

미란은 여전히 의식을 되찾지 못하고 있었다. 곁에서 링거를 갈던 간호사는 희미하게 움직이는 미란의 손가락을 보고 병실을 뛰쳐나왔다. 뒤이어 의료진들이 바삐 움직이기 시작했다.

"동공 반응이 있습니다. 경과를 지켜봅시다. 환자의 의지가 중요할 때예요."

집도의는 초조하게 결과를 기다리던 동찬에게 말했다.

옥탑방으로 돌아온 동찬에게 남태는 미란의 휴대폰을 건넸다. 휴대폰 속에는 지난 기억들이 고스란히 담겨 있었다. 기억을 떠올리며 동찬은 눈물을 쏟았다.

미란의 체온은 다시 떨어지고 있었다. 황 박사가 병원으로 달려와 미란의 팔에 복구 시약을 주입했다. 그러나 여전히 결과를 확신할 수는 없었다.

지쳐가고 있었다. 향자는 작정한 듯 동찬의 옷들을 트렁크에 담기 시작했다. 유한은 지켜보다 말했다.

"이런다고 동찬이가 가겠어?"

"싫다고 하면 쫓아내서라도 내보내야지. 멀쩡한 젊은 남자 인생 우리가 이래 망치면 되겠나? 안 될 짓이다."

향자는 결국 눈물을 쏟았다.

"미란 아부지. 우리 맘의 준비를 하자. 될 수 있는 일이 아이다. 보내주자."

"당신 왜 이래?"

"동찬이 할 만큼 했다. 세상 이래 착하고 진실하이끼네 우리 미란이가 대신 죽을 생각도 한 거 아니가. 미란이도 이걸 원할끼다."

"지금 뭐하시는 거예요?"

옥탑방 안으로 들어온 동찬은 놀란 얼굴이 되어 목소리를 높였다. 그러나 향자는 이미 결심을 굳힌 듯 말했다.

"동찬아, 가그라."

"가긴 어딜 가요? 미란이 깨어나면 나 혼나요. 진짜 왜 이러세요."

동찬은 향자가 싸놓은 짐을 다시 풀며 말을 이었다.

"이 옷은 한참 전에 드라이 맡겨 달라고 부탁한 건데 아직 안 맡기시면 어떡해요? 그리고 나 좀 쫓아내지 마세요. 자꾸 이러면 나 화내요. 저 밥 먹고 병원 가봐야 돼요. 우리 같이 밥 먹어요. 나 배고파요."

"동찬아."

감정에 복받친 향자는 울먹였다. 유한은 그런 향자를 부축해 옥탑방을 떠났다. 혼자 남겨진 동찬은 그제야 참았던 눈물을 와락 쏟았다. 밤을 지새우다가 동찬은 어느새 침대 위에 쓰러져 잠이 들었다.

"피디님, 나 체온 올랐어요. 나 이제 괜찮을 거 같아요. 조금만 참아요."

귓가에 들려오는 미란의 목소리에 동찬은 잠에서 깼다. 목소리에 이끌려 옥탑방을 뛰쳐나온 동찬은 황 박사에게 전화를 걸었다.

"박사님, 지금 병원으로 오세요. 미란이 체온이 올랐어요."

"병원에서 연락 받았어?"

"아니요. 그건 아닌데. 왠지 그럴 것 같아요."

집도의와 황 박사가 미란이 있는 병실 안으로 들어간 동안 밖에서 동찬은 초조한 표정으로 기다리고 있었다. 잠시 후, 황 박사가 밝은 표정이 되어 나왔다.

"정상체온이야. 회복이 되고 있어."

동찬은 가슴이 벅차오르는 것을 느꼈다. 하지만 애써 담담하게 감정을 눌렀다.

거실 한가운데에는 크리스마스트리가 놓여 있었다. 청소기 소리가 요란하게 들리는 와중에도 향자는 돋보기를 쓴 채 신문을 읽고 있었다. 무미건조하게 성탄절의 밤이 끝날 무렵, 향자의 휴대폰이 울렸다. 이내 향자의 입술은 파르르 떨렸다.

어둠 속을 달리는 택시에 몸을 맡긴 동찬은 긴장된 표정으로 전화를 걸었다. 확인하려는 듯 동찬은 다시 물었다. 전화를 끊자마자 동찬은 재촉하며 말했다.

"기사님, 빨리 좀 가주세요."

흰 눈이 내리고 있었다. 병원으로 향하던 동찬은 벤치에 누군가 있는 것을 보고 걸음을 멈췄다. 내리는 눈을 손에 받으며 그녀가 앉아 있었다. 그녀의 눈도 동찬을 향해 멈췄다. 그녀는 천천히 자리에서 일어나 동찬을 향해 다가왔다. 동찬도 다시 걸음을 내딛었다. 내리는 눈보라 속에서 두 사람의 사이는 점점 가까워졌다. 걸음이 멈췄을 때 두 사람은 마주 보고 있었다. 가슴 벅찬 나머지 동찬은 선뜻 말을 내뱉지 못했다.

몇 번이나 숨을 고른 뒤에야 동찬은 말했다.

"괜, 괜찮아?"

"잘 있었어요?"

"응. 좀 힘들었지만."

"여전히 멋있다. 마동찬."

"너무 보고 싶었어."

"나 추워. 나 좀 녹여줘."

동찬은 코트 속으로 미란을 품어 안았다. 미란을 안고서 내리는 눈을 보았다. 진짜 눈이 내리고 있었다.

폭풍과 같은 잔소리가 한바탕 예능국을 휘몰아쳤다.

"개편이 내일 모렌데, 잠이 오냐? 이딴 기획안이나 쳐내고 어디 가서 피디랍시고 섭외하고 큰소리치고 다니지?"

동찬의 말에 면목이 없는 듯, 피디들은 하나 둘 고개를 숙였다. 미란도 예외가 되지는 못했다.

"야, 고미란. 너 다시 인턴으로 강등되고 싶냐?"

"아뇨. 그럴 리가요."

"인턴일 때 빠릿빠릿 잘 하더니 정직원 되고부터 머리가 굳었어. 이걸 기획안이라고 내고 앉았니?"

"그, 그게 제가 냉동됐다 해동되고 또 냉동되고 또 해동되고. 신선도가 떨어져서요."

"그건 핑계가 안 돼. 넌 지금 정신 상태에 문제가 있어."

"열심히 하겠습니다. 기회를 주십시오."

"일주일 준다. 다들 정신 차려."

폭풍이 끝나자 고요가 찾아왔다. 동찬은 따뜻한 커피 두 잔을 들고 미란만 있는 편집실 안으로 들어왔다. 미란은 근심 가득한 얼굴로 동찬에게 말했다.

"나 진짜 머리가 굳었나봐."

"아, 아니야. 내가 거기서 그럼 그렇게 말하지. 뭐라고 말해? 섭섭했어?"

"그럼요. 섭섭하지."

"할 수 없어. 회사에선 공사를 구별해야 해."

"나 뭔가 변화가 필요한 거 같아요."

"하긴 변화가 필요하지. 23년째 스물넷이니. 나만 늙는 거 같아서 나 사실 초조해."

미란은 동찬과 동찬의 가족들 앞에 앉아 있었다. 원조는 작심한 듯 미란에게 말했다.

"아가씨, 아직 결혼 생각 없는 거야?"

"저 아직 스물넷인데요. 어머님."

"언제 적 스물넷이 아직도 스물넷이야?"

"그러게요. 제가 나이 먹을 기회가 자꾸 날아가서."

"그래서 결혼을 안 하겠다는 거야?"

"네. 저 사실 해외연수 가려고 했거든요."

동찬도 그 소리는 처음 듣는 모양이었다. 화들짝 놀라서 미란에게 말했다.

"해외연수? 그럼 난 어떡해? 너 나 가지고 논 거야?"

"그, 그게 무슨?"

"너 캡슐에 들어가 있는 3년 3개월 기다린 내 생각 안 해? 나 정말 그때 군대에 있는 남자 친구 기다리는 여자 심정 처음으로 이해했어. 그런데 요새 1년 6개월이야. 요즘 군대 생활이. 그러니까 내가 두 배로 불쌍하지? 그런 나 앞에서 연수를 간다고? 하아, 농담이지?"

발끈하며 말하던 동찬의 목소리가 점점 더 격양됐다. 그러나 미란은 진심인 모양인지 눈 하나 깜짝 하지 않았다.

"농담 아니에요. 저 공부 제대로 해서 좋은 피디가 되고 싶어요. 전 견문을 넓힐 필요가 있어요. 늘 좁은 데 갇혀 있었잖아요. 기회 되면 대학원도 다니고 싶고, 대학원까지 마치면 5년이 될지도."

"야, 너 정말 이기적이다. 넌 네 생각밖에 안 해? 5년 후면 나 마흔이야."

"아니지. 환갑이지."

듣고 있던 동주가 말했다. 동찬도 그 말을 받아 미란에게 말했다.

"그래. 나 60이야."

"아니면 아가씨, 일단 결혼하고 애를 낳고, 애는 우리 동주가 키우고. 그렇게 함께 연수 가요."

원조는 나름 해결책이라고 제시했다. 그러나 그 말을 듣고 있던 동주가 발끈했다.

"오빠 애를 내가 왜 키워?"

"엄마, 그건 말이 안 되지. 연수에 환장한 애도 아니고. 애를 낳고 키우지도 않고 연수를 가란 거예요?"

동찬도 발끈하며 말했다. 그러다 애꿎은 미란에게 화살을 돌렸다.

"너 그러면 안 되지. 인간이 돼서."

"내 의견도 아니잖아요. 왜 나한테."

"아무튼 여름이 오기 전에 결혼을 했으면 싶다."

원조는 주장을 굽히지 않았다. 그 와중에 동주는 집요하게 원조의 조금 전 말을 물고 늘어졌다.

"엄마, 나한테 애 키우란 소리 취소해."

"아이고, 미란 씨가 말을 안 해서 그렇지. 애를 누나가 키우는 거 생각만 해도 식겁할걸."

동식까지도 진흙탕 싸움에 뛰어들었다. 동주 입장에서는 환장할 노릇이었다.

"그건 또 무슨 소리야? 내가 키운다 소리도 안 했는데."

"잠깐, 다들 진정하고. 식사합시다. 이 문제는 여기서 이렇게 가볍게 처리할 문제가 아닌 거 같으니까."

맥락도 근본도 없는 말들이 오가고 있었다. 동찬은 상황을 정리하려 말했다. 그런데 묵묵히 지켜보던 혜진이 동찬의 심기를 또 건드렸다.

"근데 아주버님은 결혼하고 싶은가보다."

"그럼 해야죠."

동찬은 당연한 소리를 하냐며 버럭 목소리를 높였다. 그 바람에 모두의 시선이 동찬을 향했다.

돌아오는 길에 동찬은 미란에게 노트를 건넸다. 미란이 잠든 동안 쓴 동찬의 일기였다.

"네가 잠들어 있는 시간 동안 무슨 일이 있었는지 궁금해할 거 같아서. 내가 널 기다리면서 느낀 게 뭔지 알아? 나답지 않게 운명이란 걸 믿게 됐어. 모든 게 운명대로 되겠지."

방으로 돌아온 미란은 책상 앞에 풀썩 앉아 동찬이 건넨 일기를 펼쳐 보았다. 동찬의 그리움을 느끼면서 미란은 눈물을 글썽였다.

동찬과 미란은 나란히 손을 잡고 길을 걷고 있었다. 말없이 걷다가 동찬은 말했다.

"미란아, 너 하고 싶은 거 하고 살아. 난 네 꿈을 응원해."

"나 자기가 쓴 일기 읽었어. 나 이제 자기랑 떨어져서 살고 싶지 않아."

"난 지금 널 따라갈 수가 없어. 너의 시간은 꿈을 좇는 시간이라면 나의 시간은 현실을 향해 달려야 할 시간이야. 그 중간 지점에서 우린 선택을 해야 해."

"아냐, 나 안 갈래."

"안 돼. 나 땜에 네가 하고 싶은 걸 포기하게 할 순 없어."

"자기랑 떨어지기 싫어."

"나도 싫어."

이러지도 저러지도 못하는 상황이 이어졌다. 두 사람은 과연 어떤 선택을 했을까? 복잡한 문제의 해답은 때론 아주 간단했다.

매서운 추위가 휘몰아치고 있었다. 냉동인간 동찬과 미란의 찬란한 세계 여행, 두꺼운 겨울 파카를 입은 동찬과 미란은 작은 휴대폰 화면의 유튜브 동영상 속에서 근황을 전했다. 함께 시간과 공간을 보내는 것이 얼마나 행복한지를 아느냐 말하면서, 느끼면서.